1960년대

현실주의 문학비평과

매체의 비평전략

지은이 하상일(河相一, Ha, Sang-il)은 부산대학교 국어국문학과를 졸업하고 같은 대학원에서 「1960년대 현실주의 문학비평 연구」로 박사학위를 받았다. 1997년 『오늘의 문예비평』으로 비평 활동을 시작했으며, 평론집으로 『타락한 중심을 향한 반역』, 『주변인의 삶과 시』, 『전망과 성찰』, 『서정의 미래와 비평의 윤리』를 출간했고, 공저로 『주례사 비평을 넘어서』, 『한국문학권력의 계보』, 『비평, 90년대 문학을 묻다』, 『탈식민주의를 넘어서』, 『강경애, 시대와 문학』, 『2000년대 한국문학의 징후들』이 있으며, 편저로 『고석규 문학의 재조명』, 『소설 이천년대』가 있다. 현재 동의대학교 문예창작학과 비평 전공 교수로 재직하고 있으며, 『오늘의 문예비평』 편집주간, 〈민족문학연구소〉 연구원으로 활동하고 있다. 고석규비평문학상(2003), 애지문학상(2007)을 수상하였다.

1960년대 현실주의 문학비평과 매체의 비평전략

2008년 2월 10일 1판 1쇄 인쇄
2008년 2월 15일 1판 1쇄 발행

지은이 _ 하상일
펴낸이 _ 박성모
펴낸곳 _ 소명출판
등록 _ 제13-522호
주소 _ 137-878 서울시 서초구 서초동 1621-18 (란빌딩 1층)
대표전화 _ (02) 585-7840
팩시밀리 _ (02) 585-7848

somyong@korea.com | www.somyong.co.kr
ⓒ 2008, 하상일
값 13,000원
ISBN 978-89-5626-301-4 93810

"이 저서는 2006년 정부(교육인적자원부)의 재원으로 한국학술진흥재단의 지원을 받아 수행된 연구임"
(KRF-2006-A00090)

The Realistic Literary Criticism and the Critical Strategies of Magazines in the 1960s

1960년대 현실주의 문학비평과 매체의 비평전략

하 상 일

 소명출판

3

　대학원에 진학하여 비평사를 공부한 지 십여 년 만에 겨우 연구서 한 권을 펴낸다. 그것도 박사학위라는 제도를 통과하기 위한 과정에서 얻어진 결과물이라는 점에서 연구자로서의 게으름을 숨길 여지가 없다. 그동안 한국문학의 현장을 비판적으로 성찰하는 비평 활동에 치중했기 때문이라고 스스로 위로해 보지만, 학문의 장에서 성실하지 못했던 연구자로서의 자괴감을 벗어나기는 어려울 것 같다. 다만 비평 전공자로서 비평사 연구와 현장비평 활동은 별개의 차원이 아닌 동일한 문제의식으로 바라보아야 한다고 항상 생각해 왔음을 밝혀두고 싶다. 아직까지도 논문과 비평의 경계를 엄격하게 구분하고 있는, 그래서 학자로 살아가는 일과 비평가로 살아가는 일이 사실상 다른 차원에서 평가되는 우리 학계의 현실에 대한 내면의 저항심을 지니고 있었다면 궁색한 변명이라도 될 수 있을까. 이러한 현실적 제약과 구속 때문에 오늘날의 비평 현장을 외면하고 비평사 연구의 상아탑에만 갇혀 있는 것은 비평을 공부하는 연구자로서 자기모순을 범하는 태도라고 생각했던 것이다.

　지금까지 우리나라 학계에서 문학연구의 영역을 분류하는 방식은 시·소설·희곡·비평과 같은 장르 구분에 따르는 것이 일반적인 관례였다. 대학의 커리큘럼이나 교수진의 구성에서도 이러한 관행은 절대적인 기준으로 통용되고 있다. 그런데 이러한 구분에서 한 가지 우려할 점은 유독 비평 장르의 경우 연구의 독립성이 명확하게 정립되지 못하고 있다는 것이다. 즉 시·소설·희곡 전공자는 당연히 비평 전공을 공유하고 있다는 생각이 지배적이어서 정작 비평을 전공하는 연구자의 전문성과 독립성을 침해하는 경우가 비일비재하다. 대학의 교수 채용 과정에서도 시·소설·희곡 전공의 경우에는 전공의 독립성을 분명히 하여 타 분야를 전공 불일치로 제한하면서도, 비평의 경우에는 전공에 대한 독립성을 무시한 채 사실상 모든 분야의 전공자가 응시해도 무방한 것으로 인식되고 있기 때문이다. 이와 같은 현실에서 신진연구자들이 자신의 전공으로 비평 분야를 선택하는 것은 스스로 여러 가지 현실적인 가능성을 좁혀 버리는 선택이 된다고 생각하여 주저하지 않을 수 없는 것이 사실이다. 우리 학계의 연구자 현황을 살펴보았을 때 비평 전공자의 수가 타 장르에 비해 아주 적다는 사실은 이러한 사정과 결코 무관하지 않을 것이다. 이러한 학계의 잘못된 관행이 시정되어 비평 연구의 전문성과 독립성을 확보함으로써 앞으로 비평 연구가 더욱 활성화될 수 있기를 진심으로 기대한다.

이 책은 「1960년대 현실주의 문학비평 연구」라는 필자의 박사논문을 수정·보완한 것이다. 1960년대 비평사, 특히 현실주의 문학비평들을 점검하면서 『창작과비평』(1966)의 창간으로부터 비평사적 의미를 부여해온 그동안의 연구는 상당히 문제가 있음을 발견하였다. 즉 『창작과비평』이전의 『한양』(1962), 『청맥』(1964)과 이후의 『상황』(1969) 등의 잡지에 현실주의 전략을 전면적으로 표방한 문제적 비평들이 다수 발표되었음에도 불구하고, 문인간첩단사건, 통일혁명당사건과 같은 역사의 왜곡으로 인해 이 잡지에 발표된 비평들이 문학사의 그늘에 가려져 버렸다는 사실을 간과하고 있었던 것이다. 따라서 이러한 비평사의 왜곡과 단절을 해소하지 않고서는 1960년대 비평의 의미를 제대로 파악할 수 없고, 나아가 현대문학사의 소외와 균열을 봉합할 수 없다는 확신을 갖게 되었다. 이러한 문제의식으로 국립중앙도서관을 비롯한 국내외 대학 도서관에서 잊혀진 비평사의 자료를 찾아보려 했지만, 불온서적으로 이미 폐기된 자료의 전모를 확인할 길이 전혀 없어서 결국에는 국내에서 확인할 수 있는 부분적인 자료에 의존하여 박사논문을 완성할 수밖에 없었다. 다행스럽게도 이후 한국학술진흥재단의 프로젝트를 수행하기 위해 두 차례 일본을 방문할 기회를 가졌는데, 이 때 화광대학 도서관과 조선장학회 등에서 국내에서 볼 수 없었던 자료의 전모를 입수하여 불완전한 상태의 박사논문을 깁고 더하여 이제서야 책으로 펴낼 수 있게 되었다. 이 책의 출간이 1960년대 현실주의 문학비평사의 맥락을 새롭게 이해하는 데 조금이나마 도움이 되었으면, 그래서 앞으로 비평사 연구의 중요한 방향과 과제로 자리매김할 수 있었으면 하는 바람을 가져본다.

　박사논문을 준비하는 동안 많은 분들의 격려와 도움을 받았다. 대학원에 진학하여 연구자의 길을 걷게 해주신 고 김준오 선생님, 언제나 허욕과 자만으로 가득 찬 제자의 앞길에 천천히 공부하는 지혜를 일깨워주신 김중하 선생님, 학부 시절부터 아들처럼 따뜻하게 보듬어 주셨던 김정자 선생님, 부족한 논문을 세심하게 지도해주신 임종찬・양왕용 선생님, 그리고 비평가로서의 길을 열어주시고 언제나 든든한 후원자가 되어주시는 남송우・황국명 선생님을 비롯한 『오늘의 문예비평』 선배님들께 고맙다는 말씀을 올린다. 그리고 단 한 번도 후배로서의 예를

5

갖추지 못했음에도 불구하고 까마득한 후배를 감싸주시고 후학들을 지도할 수 있는 기회를 마련해주신 김창근 선생님께도 앞으로 더욱 열심히 연구하고 가르치는 학자가 되겠다고 약속드린다. 공부하는 남편의 부담을 덜어주기 위해 박사과정을 다니다가 교사의 길로 방향을 전환한 아내의 고마움도 결코 잊을 수 없다. 또한 당신들의 삶은 언제나 뒷전인 채 아들과 사위 걱정에 애태우셨던 돌아가신 아버지 그리고 어머니와 장인 장모님께 이 책을 바친다. 늘 아빠를 보면 심심하다고 투정부리는 경빈이가 훗날 이 책을 보면서 어린 시절 무심했던 아빠의 모습을 조금이나마 이해해줄 수 있기를 바랄 뿐이다.

이 책은 신진연구자들의 연구 의욕을 고취하기 위해 한국학술진흥재단이 마련한 '박사논문출판지원사업'의 도움을 받아 발간하게 되었다. 오래 전부터 논문의 성과에 깊은 관심을 가져주시고 선뜻 출판까지 맡겠다고 약속해주신 소명출판 박성모 사장님께도 고마움을 전한다. 저 신산했던 1960년대 분단과 이념의 족쇄에 묶여 역사의 뒤안길로 밀려났다가 이제서야 역사의 진실을 되찾아가는 비평의 자리를 객관적으로 평가하고 문학사의 제자리를 찾아주는 것이 비평사를 전공한 연구자로서 내게 주어진 책임이요 의무라고 생각한다. 이 책의 출간을 계기로 처음부터 다시 공부하는 마음으로 더욱 의미 있고 문제적인 비평사 연구를 수행할 것임을 스스로에게 굳게 다짐해본다.

2008년 2월
하상일

● 차례 ●

:: 머리말 —— 3

제1장 1960년대 현실주의 문학비평 연구의 전제

1. 문제제기   11
2. 전후비평의 타자화와 새로운 매체의 창간   19
3. 4·19세대 비평의 제도화와 비평사의 단절   29

제2장 4월혁명의 시대정신과 『한양』

1. 『한양』의 창간배경과 성격   35
2. 『한양』의 현실주의 비평담론   42
   1) 순수문학 비판과 참여문학의 논리   42
      ⑴ '순수'의 정치성과 기만의 수사학   42
      ⑵ 비판적 현실인식과 고발의 저항정신   50
      ⑶ 현대시의 난해성과 언어적 기교주의 비판   54
   2) 리얼리즘의 정신과 전통의 주체적 인식   59
      ⑴ 생활현실의 재창조와 리얼리즘의 본질   59
      ⑵ '한국적인 것'의 탐색과 주체의식   69
      ⑶ 비평정신의 빈곤과 한국문학의 방향성   75

7

제3장 지식인의 현실참여와『청맥』

1. 『청맥』의 창간배경과 성격   81

2. 『청맥』의 현실주의 비평담론   98

  1) 한국문학의 주체성과 근대성의 방향   98

    (1) 서구추수의 사대주의와 식민지 작가의식 비판   98

    (2) 민족주체성의 확립과 근대시의 비판적 성찰   102

  2) 참여문학론의 진정성과 민족문학 지향성   110

    (1) 현실도피적 복고주의와 사이비 참여문학론의 극복   110

    (2) 참여문학론의 성격과 민족문학으로서의 리얼리즘   117

제4장 시민의식의 성장과『창작과비평』

1. 『창작과비평』의 창간배경과 성격   123

2. 『창작과비평』의 현실주의 비평담론   128

  1) 참여문학론의 새로운 방향과 근대성의 실현   128

    (1) 참여문학의 방법론적 성찰과 순수문학의 전근대성 비판   128

    (2) 전통의 주체적 인식과 한국적 근대성의 방향   136

  2) 시민문학론의 본질과 민족문학에 대한 인식   141

    (1) 분단현실의 모순과 시민의식의 형성   141

    (2) 민족문학으로서의 시민문학론   148

8

제5장 민족주의의 비평적 실천과 『상황』

  1. 『상황』의 창간배경과 성격   153

  2. 『상황』의 현실주의 비평담론   158

    1) 참여문학론의 계승과 리얼리즘론의 심화   158

      (1) 역사적 현실인식과 민중의식의 실천   158

      (2) 리얼리즘의 본질과 논쟁에 대한 비판적 성찰   163

    2) 분단현실의 극복과 민족문학론의 정립   175

      (1) 민족주의의 성격과 민족문학론의 이원화   175

      (2) 진보적 민족문학론의 전통과 연대의식   182

제6장 1960년대 현실주의 문학비평사의 정립   187

:: 참고문헌 —— 199

:: 부록

  『한양』 문학비평 목록 —— 207

  『청맥』 문학비평 목록 —— 215

  『상황』 문학비평 목록 —— 215

9

제1장

1960년대 현실주의 문학비평 연구의 전제

1. 문제제기

해방 이후 우리의 역사는 일본 제국주의에 의해 철저하게 왜곡된 식민지적 근대성을 넘어서 진정한 의미의 주체적 근대성을 실현하는 방향으로 나아갔다. 하지만 이러한 근대적 기획들은 한국전쟁으로 인해 연속성을 이루지 못하고 송두리째 파산되어 버림으로써 역사적 단절을 심화시키고 말았다. 이러한 상황 속에서 1950년대의 문학, 특히 비평문학은 파산된 근대성의 복원에 주력하여 전후의 폐허와 무질서를 주체적으로 초극하려는 적극적인 의지를 보이기 시작했다. 전통에 대한 새로운 인식과 전후의 허무주의를 극복하기 위한 실존의식, 그리고 파편화된 시간관을 넘어서는 새로운 질서의식 등은 주체적 근대성을 지향하는 뚜렷한 지표라고 할 수 있다.

그런데 지금까지 우리의 비평사 연구는 4월혁명 이후 비평활동을 시작한, 소위 4·19세대 비평가들에 의해서 본격적으로 비평의 독립성이 부각되었다고 평가하는 것이 일반적이었다. 근대적 개인의 발견, 비합리적 이데올로기에 대한 비판적·전복적 관점, 삶의 주체성에 대한 열망, 그리고 문학적으로는 자율성의 원리 등 4·19세대 비평가들이 표방한 비평정신은, "이들의 비평에 이르러 한국현대비평사에서 '문학비평'이 하나의 독자적인 문학 장르로 본격적으로 진입하게 되었다"[1]는 평가를 충분히 가능하게 했던 것이다.

그런데 이러한 비평사적 평가에는 1950년대와 1960년대의 단절의식이 깊숙이 내재되어 있음을 간과해서는 안 된다. 1960년대 비평가들은 전후비평을 타자화함으로써 4·19세대 비평의 문학사적 의의를 특별히 강조하려는 세대론적 전략을 지니고 있었기 때문이다. 이런 맥락에서 김현은 4·19세대 비평가를 가리켜 "이 세대는 우리가 아는 한 역사상 가장 진보적인 세대"[2]라고 말했고, 김주연 역시 1950년대 문학에 대해 "허위의 타파를 외치다가 자기에 대한 정당한 인식을 못하고 허세에 빠져버린"[3] 문학이라고 비판했다. 따라서 그들은 같은 4·19세대인 김승옥·박태순·서정인·이청준 등의 문학을 상대적으로 높이 평가하였다.

1960년대 문학지형은 '1965년'이라는 특정한 연대를 중심으로 양분되어 있는 것으로 논의되어 왔다. 1965년을 경계로 그 전반부는 1950년대의 문학적 특질을 계승한 측면이 강하고, 후반부는 4·19세대를 중심으로 전후세대 문학과의 차별화가 시도됨으로써 1970년대 문학을 형성하는 중요한 기틀을 마련하였다는 것이다. 이러한 관점은 1960년대를 대표하는 상징적 작가인 김승옥이 1965년 동인문학상을 수상한 것을 비롯하여, 홍성원·박태순·이문구·이청준·정현종·조태일 등의 신진 작가군이 뚜렷이 형성되는 당시 문단지형의 변화를 염두에 둔다면 어

---

1) 권성우, 「4·19세대 비평이 마주한 어떤 풍경」, 『비평의 희망』, 문학동네, 2001, 117면.
2) 김현, 「한국비평의 가능성」, 『68문학』, 한명문화사, 1969.1, 152면.
3) 김주연, 「60년대 소설가 별견」, 『현대 한국문학의 이론』, 민음사, 1982, 271면.

느 정도 타당성을 지니는 것이 사실이다. 뿐만 아니라 조동일·백낙청·염무웅·구중서·김현·김병익·김치수·김주연 등 소위 '65년대 비평가'들이 전후세대의 문학비평을 전면적으로 비판하면서 새로운 문학적 헤게모니를 장악해 나갔다는 점에서 상당한 설득력을 확보하고 있기도 하다.

하지만 이러한 시각은 1950년~65년까지를 '1950년대 비평' 혹은 '전후비평'으로, 1965년~70년대까지를 '1970년대 비평'으로 재단해 버림으로써 자칫 1960년대 비평의 고유한 특질을 배제하거나 소외시키는 비평사의 결락을 초래할 수도 있다. 즉 1960년대 중반 이전은 1950년대의 연장으로 편입되고 1960년대 중반 이후는 1970년대로 귀속되면서, 정작 1960년대 비평은 우리 비평사에서 실종되어 버리고 마는 것이다.

이러한 세대론적 인정투쟁[4]의 과정은 대체로 새로운 매체의 창간과 아주 밀접하게 결부되어 있었다. 1960년대 문학비평은 『한양』·『산문시대』·『비평작업』·『청맥』·『사계』·『창작과비평』(이하『창비』)·『상황』·『68문학』 등 4월혁명 이후 새롭게 창간된 매체를 중심으로 활발하게 전개되는 양상을 보였던 것이다. 특히 1966년 백낙청에 의해 창간된 『창비』와 1970년 김현·김치수·김병익 등이 『68문학』을 계승하여 창간한 『문학과지성』(이하『문지』)은, 전후비평가들과의 세대론적 인정투쟁을 통해 1970년대 이후 한국문단을 양분하는 대표적인 문학에콜로서의 위상을 획득하였다. 따라서 이 두 에콜의 동인으로 참여한 1960년대 비평가들은 자의든 타의든 한국문학의 중심에 있었고, 이로 인해 1950년대 후반에서 1960년대 후반에 이르는 소수의 문학담론들은 대부분 이 두 에콜의 문학담론 속으로 편입되어 버리거나 이들의 전횡에 의해 아예 배제되어 버림으로써 비평사의 단절을 초래하고 말았다.

이러한 비평사의 단절과 획일화에 대한 반성을 토대로, 앞으로 전개

---

4) 권성우, 「60년대 비평문학의 세대론적 전략과 새로운 목소리」, 『1960년대 문학연구』, 예하, 1993, 11~30면 참조.

될 우리의 비평사 연구의 방향은 무엇보다도 1950년대—1960년대—1970년대로 이어지는 한국문학사의 연속성을 주목할 필요가 있다.5) 다시 말해 1950년대 후반에서 1960년대 중반에 이르는 다양한 문학적 담론 경향과 1960년대 후반과 1970년대 초반의 문학적 담론의 동질성을 결코 간과해서는 안 되는 것이다. 특히 1966년『창비』의 창간으로부터 문학과 현실에 대한 논의가 본격적으로 전개되었다고 주장함으로써, 이를 기점으로 현실주의6) 문학비평의 계보를 세우려 했던 그 동안의 비평사 연구의 관행7)도 반드시 재고되어야 한다. 왜냐하면『창비』창간

---

5) 본 논문의 경우도 마찬가지지만, 문학사 기술방법에서 '1960년대'라는 10년 단위의 특정 기간을 구획한 비평사가 과연 가능한가에 대한 문제제기는 충분히 가능하다. 이는 특정 시기 전후의 문학사적 맥락을 고려한 통시적인 측면을 결여하고 있다는 점과, 정치・역사적 단위의 사회변동이 과연 문학사를 규정하는 데 바람직한 변이소가 될 수 있는가 하는 문제와도 직결된다. 그런데 우리 현대사의 경우, 주요 역사적 사건 대부분이 10년 단위의 구분과 거의 일치하기 때문에 문학사 이해의 관습적 방법으로 통용되어 왔다는 사실을 전혀 무시할 수 없다. 따라서 본 논문에서는 '1960년대'라는 관습적 시대구분을 따르면서도 이를 1950년대와 1970년대를 아우르는 연속성 속에서 살펴보고자 한다.

6) 1960년대는 민족이 정치적・경제적으로 혁신과 변화・발전을 지속하는 사회구성체로서 내용을 강화해가면서 '현실'이란 단어가 새롭고 강한 의미를 띠게 되었다. 그것은 1950년대의 관념적 경향을 극복하고 직접 사물의 세계로 다가가는 삶의 방식이었다. 다시 말해 자기자신이 속해 있고 자기자신에게 사회적 결정력을 행사하는 이곳의 역사적 상황과 사회의 모습이 바로 '현실'이었다. 그것은 가난, 분단의 문제였고, 정치 사회의 비민주성이었고, 지식인의 관념성이었다. 따라서 1960년대는 그 어느 때보다도 '현실'이 중심적 화두가 될 수밖에 없는 시대적 특징을 지니고 있었다. 한국문학연구에서 '현실주의'는 '리얼리즘', '사실주의' 등의 개념과 혼재되어 쓰여지고 있다. 필자 역시 '현실주의'라는 용어를 문예사조나 창작방법과 전혀 무관하게 사용하지는 않았지만, 본 논문에서 '현실주의'는 문학과 현실이 서로 분리되었다는, 그래서 그 자체로 자율성을 지녔다는 자유주의 문학관에 맞서는 상대적 개념으로 사용했음을 미리 밝혀둔다. 문학이 현실과 아주 밀접한 관련성을 지녔다고 봄으로써 문학의 현실참여적 성격과 기능론적 관점을 특별히 중시하고자 하는 것이다. 특히 본 논문에서 '현실주의'는 단순히 '리얼리즘'의 역어로 한정짓기 힘들다. 왜냐하면 '참여문학', '민족문학', '리얼리즘', '주체적 전통론' 등 문학과 현실의 제관계에 대한 이론적 총화를 '현실주의'라는 범박한 개념으로 규정하고자 하므로, '현실주의=리얼리즘'이 아니라 '현실주의〉리얼리즘'의 관점에 있기 때문이다.

7) 이러한 경향은『창비』의 '민족문학론'에 대해서 비판적 거리를 유지하고 있는 논자들마저 민족문학론의 계보로 카프(1920~30년대)—문학건설본부(40년대)—『창비』(60년대

14

이전부터 4월혁명의 정신을 계승한 현실주의 문학비평이 아주 활발하게 전개되었고, 그 실적물들이 『한양』(1962)과 『청맥』(1964) 등의 진보적이고 비판적인 지식인 잡지[8]를 통해 지속적으로 발표되었기 때문이다. 또한 『창비』 이후에도 『상황』(1969) 등의 매체를 통해 문학과 현실의 관계가 가장 중요한 쟁점으로 부각되었다는 점에서, 1960년대 현실주의 문학비평을 『창비』 중심의 비평담론으로만 보려는 시각은 편협한 관점이 아닐 수 없다. 이런 점에서 4월혁명 이후 창간된 새로운 매체에 대한 실증적 검토와 이를 통해 발표된 문학비평, 그리고 매체를 주도했던 비평가들의 활동을 구체적으로 살펴보지 않고서는 1960년대 현실주의 문학비평의 전모를 제대로 파악할 수 없다.[9]

따라서 1960년대 문학비평 연구는 무엇보다도 당시 평단에서 활발하게 활동했던 비평가들에 대한 개별 비평가론과, 1960년대 지식인담론의 확산과 더불어 무수히 창간된 비판적 지식인 잡지와 동인지 등을 대상으로 한 매체연구가 병행되어야 할 것이다. 특히 1960년대 이후 더욱

15

이후)로 설정하는 데서 충분히 확인할 수 있다. 민족문학론의 중심에 『창비』를 위치시키는 '주류론적 접근'이 이미 우리 비평계의 상식으로 통용되고 있는 것이다. 고봉준, 「민족문학론 속에 투영된 지식인의 욕망과 배제의 메커니즘」, 『한국문학권력의 계보』(문학과비평연구회 편), 한국출판마케팅연구소, 2004, 272~273면.

8) 지식인을 주요 독자로 설정하며 잡지이념을 지식인을 통해 실현하고자 하는 잡지를 '지식인 잡지'라고 부를 수 있다면, 지식인 잡지는 비판적인 사회의식을 확산시킬 수 있어서 정치·경제권력의 감시대상이 된다. 여기서 지식인 잡지는 정치·사회적인 발행목표의 실현에 주력하는 이념잡지라 할 수 있다. 이념잡지는 여론잡지나 논평잡지라고 불리기도 하며, 이는 고급잡지의 하나로 여론을 형성하는 데 주요한 역할을 한다고 볼 수 있다. 또한 비판적 지식인 잡지는 보수질서나 기존 체제에 대한 부정, 각 쟁점에 대한 주류의 관점이나 전통적인 방식에 대한 부정을 의미하는 대항잡지라고 부를 수 있다. 이용성, 「1960년대 비판적 지식인 잡지 연구―『사상계』의 위기와 『창작과비평』의 등장을 중심으로」, 『한국학논집』 제37집, 한양대 한국학연구소, 2003.10, 194면.

9) 권성우는 우리 근대 비평사 연구에 있어서 실증주의적 연구와 사적 체계화 단계의 연구가 지속적으로 전개되어 보강되어야 한다는 사실을 강조하면서, 중요 비평가들에 대한 개별 비평가론이 더욱 충실하게 작성되어야 한다고 하였다. 이는 1960년대 문학비평 연구에 있어서도 반드시 새겨둘 만한 우리 비평사 연구의 중요한 과제라고 할 수 있다. 권성우, 『모더니티와 타자의 현상학』, 솔, 1999, 24면 참조.

노골화되었던 분단이데올로기의 희생물이 되어 한국문학사에서 거의 잊혀져 버린 진보적 매체를 새롭게 발굴하고 조명할 필요가 있다. 이는 우리 비평사의 빈틈을 메움으로써 문학사의 연속성에 대한 시각을 정립하는 것으로, 앞으로 1960년대 문학비평을 연구하는 데 있어서 가장 핵심적인 과제가 되어야 할 것이다.

매체연구는 비평담론의 개별적 특수성보다는 집단적 보편성을 강조함으로써 매체의 성격과 당대 비평의 성격을 지나치게 동일시하는 도식적 위험성을 지니고 있는 것이 사실이다. 하지만 1960년대의 경우, 4월혁명과 5·16이라는 역사적 격변을 거치면서 당대의 사회와 역사에 적극적으로 대응하기 위해 동인활동이나 매체의 창간이 아주 활발하게 전개되었다는 점을 간과해서는 안 된다. 다시 말해 1960년대는 한국비평사에서 그 어느 때보다도 집단의 성격이 강조됨으로써 문학의 에콜화가 더욱 두드러지게 가시화된 시대였던 것이다. 따라서 1960년대 문학비평의 성격은 이들 매체에 수록된 비평과 각 매체를 주관한 비평가들의 문학적 이념을 함께 살펴봄으로써 종합적인 이해에 도달할 수 있을 것이다.

본 논문은 이와 같은 비평사의 관행에 대한 비판적 성찰과 비평사의 단절에 대한 문제의식을 바탕으로 『한양』·『청맥』·『상황』을 『창비』의 비평담론과 함께 살펴봄으로써, 4월혁명 이후 전개된 1960년대 현실주의 문학비평의 성격과 문학사적 위상을 총체적으로 이해하고자 하는 것이다. 특히 1960년대 비판적 지식인 잡지였던 『한양』·『청맥』과 동인지 『상황』의 경우, 통일혁명당 사건[10], 문인간첩단 사건[11] 등 1960~70

---

10) 박정희 정권은 1968년 8월 24일 이른바 '통일혁명당 사건'을 발표했다. 김형욱 중앙정보부장이 발표한 이 지하당 사건으로 158명이 검거되고 50명의 구속자를 냈다. 사건 가담자는 김종태를 필두로 김질락(청맥사 주간), 이문규(학사주점 대표) 등 서울대 문리대를 비롯 각 대학 출신의 혁신적 엘리트로 구성되어 사회에 더욱 큰 충격을 주었다. 중앙정보부는 이 사건이 "지식인·학생·청년층을 포섭하여 학술연구를 가장한 9개 위장단체를 조직하고 이것을 자연발생적인 것처럼 조작하여 용공적인 조직형태로

년대 우리 사회의 어두운 역사적 사건에 직·간접적으로 연루됨으로써 강제폐간되거나 국내로의 유입이 사실상 금지되어 버렸다.12) 이러한 정치·사회적 제약으로 인해 그 동안 이들 매체에 대한 독립적인 연구는 거의 찾아볼 수 없었고, 매체에 수록된 한두 편의 평문을 인용하면서 1960년대 참여문학론의 전체적 지형을 논의하는 차원에 머물러 있을 따름이었다. 그런데 최근 모든 장르에 걸쳐 1960년대 문학연구가 활발하게 이루어짐에 따라 이들 매체에 발표된 문학비평도 본격적인 연구의 대상이 되고 있음을 주목할 필요가 있다.13)

발전시켜 북괴의 적화통일노선에 규합시킴으로써 무장봉기에 이용하려는 것"이라고 분석했다. 그리고 통혁당이 민족해방전선과 조국해방전선을 구성하고, 이를 근간으로 활동해온 학사주점, 새문화연구회, 청년문학가협회 등의 서클을 갖고 있었다고 발표했다. 이 사건으로 김종태, 김질락, 이문규 등이 사형되고, 많은 사람들이 중형을 선고받았다. 김삼웅, 「『청맥』에 참여한 60년대 지식인들의 민족의식」, 『말』, 1996.6, 165면.

11) 1974년 2월 5일자 『동아일보』는 이 사건을 '문인·지식인 간첩단 적발'이라는 제목으로 대서특필했다. "서울지검 공안부 정명래 부장 검사는 5일 서울을 거점으로 한 '문인 및 지식인 간첩단'을 지난 1월 26일 적발, 이호철(43·소설가), 임헌영(34·문학평론가·중앙대 강사), 김우종(45·문학평론가·경희대 교수), 정을병(40·소설가·한국 가족 계획협회 지도부장), 장병희(41·문학평론가·국민대 강사·필명 백일) 등 5명의 문인을 반공법 및 간첩 혐의로 구속하고 언론인 천관우 씨 등에 대해 조사중이라고 밝혔다. 구속된 5명의 문인은 북한 노동당 대남 사업 담당 비서 직계에 있는 재일 공작 지도원 김기심에 포섭되어 문단, 언론계, 학원 등의 동태를 보고하는 한편 반정부 투쟁을 선동하는 작품 활동과 북한 지령 사항을 실천하기 위해 문인 개헌 성명에 가담한 혐의를 받고 있다. 이들 문인들에게 지령을 내린 재일 공작 지도원 金은 49년 북한에서 일본으로 위장 입적, 그해 2월 '한양사'를 창설하여 도일하는 문인, 교수, 학자 등을 포섭, 활동을 해 왔다는 것이다."

12) 필자가 참고한 국립중앙도서관 소재 마이크로필름본 『청맥』을 보면, 1968년 통일혁명당 사건으로 인해 각 표지마다 '불온'이라는 도장이 선명하게 찍혀 있었다. 그리고 『상황』의 경우 1974년 문인간첩단 사건으로 임헌영이 구속된 후 바로 문공부로부터 발간취소 통보를 받았고, 『한양』 역시 이 사건으로 더 이상 국내와의 교류를 유지하지 못한 채 사실상 금서가 되고 말았다. 이는 분단이데올로기의 경직성으로 인해 우리 문학사의 불구성이 더욱 두드러졌던 지난 역사의 폐해를 분명하게 보여준다. 따라서 앞으로 우리 문학사 연구의 방향은 특정 이데올로기나 이해관계에 의해 배제되거나 소외되어 버린 문학에 대한 지속적인 관심과 객관적인 조명이 더욱 시급히 요청된다고 하겠다.

13) 허윤회, 「1960년대 참여문학론의 도정」, 『회귀 잡지로 본 문학사』(상허학회 편), 깊은샘, 2002; 박수연, 「1960년대의 시적 리얼리티 논의-장일우의 『한양』지 시평과 한

이러한 점을 고려하여 본 논문은 『한양』·『청맥』·『창비』·『상황』 등을 당대의 사회·역사적 상황과의 관련 속에서 논의하고자 한다. 특히 지금까지 전개된 1960년대 비평사 연구와는 달리 매체 중심의 담론 연구를 시도함으로써, 당대의 비평적 쟁점과 비평가의 이데올로기가 유기적으로 결합되는 외적 조건으로서의 매체의 성격에 주목할 것이다.[14] 이러한 관점은 1960년대 문학비평을 이데올로기적 측면, 세대론적 측면, 문학사적 측면, 그리고 문단사적 측면으로 사실상 구분하여 논의해 온 그 동안의 연구방법론에 대한 반성에서 비롯된 것이다. 즉 다양하고 세분화된 관점이 공유하고 있는 1960년대 문학비평의 공통분모를 도출함으로써 새로운 연구방향을 모색한 것이다. 따라서 본 논문은 1960년대 문학비평을 4월혁명 이후 문학지형의 변화와 지식인담론의 확산에 따른 사회문화적 현상으로 이해하고, 당대의 비평담론에 나타난 현실주의적 성격을 각 매체의 특성과 관련지어 총체적으로 이해하는 것을 목표로 한다.

18

국문단의 반응」, 『한국언어문학』 제50집, 한국언어문학회, 2003; 전용호, 「1960년대 참여문학론과 『청맥』」, 제47회 전국 국어국문학 학술대회 자료집, 국어국문학회, 2004.6.
14) 문학연구의 대상이 단순히 작가와 작품만으로 한정될 수는 없다. 문학이 상부구조의 한 형태라 했을 때, 문학의 연구란 토대로부터 상부구조에 이르는 제과정, 다시 말해 경제적 생산양식과 인간의식과의 상관성에 대한 과학적 인식을 의미하는 것일 뿐만 아니라, 무엇보다도 상부구조에서의 여러 구성요소들, 예컨대, 국가·정치·이데올로기 및 각종의 사회적 제도들과 문학예술과의 상호관계를 밝히는 것을 의미한다. 따라서 문학의 '독자성'과 '특수성'은 이러한 상호관계, 즉 그들 사이의 상호 규정력과 영향력을 확인하는 데서 입증되는 것이므로, 문학을 그것들로부터 분리·독립시켜서는 안 된다. 김철, 「한국 보수우익 문예조직의 형성과 전개(I)」, 『구체성의 시학』, 실천문학사, 1993, 26면.

2. 전후비평의 타자화와 새로운 매체의 창간

1960년대는 1920년대와 같은 '동인지 문단시대'가 다시 도래했다고
할 수 있을 만큼 대략 50여 종류의 동인지들이 우후죽순 창간된 시기이
다.15) 대체로 이들 동인지의 구성원들은 당시 20~30대의 소장 문인들
로서 한국문학가협회·한국자유문학자협회 등을 비롯한 기존의 모든
문학단체의 통합으로 결성된 한국문인협회16)의 현실적 한계와 보수성
을 뛰어넘으려는 혁신적이고 진보적인 성향을 지니고 있었다. 즉 기성
세대의 보수적 문학관과 문단의 헤게모니에 종속된 문학적 경향을 과
감하게 탈피하기 위해 새로운 문예지를 창간17)함으로써 자신들의 문학

---

15) 1960년대는 질과 양의 측면에서 전대와 구분되는 뚜렷한 매체의 확대 현상을 보였는
데, 4월혁명 이후 무려 1,400여 종의 잡지가 발행되었다고 한다. 그런데 5·16 이후 그
수가 229종으로 격감하게 되었다는 점을 주목할 때, 당시 지식인의 현실참여와 4월혁
명 이후 매체의 증가현상이 아주 밀접한 상관성을 지니고 있다는 사실을 알 수 있다.
이용성, 「한국 지식인 잡지의 이념에 대한 연구」, 한양대 박사논문, 1996; 전영표, 『출
판문화와 잡지 저널리즘』, 대광문화사, 1997 참조.

16) 5·16쿠데타로 정권을 잡은 군사정부는 1961년 6월 17일 포고령 제6호를 공포하여
기존의 모든 정치·경제·사회·문화·예술 단체들을 해산시켰다. 그리고 나서 12월
5일 공보부와 문교부 초청으로 해체 이전의 각 단체 대표 30여 명을 불러모아 문화예
술단체의 단일화를 강력하게 촉구한다. 이러한 과정을 거쳐 12월 30일 수도여자사범
대학(오늘의 세종호텔 자리) 강당에서 한국문인협회의 결성대회를 개최하게 되었다.
이처럼 당시 한국문인협회는 혁명정부가 내건 통합의 취지에 이끌려서 기계적으로 결
합한 문인단체였다. 홍기돈, 「김동리와 문학권력」, 『한국문학권력의 계보』(문학과비평
연구회 편), 한국출판마케팅연구소, 2004, 147~148면.

17) 1960년대에 출간된 대표적인 문예지와 동인지, 그리고 문학 관련 교양종합지를 대
략적으로 살펴보면 다음과 같다. 우선 50년대부터 이어온 잡지로는, 『시와시론』(1952),
『사상계』(1953), 『문학예술』, 『새벽』, 『현대문학』(1954), 『자유문학』, 『시와비평』(1956),
『현대시』(1957), 『한국평론』(1958), 『문학평론』(1959) 등이 있었다. 그리고 60년대에 새
롭게 창간된 잡지로는 『국어국문학』(1960), 『60년대사화집』(1961), 『한양』, 『산문시대』
(1962), 『세대』, 『신춘시』, 『비평작업』(1963), 『청맥』, 『문학춘추』, 『신동아』(복간)(1964),
『정경연구』(1965), 『창작과비평』, 『사계』, 『한국문학』, 『현대시학』, 『문학』(1966), 『월간
문학』, 『월간중앙』(1968), 『68문학』, 『상황』(1969), 『문학과지성』, 『다리』, 『현대시조』
(1970) 등이 있었다.

적 다양성과 새로움을 최대한 실현하려 했던 것이다. 해방 이후부터 1960년대에 이르는 남한문학의 흐름이 보수우익 문예조직의 형성과 그 전개과정을 두드러지게 드러냈다는 점을 주목할 때,[18] 이와 같은 4·19 세대[19]의 새로운 문학적 모색은 한국문학 지형의 급격한 변화를 이끌어 내는 '자기성찰'의 의미를 지니고 있었다. 4월혁명 이후 급격하게 고조된 현실인식을 바탕으로 당대의 보수적 문단기류를 혁신함으로써 기성문단에 종속되어 버린 전대의 문학적 경향을 환골탈태하는 획기적인 변화를 이루어 내고자 했던 것이다.

하지만 4월혁명의 실패와 군사독재정권의 수립이라는 역사적 파행을

---

18) 김철은 1945년 이후 한국 지배집단의 이해 관계에 긴밀히 결탁·조응하면서 그것을 통하여 현실적 영향력을 행사해온 일군의 집단, 즉 그 자체 내에 뚜렷한 이념적 방향성을 지니고 있다기보다는 오히려 본능적 생존 논리의 수준에서 이합집산을 하는 집단을 '보수우익'이라고 규정한다. 그런데 한국 현대사의 파행적 전개는 이러한 집단의 무수한 족출을 가능하게 했고, 현실의 각종 제도 속에서 그들의 막대한 영향력을 보장해 주었다. 한국문단 역시 이와 같은 정치사회적 이유로 보수우익 문예조직 중심의 전개양상을 드러낼 수밖에 없었다. 이러한 관점에서 그는 보수우익 문예조직의 형성과 그 배경, 활동양상을 다섯 단계로 나누어 살펴보고 있다. ① 형성기(1945~1948) : 「중앙문화협회」, 「전조선문필가협회」, 「조선청년문학가협회」, 「전국문화단체총연합회」, ② 정착 및 내부적 갈등기(1949~1954) : 「한국문학가협회」, 「문총구국대」, 「종군작가단」, ③ 분화기(1955~1960) : 「한국자유문학자협회」, 「한국시인협회」, 「국제 펜클럽 한국본부」, ④ 통합 및 종속기(1961~1970) : 「한국문인협회」, ⑤ 현재(1971~) : 보수우익 문예조직의 명목상 유지기. 김철, 「한국 보수우익 문예조직의 형성과 전개(I)」, 『구체성의 시학』, 실천문학사, 1993, 26~59면 참조.

19) 4·19세대의 특징은 혁명 체험을 자기인식의 근거로 삼고 있다는 데 있다. 즉 이들은 20대 초반의 나이에 '혁명'이라는 역사적 대격변을 직접 몸으로 체험하고 이로부터 '자유'와 '평등'의 정신을 내면화한 세대이다. 4·19세대 고유의 자기 의식에 대한 해명은 그들 세대를 에워싸고 있던 문화적 배경에 대한 이해를 요구하는데, 이 점과 관련하여 김병익의 증언을 참고할 만하다. "최인훈, 김승옥, 서정인, 유현종, 이청준, 박태순, 홍성원 등의 작가들, 고은, 황동규, 이성부, 박이도, 정현종, 오규원 등의 시인들, 김윤식, 김현, 조동일, 염무웅, 김치수, 김주연 등 평론가들—이른바 4·19세대가 성장할 수 있었던 것은 『동아일보』를 비롯한 일간지의 비판정신, 잡지 『사상계』와 『陽文』, 『新楊』, 『乙酉』 등의 문고본이 제공하는 인문학, 『현대문학』지와 민중서관의 『한국문학전집』 및 정음사, 을유문화사의 『세계문학전집』의 문학·교육 등 비옥한 토양 덕분이었다. 여기서 한국문단은 새로운 오늘날의 '열린 문학'으로 심화 발전된 것이다." 김병익, 『한국문단사』, 문학과지성사, 2001, 284~285면.

겪으면서 1960년대의 제도권 문단은 문학적 이념이 같은 에콜을 중심으로 한 자연스러운 통합을 이루어내지 못하고 오히려 문단권력의 헤게모니에 의해 좌지우지되는 기형적인 모습을 드러내고 말았다. 다시 말해 문단의 통합이 문인들의 자발적인 의지에 의해 이루어진 것이 아니라 정권 차원의 종용에 의해 이루어졌다는 점에서 특정 정치집단의 정략적 입장과 철저하게 결부되어 있었던 것이다. 따라서 예술활동의 본질인 자율성과 다양성은 상당히 침해당할 수밖에 없었는데, 이런 상황에서 새로운 동인지와 잡지를 창간하려는 소장비평가들의 움직임은 제도권 문단에 대한 종속으로부터 벗어나 보다 자유롭게 비평활동을 할 수 있는 '문학의 장'[20]을 확보하려는 의지를 드러낸 것으로 볼 수 있다.[21]

---

20) 예술가들과 작가들의 수많은 실천들과 이미지들은 권력의 장에 의거해야만 설명될 수 있다. 문학의 장은 권력의 장 안에서 피지배적인 위치를 차지한다. 권력의 장은 (경제적이거나 또는 특히 문화적인) 여러 다양한 장들 속에서 지배적인 위치들을 점유하기 위해 필요한 자산을 소유하려고 하는 행위자들이나 집단들 사이의 힘의 관계의 공간이다. 이것은 다양한 권력들(또는 다양한 종류의 자산들)을 소지한 자들 사이의 투쟁의 장소이다. 이 투쟁들은 19세기의 예술가들과 '부르주아들' 사이의 상징적인 투쟁들처럼, 다양한 종류의 자산들의 상대적인 가치를 변화하거나 유지하는 것을 내기물로 걸고 있다. 또 이 다양한 자산들의 가치는 매순간 투쟁들 속에 참여할 수 있는 힘들을 결정한다. (…중략…) 여러 다른 다양한 종류의 자산들 사이에, 그리고 그 자산들을 소지한 자들 사이의 관계들 속에 설정된 위계로부터 문화적 생산의 장들은 일시적으로 권력의 장 속에서 피지배의 위치를 차지한다. 이 장들이 아무리 외적인 제약들이나 요구들로부터 해방되었다고 하나, 그것들은 그들을 둘러싸고 있는 장들의 필요, 즉 경제적이거나 정치적인 이익의 필요에 의해 관통된다. 그 때문에 이 장들은 매순간이 위계적인 두 원칙들 사이의 투쟁의 장소가 된다. 피에르 부르디외, 하태환 역, 『예술의 규칙-문학 장의 기원과 구조』, 동문선, 1999, 285~287면.

21) 이와 관련해 당시 매체의 중요성을 언급한 염무웅의 회고를 들어보면 다음과 같다. "60년대에 있어서 문예조직보다 훨씬 더 중요한 것은 발표매체일 것이다. 특히 군사정부에 대해 비판적 입장을 분명히 한 『사상계』는 문학에 점점 더 많은 지면을 할애하였고, 64년 9월 복간된 『신동아』 역시 중요한 구실을 하였다. 『자유문학』이 63년 8월 경영난으로 문을 닫자 이듬해 창간된 『문학춘추』가 3년쯤 지속되었으나(1964.4~1966.2), 『현대문학』의 영향력에는 미치지 못했다. 66년 5월 창간되어 1년 남짓 발간된 『문학』은 김정한의 「모래톱 이야기」를 포함한 중요한 작품들의 발표무대가 되었다. 특이한 것은 『한양』과 『청맥』으로서, 전자는 일본에서 재일동포를 상대로 간행되었으

이처럼 1960년대는 언론의 활성화와 함께 매체의 확대현상이 아주 두드러진 시기였다. 매체의 확대는 신진문학가들이 자신의 문학적 신념을 독자들에게 제대로 알릴 수 있는 발표공간의 확대를 의미했다. 그럼에도 불구하고 당시 그들의 문학적 신념을 어떠한 제약조건도 없이 자유롭게 발표할 만한 매체는 극히 제한적이었다. 따라서 그들은 무엇보다도 자신들의 비평의식을 확장할 수 있는 공공영역[22])의 확보에 매달리지 않을 수 없었다. 4·19세대 비평가들이 주축이 된 새로운 매체의 창간은 이와 같은 공공역역을 확보함으로써 또 다른 제도권의 창출을 모색하는 세대론적 인정투쟁의 전략을 내재하고 있었음에 틀림없다.

> 태초와 같은 어둠 속에 우리는 서 있다. 그 숱한 言語의 亂舞속에서 우리의
> 全身은 여기 이렇게 초라한 모습으로 서 있다.
> 이 천년을 갈 것 같은 어두움 그 속에서 우리는 神이 느낀 권태를 반추하며
> 여기 이렇게 서 있다. 참으로 오랜 歲月을 끈덕진 인내로 이 어두움을 감내하

나 국내필자들의 활동무대로도 많이 이용되었고, 후자는 64년 8월 창간되어 상당한 주목을 받다가 통혁당 사건으로 폐간되었다. 둘다 선명한 진보적 색채를 띠었다는 점에 특색이 있다. 66년 백낙청에 의해 창간된 계간 『창작과비평』은 우리나라 잡지문화의 역사에 있어서 또 민족문학 운동의 역사에 있어서 하나의 전환점으로 기록될 수 있을 것이다. 염무웅, 「5·60년대 남한문학의 민족문학적 위치」, 『혼돈의 시대에 구상하는 문학의 논리』, 창작과비평사, 1995, 360~361면.

22) 하버마스는 '공공영역'을 여론과 같은 것이 형성되는 사회적 삶의 영역으로 규정한다. 그는 부르주아적 공공영역의 발아 형태를 중세 신분제의 토대 위에서 성립되어 인격적 특징을 갖는 '대의적 공론'에서 찾는다. 대의적 공론 기능을 하는 교회, 영주, 귀족 등의 봉건적 권력은 오랜 양극화의 과정을 거쳐 18세기 말에는 사적 요소와 공적 요소로 나뉘어진다. 이러한 과정을 거치면서 형성된 부르주아 공공영역이란 시민들이 일반적인 관심을 가지는 문제 및 정치적 문제를 집회와 결사의 자유 및 표현과 출판의 자유를 통해 자유롭고 개방적으로 논의할 수 있는 영역이다. 이 영역에서는 공적 문제에 대한 결정이 전통적 도그마와 권위에 의해 이루어지는 것이 아니라 비판적 이성의 기준에 접근하는 합리적 토론에 의해 이루어진다. 이러한 공공영역은 자본주의의 발전과 더불어 분리되기 시작한 국가와 시민 사이에 긴장 관계에 있는 하나의 사회영역 내에서 살롱과 클럽을 중심으로 신문 및 소설 등의 인쇄물의 보급을 통해 '문예적 공공영역'이 형성되며, 이 영역에서의 토론은 점차 확장되어 '정치적 공공영역'으로 발전하게 된다. 김재현, 「하버마스에서 공론영역의 양면성」, 『하버마스의 비판적 사회이론』(계명대학교 철학연구소·이진우 편), 문예출판사, 1996, 120~123면 참조

며 우리는 여기 서 있다.

그러나 이제 우리는 안다. 이 어두움이 神의 人間創造와 同時에 除去된 것
처럼 우리들 주변에서도 새로운 言語의 創造로 除去되어야 함을 이제 우리
는 안다. 유리아의 얼굴을 발견한 싼타 마리아의 일군이 우리는 기꺼이 된다.
얼어붙은 權威와 구역질나는 모든 話法을 우리는 저주한다. 뼈를 가는 어두
움이 없었던 모든 자들의 안이함에서 우리는 기꺼이 脫出한다. 썩은 유리아
의 얼굴만을 애완물처럼 매만지고 있는, 이카루스의 어쩌면 절망적인 脫出이
없는 모든 자의 言語와 우리는 결별한다. 새로운 유리아의 얼굴을 발견함이
없는 모든 者와 우리는 결별한다. 內部에서 터져나오는 慾望을 처리하기 위
해 집을 나가는 탕자를 우리는 배운다. 모든 어두움 속에 파묻힌 죽어버린 言
語를 박차는 탕자의 의지를 우리는 배운다.

이제 우리는 청소부이다. 유리아의 얼굴을 닦아내는 싼타 마리아의 人夫들
이다. 우리는 이 투박한 大地에 새로운 거름을 주는 농부이며 탕자이다. 비록
이 투박한 大地를 가는 일이 우리를 完全히 죽이는 절망적인 作業이라 할지
라도 우리는 우리 손에 든 횃불을 던져버릴 수 없음을 안다. 우리 앞에 끝없
이 펼쳐진 길을 우리는 이제 아무런 장비도 없이 出發한다. 우리는 그 길 위
에서 죽음의 팻말을 새기며 쉬임없이 떠난다. 그 팻말 위에 우리는 이렇게 다
만 한마디를 기록할 것이다. 〈앞으로!〉라고.23)

1962년 김현·김승옥·최하림이 창간한 『산문시대』24)는 당대를 "어

23) 「선언」, 『산문시대·1』, 3면.
24) 1962년 6월 15일 전주의 가림출판사에서 200부 한정판으로 출간되었다. 종래의 동
인지들이 대개 시동인지들이었고 당시 『60년대사화집』이라는 기성 시인들의 시동인
지가 착실하고 충실하게 나오고 있음을 의식하여, 시를 제외한 소설, 희곡, 평론 등의
산문으로만 동인지를 발간하였다. 하지만 최하림이나 김현은 이 동인지를 통하여 '시
정신에 의한 산문'을 써보려고 노력했다. 처음에 동인지명은 『질주(疾走)』라고 하자는
의견이 있었으나 그건 너무 문학소년 냄새가 난다고 하여 김승옥의 제안으로 『산문시
대』로 결정했다고 한다. 당시로서는 상당히 드물었던 활자판 인쇄 동인지였는데, 첫
페이지에 "슬프게 살다간 李箱에게 이 책을 드림"이라는 헌사가 적혀 있고, PAUL
KLEE의 「聖묘山」을 표지화로 할 정도로 제법 고급스러운 동인지의 모습을 갖추고 있
었다. 제1집에서 김현, 김승옥, 최하림이 참여한 것을 시작으로, 제2집(1962)부터는 강
호무, 김산초, 김치수가, 제3집(1963)에서는 김성일이 새로 참여했고, 제4집(1963)부터
는 염무웅, 서정인이, 그리고 제5집(1964)에서는 곽광수가 새롭게 참여하였다. 이후 이

두움"의 시대로 규정하면서 "얼어붙은 권위와 구역질나는 모든 화법"을 지닌 기성문단을 제거하는 "새로운 언어의 창조"를 명백히 선언하였다. 이는 "아무도 없는 깜깜한 곳"의 "고양이의 눈"[25])과 같은 것으로, 어둠 속에서 유일하게 빛나는 고양이의 파란 눈빛을 통해 자기의 존재를 확인하려는 상징성을 지니고 있었다. 즉 존재가 바로 사물로서의 언어임을 확신함으로써 역사나 사회가 아닌 '언어' 그 자체에 매달리게 되는데,[26]) 이와 같은 '존재와 언어'에 대한 탐구는 전후세대 비평을 초극하는 미적 자율성론으로 구체화됨으로써 『문지』 에콜의 비평적 근거가 되기도 했다.[27])

4월혁명 이후 간행된 동인지나 잡지의 두드러진 특징은 시나 소설 위주의 문학작품 중심 편집체제에서 벗어나 동인들을 중심으로 한 비평적 목소리를 더욱 전면화했다는 데 있다. 1960년대의 문학적 특징은 비평 분야를 부차적으로 인식하던 기존의 관행에서 벗어나 비평의 영

들 동인은 『사계』(1966)-『68문학』(1969)으로 이어지면서 『문학과지성』(1970)을 창간하게 된다. 김승옥, 「≪산문시대≫ 이야기」, 『내가 만난 하나님』, 작가, 2004, 177~229면 참조.

25) 김현, 「잃어버린 처용의 노래」, 『산문시대·1』, 1962, 20면.

26) 하이데거에 의하면 언어는 존재 이해의 방법론적 통로이다. 즉 문학은 존재의 드러냄이고, 이 존재는 존재자와 대립되면서 매우 신비스러운 양상을 띠고 있기 때문에 그의 미학은 존재론 또는 형이상학에 근거를 둔 '형이상학적' 미학이다. 이런 철학적 바탕에서 하이데거는 세 가지 명제를 제시하는데, '언어가 말한다', '언어가 존재를 말한다', '언어는 세계와 사물로서의 존재를 말한다'가 바로 그것이다. 이 가운데 세 번째 명제는 언어는 존재를 지시함으로써 논리적으로 언급하는 것이 아니라 상징적 암시를 통한 환기로써 언급하는 것을 말한다. 즉 존재는 사물들의 보이지 않는 근거이므로 구체적 사물의 이미지를 통해서 계시되는 것이다. R. R. 마그리올라(최상규 역), 『현상학과 문학』, 대방출판사, 1987, 102~120면 참조.

27) 『문지』의 문학론은 존재·언어·상상력·지성과 같은 기본적인 범주에 대한 인식에 근거하고 있다. 이러한 범주들은 문학체계의 근원적인 구조화 원리이면서 동시에 정치적 상황과 맞설 수 있는 가치이다. 『문지』의 문학관이 지니고 있는 기본적인 틀은 '문학의 자율성 옹호'와 '현실에 대한 분석적 인식'으로 정리될 수 있다. 즉 '문학의 자유스러움'을 억압하는 것을 모두 부정함으로써 문학의 자율성을 통해 현실 사회의 모순을 구조적 차원에서 인식하겠다는 의지를 내포한 것이다. 김동식, 「4·19세대 비평의 유형학」, 『문학과사회』, 2000년 여름, 455면.

역을 중점적으로 인식하였던 것이다.[28] 이러한 특성은 역사의식과 사회의식의 확고한 정립을 토대로 비평활동을 전개한 참여문학 진영에서 더욱 구체적으로 실천되었다.

문학비평동인지 『비평작업』[29]은 비록 창간호가 종간호가 되었고 당시 대학생들로 구성된 학생동인지였지만, 1960년대 문학비평이 지향하는 현실인식의 방향을 명확하게 보여주었다는 점에서 그 비평사적 의미를 간과하기 어렵다.

　　感情과 觀念에 汲汲한 나머지 空虛하기 짝이없는 遊戲의 半世紀, 人間없는 地帶의 主題없는 住宅에서 우리는 이때것 言語없는 市民이었다. 이 온갖

---

28) 이는 루카치의 비평의식을 적극적으로 수용한 당대 현실주의 문학비평의 성격과도 관련이 있다. 루카치는 비평 혹은 에세이를 예술작품 혹은 예술장르로 볼 수 있을지에 대한 문제제기를 통해 비평을 하나의 독자적인 장르로 인식하였다. 루카치에 의하면, 비평과 에세이는 다른 어떤 문학형식에 의해서도 표현할 수 없는 특정한 삶의 근원적이고도 직접적인 문제에 대한 물음이고, 인간 영혼의 가장 은밀한 곳에 자리잡고 있는 마음상태와 동경을 표현하려는 욕구이다. 따라서 그는 비평을 보다 구체적인 삶의 표현인 다른 문학형식을 계기로 삼아 삶의 궁극적인 문제를 배열하고 정리해서 하나의 질서를 만들어내는 문학형식이라고 보았다. 게오르그 루카치, 반성완·심희섭 역, 「에세이의 본질과 형식」, 『영혼과 형식』, 심설당, 1988, 5~34면 참조.

29) '정오평단(正午評團)'의 문학평론 동인지로, 이광훈, 임중빈, 조동일, 주섭일, 최홍규 등이 동인으로 참가하고 있다. 1963년 1월 10일 시사영어사에서 제1권이 발행되었는데, 이후 계속적으로 출간하지 못하고 창간호가 종간호가 되고 말았다. 『비평작업』은 4·19와 5·16을 거치는 과정에서 학생비평가들(당시 임중빈은 성균관대, 조동일은 서울대 재학생)의 첫 번째 동인지라는 점과, 당시로서는 특이하게도 '비평전문지'를 표방했다는 점에서 1960년대 우리 비평사의 중요한 위치를 차지한다고 평가할 수 있다. 제1호의 목차를 살펴보면, 〈권두선언〉 「새 시대의 가치창조를 위하여」, 동인들의 공동평론의 형식으로 발표된 〈평단소송〉 제1호 「위장된 전통론—백철론」, 제2호 「어떤 쁘띠·인테리의 비극—이어령론」, 제3호 「인생과 무대는 어디로—조연현론」, 임중빈, 「몰락해 가는 한국적 주제」, 주섭일, 「작가의 현실참여와 휴머니즘」, 이광훈, 「이상 시어연구론 시고」, J. P. 싸르트르(주섭일 옮김), 「실존주의와 맑스주의」, 조동일의 시 「춤추는 의식」, P. 엘류아르의 시 「평화의 얼굴」(조동일 옮김), 〈창작〉으로 민병규의 「파갱(破坑)」과 일리아 에렌부르크의 「메리 파오로」(김송현 옮김)를 싣고, 『60년대사화집』, 이어령의 『고독한 군중』, 송욱의 『시학평전』, 유종호의 『비순수의 선언』 등을 대상으로 한 4편의 짧은 〈서평〉, 〈문단직언〉으로 「한국문단은 무엇을 하는가」를 게재하고 있다.

25

文學에 對한 責任을 그동안의 批評이 專擔해야 할줄 안다. 있으나마나한 그러한 批評, 아니면 있어서 害毒만 기치는 따위의 批評을 우리는 斷乎 拒否한다. 여기 시나브로 '批評의 再發見'은 고개들고 있다. 眞正한 批評活動은 언제나 社會發展의 엔진이며 批評家는 精神의 鑛脈을 發掘해가는 鑛夫와 같다. 어려운 때일수록 批評의 길은 가시밭길이다.

時代는 批評을 낳아 기르고 批評 또한 時代를 지켜야 한다. 때 늦으나마 우리에게 '批評共和國'의 胎動을 봄은 이 때문이다.

歷史와 싸워야 할 必然性 앞에서 우리는 旣成의 秩序와 觀念에 對한 一大 手術을 試行한다. '새로운 무엇'이 그립고 아쉽다면 그것은 人間自體에 對한 問題의 提起와 創造를 다짐하는 血戰이라 믿고 있다. 破壞가 우리의 萬能이 아님은 勿論, 그것은 主體形成過程에 있어서 어쩌면 몸 전체로 치러야하는 紅疫이기만 하다.

오늘 여기에서 우리는 焦土作戰 끝에 葬送曲을 목놓아 合唱한다. 그것은 찾는 것이 있기 때문에, 믿는 것이 있기 때문에, 앞을 내다보는 젊은 人生이 있기 때문이다. 우리에겐 不斷한 批評과 獻身的 作業속에 自我發見의 길이 있을 뿐이다. 따라서 우리는 狂亂以前의 峻嚴한 '이반'인 동시에, 僧服을 걸치지 않은 '도니쌍神父'의 肖像임을 宣言한다.

'새로운 價値創造'가 우리의 地上課業이다. 이 값진 文化建設은 새 人間의 탄생에서라고 信仰하면서 우리는 그 産婆의 職責에 있음을 밝힌다. 아울러 우리는 그 어떠한 偶像도 斷乎 이를 糾彈함과 동시에 스스로 偶像의 再現을 容納하지 않는다. '테르미돌'의 純粹라는 城廓의 벽돌장을 움켜잡고 발버둥치는 그들만의 神話는 이제 一朝에 消滅될 運命임을 銘心하라.

文學의 創造와 批評을 위하여, 오늘 批評共和國을 死守하는 把守꾼으로 새로운 現實을 構築하기 위하여 우리는 이렇게 兄弟로서 함께 손잡고 있다.[30]

『비평작업』은 "역사와 싸워야 할 필연성 앞에서 우리는 기성의 질서와 관념에 대한 일대 수술을 시행"한다는 뚜렷한 목적의식으로 창간되

---

30) 「권두선언―새 시대의 가치창조를 위하여」, 『비평작업』 창간호, 시사영어사, 1963.1, 3~4면.

었다. 따라서 "인간자체에 대한 문제의 제기와 창조를 다짐하는 혈전"을 치를 것을 선언하고, "파괴"가 "만능"은 아니지만 "주체형성과정"을 위해서는 어쩔 수 없이 감수해야만 하는 "홍역"이라고 보았다. 또한 그들은 "부단한 비평과 헌신적 작업"을 통해 "새로운 가치창조"를 지향했는데, 이를 실현하기 위해서는 무엇보다도 "어떠한 우상"도 "규탄"할 수 있어야 하고 "우상의 재현"도 용납하지 않는 새로운 비평지형을 형성해야만 했다. 따라서 『비평작업』은 '평단소송'이라는 기획을 통해 당시 한국문학비평의 우상으로 군림했던 백철·이어령·조연현을 신랄하게 비판하였다.

'평단소송'은 제1호 「위장된 전통론—백철론」, 제2호 「어떤 쁘띠·인테리의 비극—이어령론」, 제3호 「인생파 무대는 어디로—조연현론」의 세 편으로 구성되었다. 이제 막 비평활동을 시작한 대학생 비평가들에게 백철, 이어령, 조연현은 "새로운 가치창조"를 위해서 반드시 넘어야만 하는 "우상"이었음에 틀림없다. 따라서 그들은 백철의 전통론, 이어령의 순수지향적 특성, 조연현을 중심으로 한 기성문단의 권력구조에 대한 신랄한 비판을 서슴지 않는데, 심지어 "이젠 펜을 꺾으시오", "그럴 자신쯤 없대서야 일찌거니 자진폐간을 서두르는 게 현명책일지 모른다"와 같은 감정적이고 직접적인 비판을 거침없이 쏟아내기도 했다. 이러한 태도는 기성문단에 얽매이지 않는 젊은 비평가들의 패기를 충분히 느낄 수 있다는 점에서 충분히 의미 있는 문제제기였지만, 한편으로는 전후비평과의 차별의식을 지나치게 강조한 나머지 이성적이고 논리적인 태도가 아닌 감정적인 태도로 일관함으로써 인상비평의 수준을 넘어서지 못하는 결정적 한계를 드러내고 말았다.

4월혁명 이후 진보적 지식인들이 자신들의 목소리를 가감없이 드러낼 수 있었던 매체로 1964년 『청맥』이 창간되었다. 이를 통해 조동일, 백낙청 등이 사실상 비평가로서 첫출발을 알리는 비평을 발표하기도 했다. 또한 일본에서 발간된 『한양』에는 장일우·김순남 등 재일교포

27

비평가와 장백일 · 홍사중 · 임중빈 · 김우종 · 구중서 · 김병걸 · 신동한 등의 비평이 발표되었는데, 이들 비평가들은 모두 문학과 현실의 관계를 중심에 놓고 사유하고 실천함으로써 1960년대 참여문학론의 형성과 전개에 상당한 기여를 하였다. 이러한 현실참여의 비평정신은 1966년 백낙청이 중심이 되어 창간된 『창비』의 시대정신으로 계승되고, 1969년에는 구중서 · 임헌영 · 백승철 등이 중심이 된 『상황』의 창간으로 이어짐으로써, 문학의 사회적 기능을 중심에 둔 현실주의 문학론의 이론적 체계와 구체적 실천을 더욱 공고히 할 수 있었다.

이상에서처럼 4월혁명 이후 전개된 문학비평은 전후비평을 초극하려는 4 · 19세대 비평가들과 기성문단에 대한 종속성을 탈피하기 위해 새롭게 창간된 비판적 지식인 잡지와 동인지가 적절하게 만남으로써, 당시 문인협회 중심의 문단권력이 누리고 있었던 주류의식과 태도를 전복시키는 새로운 제도권의 창출로 이어졌다. 이런 점에서 전후비평의 타자화를 통해 4 · 19세대 비평의 의미를 특별히 강조하려 했던 이들의 세대론적 전략은 아주 유효했다. 또한 4 · 19세대 비평가들이 그들의 문학적 입장과 세대론적 정체성을 더욱 공고히 다지기 위해 문학동인을 결성하고 새로운 매체를 창간한 것은, 1970년대 이후 우리 문학비평의 지형이 특정 비평가들로 구성된 에콜[31] 중심으로 재편된다는 점에서 전사(前史)로서의 의미를 지니고 있다고 할 수 있다.

---

31) 비평의 에콜화는 집단 성원의 동질적인 이념의 자기확인과 구성원들 사이의 상호보완이라는 점에서는 긍정적인 측면을 보여준다. 하지만 에콜화는 정실비평으로 흐를 위험성 또한 내재하고 있다는 점에서 부정적인 측면을 배제해서도 안 된다. 홍정선, 「70년대 비평의 정신과 80년대 비평의 전개 양상」, 『역사적 삶과 비평』, 문학과지성사, 1986, 17면.

3. 4·19세대 비평의 제도화와 비평사의 단절

4·19세대 비평은 1960년대 후반에 이르러 '자유와 평등의 정신', '사회의식과 역사의식'을 통해 문학의 현실참여를 강조한 『창비』 계열과, '감수성의 혁명', '리버럴리즘과 상상력'을 내세우며 미학적 탐구에 주력한 『68문학』(이후 『문지』) 계열로 뚜렷하게 양분되는 양상을 보인다. 이들은 '문학의 기능성 / 문학의 존재성', '실천적 이론 / 이론적 실천', '민중적 전망 / 시민적 전망', '현실에의 몸담음 / 현실에의 반성적 질문' 등 이원대립적 성격을 분명히 드러냄으로써, 1970년대 이후 우리 비평의 구도를 『창비』/ 『문지』의 대립이라는 도그마 속에 가두어 버렸다.[32]

물론 이 두 에콜의 비평의식은 4월혁명의 역사적 성과에 뿌리를 두고 있으며 유신체제에 대응하는 지성적 산물이라는 점에서 공동의 전선을 지니는 측면도 있었다. 하지만 당대의 현실적 모순에 대한 문학적 응전의 태도에서는 전혀 다른 양상을 드러냄으로써 그 차별성을 더욱 심화시켜 왔다고 보는 편이 오히려 타당하다. 따라서 1970년대 이후 우리의 문학비평은 사실상 이 두 에콜에 의해 주도되었다고 볼 수 있으며, 이들의 문학적 대립은 '리얼리즘/모더니즘'의 대립으로 첨예화되기도 했다.

1966년 창간된 『창비』는 우리 문학사 최초로 본격적인 계간지 시대를 열었다는 상징적 의미를 지니고 있다. 이는 1960년대 초반 『한양』·『비평작업』·『청맥』 등의 지면을 통해 모색되었던 현실참여의 정신과 민족문학의 방향을 당대의 순수문학에 대한 비판으로 구체화함으로써 문학을 통한 실천과 변혁의 가능성을 새롭게 여는 중요한 역할을 담당

29

---

32) 이러한 비평적 대립은 '차이 속에서, 그리고 차이를 통해서 존재의 의미를 찾으려는 상징권력의 속성'에서 비롯된 결과라고 할 수 있다. 피에르 부르디외, 최종철 역, 『구별짓기―문화와 취향의 사회학』 상, 새물결, 1995, 364~365면.

하였다. 앞서 창간된 『한양』과 『청맥』의 현실주의 비평정신이 정치·사회적 이유로 인해 제도권 밖으로 밀려남으로써 『창비』는 이들 매체의 문학적 이념을 제도권 안으로 수렴하는 과정에서 창간되었다고 볼 수 있는 것이다.

이처럼 1960~70년대 참여문학론, 민족문학론, 리얼리즘론 등의 현실주의 비평담론은 『창비』의 전유물이 아니라 1950년대 최일수·정태용의 비평담론과 1960년대 『한양』·『청맥』·『상황』 등의 비평적 쟁점을 계승함으로써 성취될 수 있었다. 그럼에도 불구하고 지금까지 우리의 현실주의 비평사는 『창비』 창간 이전에 대해서는 침묵하거나 배제해 버림으로써 『창비』 중심의 비평담론에만 치중해 왔다. 물론 『창비』는 4월혁명 이후 우리의 비평적 성과들을 종합하고 체계화함으로써 1960년대 이후 우리 비평사의 중심에 있었던 것은 틀림없는 사실이다. 하지만 이러한 『창비』의 비평사적 위상은 1960년대 초반부터 지속적으로 제기되었던 『한양』·『청맥』의 현실주의 비평담론들을 철저하게 소외시킴으로써 민족문학론을 『창비』의 전유물로 만들었기 때문에 가능했다. 따라서 1960년대 이후 현실주의 문학비평 연구는 『창비』 에콜 이외의 일군의 비평가들이 철저하게 배제되거나 소외되는 비평사의 단절을 초래하고 말았다.[33)]

『문지』는 문학의 사회적 기능과 실천을 강조한 『창비』 에콜에 대한 대타의식으로 1970년에 창간되었다. 이는 『창비』의 현실주의에 맞서 자유주의를 표방한, 『산문시대』─『사계』[34)]─『68문학』[35)]으로 이어진 『문

---

33) 이런 점에서 임헌영은 『창비』가 1950~60년대 민족문학론이나 참여문학론을 무시함으로써 마치 민족문학론이 『창비』에서부터 새롭게 나온 것처럼 전통이 단절되고 과거가 사장되는 문제점이 발생했다고 지적한다. 그리고 당시 전후문학세대였던 이호철·김우종·홍사중 등, 말하자면 『창비』가 자리잡기 이전의 소박한 참여문학론의 역량을 총화시켜 합쳤다면 한국문단은 훨씬 더 근본적인 개혁, 근본적인 민족문학이 원천적으로 뿌리내리는 결과가 되지 않았을까 하는 아쉬움을 토로하기도 했다. 임헌영·김성수, 「대담─경계에 선 전방위적 지식인 임헌영」, 『문학과경계』, 2004년 가을, 43면.
34) 1966년 가람출판사에서 간행된 것으로, 1집에는 황동규·박이도·정현종·김화영

지』에콜의 문학정신을 더욱 구체적으로 실천하기 위한 제도적 장치를 마련한 것으로 볼 수 있다. 그런데 『68문학』의 창간사에 이미 잘 나타나 있듯이, 『문지』에콜 역시 "우리 시대의 위기를 샤마니즘적인 것과 관념적인 유희와 비슷한 것이 되는 대로 결합하여 빚어내는 정신의 혼란 상태"에서 비롯되었다고 규정하고, 이러한 "시대의 병폐와 한계를 뛰어넘"는 새로운 비평정신을 확립하고자 했다. 다시 말해 이들은 4월 혁명의 정신을 이어받아 전후비평의 보수적 문학관을 혁신하는 진보적 문학관을 지향했던 것이다.

이런 점으로 미루어 『창비』의 창간 무렵인 1960년대 중반까지는 『창비』와 『문지』 두 에콜의 비평적 쟁점이 크게 차별성을 드러내지 않았던 것이 사실이다. 하지만 1970년 『문지』 창간에 즈음하여 『산문시대』와 『68문학』의 동인으로 참여했던 염무웅이 『문지』를 떠나 『창비』에 합류했는데, 이 때부터 두 에콜의 문학적 이념과 방법적 실천은 상당한 차이를 드러내면서 대립적 성격을 뚜렷이 부각시켰다. 이는 역사적이고 사회적인 맥락에서 문학의 본질을 인식해야 한다고 생각한 염무웅의 현실주의 문학관과 정신의 리버럴리즘을 강조한 『문지』에콜의 자유주의 문학관이 상호 모순을 지니고 있었기 때문이다.36)

등의 시와 김주연의 평론, 김현의 산문이 실려 있다. 그리고 2집(1967)과 3집(1968)에는 앞의 시인들의 신작시와 김주연·김현의 평론이 실려 있다. 특히 김주연, 김현의 평론은 '시론'인데, 김주연은 「시와 진실」(1집), 「시와 인식」(2집), 「시에서 '참여'의 문제」(3집)를, 김현은 「상상력의 두 경향」(2집), 「'고은'의 상상적 세계」(3집)를 발표하였다. 이처럼 『사계』 동인은 소설전문 동인인 『산문시대』와 달리 시전문 동인으로서의 성격을 분명하게 드러냈다.

35) 1969년 1월 한명문화사에서 간행된 것으로, 김승옥·김주연·김치수·김현·박태순·염무웅·이청준 등이 편집동인으로 참여하고 있다. 창간호가 종간호가 된 1집에는, 박상륭·박태순·이청준·홍성원 등의 소설과 김화영·박이도·이성부·이승훈·정현종·최하림·황동규 등의 시, 그리고 김병익·김주연·김치수·김현·염무웅 등의 평론이 실려 있다. 특히 평론가 중에서 염무웅을 제외한 네 사람은 『문학과지성』의 창간 멤버인 소위 4K라는 점에서, 『68문학』은 사실상 『문지』의 전단계적 성격을 지닌 동인지였다고 할 수 있다.

36) 4월혁명을 똑같이 경험한 그들은 혁명 직후에 벌어진 불행한 쿠데타, 경제개발과정

이러한 정황은『문지』에콜이 태생단계에서부터 철저하게 자기만의 정체성을 유지하려는 폐쇄적 태도를 지님으로써, 그들의 생각에 반하는 문학적 입장을 암묵적으로 배제하고 있었음을 말해준다. 다시 말해 동인들 간의 의식적인 제휴를 통해 이미 평단에서 상당한 기득권을 지니고 있었던『창비』의 현실주의 문학관에 정면으로 도전하려는 인정투쟁의 비평전략을 지니고 있었던 것이다. 따라서『문지』는 "문학을 질식시키는 도그마적인 발언에 대한 분노와 새것 콤플렉스로 명명되는 사대주의적 발상에 대한 혐오"를 통해,『창비』진영의 문학론에 대해 참여문학론의 억압적 태도와 주체성을 상실한 외래주의의 허무주의적 태도를 동시에 지니고 있다고 비판했다.[37] 이러한 태도는 백낙청·염무웅·구중서 등 참여문학론을 주장하는 평론가들의 현실주의 문학론에 맞서는 것으로, '구호적 문학' 대신 '문학의 자율성'을 강조하는 자유주의 문학론을 표방한 것에 다름 아니다. 결국『문지』의 비평의식은 4월혁명 이후 견고하게 형성되었던 문학과 현실의 직접적 관계를 상상력과 언어의 그물 속에 가두어 버림으로써, 한국문학의 이원화, 즉 '현실주의·민중주의/자유주의·지성주의'라는 극단적 대립을 고착화시키고 말았다.

4·19세대 비평은 전후비평을 타자화하는 세대론적 전략을 통해 새로운 제도권의 창출로 나아갔다. 특히『창비』와『문지』를 중심으로 한

을 거치면서 서서히 문학에 대한 시각의 차이를 드러낸다. 전세대 비평가들과 차별성을 가지면서 처음에는 문학적 동류의식으로 뭉쳐 강한 결속력으로 세대적 연대감을 다졌던 그들이 왜 각기 다른 길로 갈 수밖에 없었는가는 해방 이후에 전개된 한국의 문학적 지형도에서 흥미로운 사건이 아닐 수 없다. 그것은 혁명에 대한 관점의 차이가 야기한 시대적 현실에 대한 반응이라고 할 수 있는데, 5·16 쿠데타의 좌절을 겪은 내면화의 과정과 더불어 동시에 고려해야 하는 한국 지성사의 한 문제이기도 하다. 전상기, 「1960·70년대 한국문학비평 연구」, 성균관대 박사논문, 2002, 1면.

37) 하지만 1970년 이후『문지』의 정신적 편력이 실존적 정신분석, 구조주의, 기호학, 문학사회학 등을 주목한 사실을 통해 볼 때, 정작 그들 스스로가 김현이 그렇게 비판했던 '새것 콤플렉스'로부터 얼마나 자유로울 수 있는지 되묻지 않을 수 없다. 결국『문지』의『창비』비판은 자기모순의 함정을 벗어나기 힘든 것이 사실인데, 이러한 한계는 서구 문학비평의 다양한 방법론을 폭넓게 수용하면서도 정작 한국문학 속에서는 확실하게 자신들의 방법론을 정립하지 못한 데서 비롯된 결과라고 할 수 있다.

문학의 제도화를 모색함으로써, 정치적 이유로 사장된 문학담론이나 소수의 문학담론들을 철저하게 배제하거나 소외시키는 비평사의 단절을 심화시켰다. 이 때문에 『한양』·『청맥』·『상황』 등의 현실주의 비평담론은 『창비』·『문지』의 비평전략에 의해 또다시 타자화되어 버림으로써 지금까지도 1960년대 문학비평 연구의 중심으로 부각되지 못하고 있는 실정이다.

이상의 문제의식을 바탕으로 본 논문의 연구대상과 전개과정을 간략히 정리하여 도식화하면 아래와 같다.

50년대	60년대		70년대
전후비평의 타자화	『창비』·『문지』에콜 중심의 **4·19비평의 제도화**		한국문학의 이원화
세대론적 인정투쟁	역사적 왜곡(통일혁명당 사건, 문인간첩단 사건)		비평사의 단절
문협 중심의 보수적 문학론	4·19세대 중심의 진보적 문학론	산문시대-사계-68문학-문학과지성	→ 자유주의 문학론
		한양-비평작업-**청맥**-창작과비평-**상황**	→ 현실주의 문학론

제2장

4월혁명의 시대정신과『한양』

1.『한양』의 창간배경과 성격

　　1960년대는 4월혁명으로 시작된 우리 사회의 격변기였다. 이승만 독재정권으로 표면화된 낡은 세대의 구조적 모순을 개혁함으로써 참다운 민주주의의 토대를 마련하고자 했던 역사의 흐름은, 민중의 의식을 각성시키고 나아가 사회적 실천을 더욱 가속화시키는 적극적인 운동성을 내포하고 있었다. 따라서 당대의 문학지형 역시 전후세대로 상징되는 구세대의 보수적 문학관을 혁신함으로써 4월혁명의 정신을 내재한 진보적 문학관을 정립하는 데 주력했다.

　　『한양』은 이러한 4월혁명의 시대정신을 바탕으로 1962년 3월 일본 동경에서 창간된 월간 교양지로, 편집인 겸 발행인은 김인재였다.[1] 잡

---

1) 임헌영의 증언에 의하면, 당시『한양』의 발행인은 원산 출신으로 구상 시인과 막역한 관계였던 김기심이었고, 편집장은 남해 출신의 김인재였다고 한다(임헌영, 「74년 문

지의 구성을 대략적으로 살펴보면, 시·소설·수필·평론 등의 문학작품, 당대의 정치사회적 쟁점에 대한 논문 및 시론(時論) 등 재일 한인들의 의식과 정서를 총체적으로 반영하는 종합지적 성격을 지니고 있었다. 뿐만 아니라 『한양』은 당시 변혁기에 있었던 1960년대 한국사회와도 밀접한 관련성을 지님으로써 한국문학의 변화와 성찰을 모색하는데 있어서 상당히 중요한 역할을 담당하였다.[2]

우리 조국은 내우외환의 진통을 겪고 있다. 그러나 그것이 조만간 출산의

인간첩단 사건의 실상」, 『역사비평』, 1990년 겨울, 291면 참조). 당시 필화사건에 연루되었던 이호철 역시 필자와의 전화통화에서 임헌영과 같은 기억을 하고 있음을 밝히면서, 아마 문인간첩단사건을 조작했을 당시에는 김기심 사장, 김인재 편집인이었을 거라고 증언했다. 그런데 필자가 『한양』 창간호를 통해 살펴본 바로는 김인재가 발행인과 편집인을 겸한 것으로 되어 있었고, 이러한 체제는 종간호인 1983년 3·4월호(합본)까지 계속되었음을 확인했다. 뿐만 아니라 1972년 『한양』의 창간 10주년을 기념하여 그 동안 『한양』에 발표된 글들을 모아 묶어낸 문학평론선집 『시대정신과 한국문학』, 시선집 『메아리』, 수필집 『초연곡(招燕曲)』, 논설집 『민족의 존엄』 역시 김인재가 편자로 되어 있었다. 2006년 1월에 필자는 일본 동경에서 당시 발행인 겸 편집인이었던 김인재 선생을 만났는데, 국내 문인들이 잘못된 기억을 갖고 있을 수밖에 없었던 사정과 당시 문인간첩단사건의 공판기록에 김기심 씨가 사장으로 되어 있는 이유 등에 대해 직접 들을 수 있었다. 김인재의 증언에 의하면, 당시 잡지 『한양』은 한양사라는 출판사에서 간행되었는데, 이 출판사의 사장이 김기심이었다는 것이다. 그러나 김기심의 경우 재정적 차원에서 출판사를 관리하는 임장에 있었을 뿐 잡지의 기획이나 편집 등에는 크게 관여를 하지 않았기 때문에, 『한양』은 창간호부터 종간호까지 모두 자신의 책임하에 이루어졌기 때문에 자신이 발행인 겸 편집인을 겸하게 되었다는 것이다.

2) 『한양』 창간호(1962.3)의 목차는 아래와 같다.

創刊辭/강태욱, 軍政 民政/김경진, 革命政府의 第2年/이태용, 韓國의 經濟展望/박영철, 自立經濟施策에의 待望/김기심, 後進國家에 있어서의 外資導入問題/백윤철, 美國의 極東政策/신상호, 韓日會談의 이모저모/강영준, 〈異性에 對한 呼訴文〉에 對答하여/박원석, 家族計劃과 韓國의 倫理/김인재, 社會惡과 罪意識/문철호, 學生과 職業/전세민, 버림 받은 地帶〈私娼窟〉/〈漫畵〉 홍정, 畵室/홍정, 곽수동 방랑기/편집부, 韓國의 自然 富源/편집부, 韓國의 名産 '高麗人蔘'/김천석, 佛國寺의 石塔과 造形美術/최용진, 高麗歌謠小考/유영묵, 作家의 眼目—〈睡蓮〉과 〈束草行〉에 對하여/장일우, 그 作品과 나 (1) 임의 얼굴 (2) 그의 作品 세계 (3) 모팟상의 短篇 (4) 松江과 自然美/김순남, 新世代에 對한 再論/〈隨筆〉 이준석, 겨울의 옛 城趾/신상인, 火爐 이야기/한병식, 高麗靑瓷/김철수, 이사와 문패/〈詩〉 경련, 憧憬/경련, 다리/경련, 달빛/〈소설〉 정철, 어느 하루/박영일, 봄비.

환희로 바뀔 것은 틀림없는 일이다. 사람들은 후진의 낡은 옷을 벗어버릴 것이며, 자유의 노래는 울릴 것이며, 우리 수많은 해외교포들도 바로 그 조국의 품에 안주의 새터를 찾을 것이다. 우리의 뼈를 어찌 이국의 한줌 흙속에 섞어버리랴. 그처럼 그리던 조국이 우리를 포근히 안아줄 것이어늘…… 조국의 운명에 우리의 운명을 더욱 굳게 더욱 깊이 연결시키자.

바로 이러한 뜻에서 이제 우리는 여기 뜻있는 교포 인사들과 힘을 모아 잡지 『한양』을 창간한다. 題하여 『한양』이라 함은 그 이름이 곧 조국을 상징하는 정다운 이름이기 때문이다. 거기에 한국의 오늘이 있고 거기에 한국의 내일이 있기 때문이며, 한국의 과거도 또한 거기에 있었기 때문이다. (…중략…)

미 군정과 이승만 정권, 장면 정권, 그리고 오늘의 혁명정부 — 이렇게 한국의 오늘은 다난하였다. 6·25 동란의 참혹한 전화, 4·19의 절규 그리고 5·16의 무혈 군사혁명, 이렇게 한국은 아우성치며 달려가고 있다. 그 많은 역사의 장마다 갈피갈피 숨은 이야기는 끝이 없고 그 많은 이야기 속에 조국은 고동치고 있다.

잡지 『한양』은 이에 무심할 수 없는 우리 겨레의 양식이 될 것이며, 고동치는 조국의 넋을 담은 국민들의 공기(公器)로 될 것이다. 우리는 고담준론(高談峻論)을 즐겨 하지 않으며 허장성세에 끌리지 않고 조국의 번영에 이바지하는 하나의 괴임돌로 자기의 사명을 다할 것이다. 우리는 한국의 정원에 한그루 과실나무를 심는 말없는 원예사를 본받을 것이다. 한국사람의 고유한 문화, 한국사람의 고유한 기질, 한국사람의 고유한 윤리, 여기에 마르지 않는 샘물이 있고 깨끗한 심령의 세계가 있다. 이것을 다듬고 가꾸어 나가는 원예사의 심경을 우리는 지닐 것이다.[3]

장백일이 "4·19는 한국의 문학뿐만 아니라 모든 분야에 걸쳐 새로운 창조적 건설에의 계기를 마련해 주었다"[4]고 지적하였거니와, 『한양』의 창간정신은 근본적으로 4월혁명의 시대정신에 바탕을 두었다고 할 수 있다. 비록 미완의 혁명에 그치고 말았지만, 4월혁명은 한국전쟁의

---

3) 「창간사」, 『한양』, 1962.3, 8~9면. 이하 『한양』에서 인용한 경우에는 출전은 생략하고 발표 날짜와 면수만 명기할 것임.
4) 장백일, 「문학혁신」, 1964.4, 130면.

상처에서 비롯된 좌절과 전후의 폐허의식으로 방황하고 있던 당시 민중들과 지식인들에게 민족현실에 대한 각성의 의지를 새롭게 불어넣어 주었다. "민족주체의 정신, 부정과 부패를 보고 참을 수 없는 그 고발, 폭압과 멸시와 천대에 대한 그 항거"와 같은 4월혁명의 시대정신이 "한국의 문인들에게 현실의식을 요구했고, 현실참여문학적 자세를 요구"했던 것이다. 다시 말해 "4·19와 4·19정신은 정치적 측면에서 '반독재·반외세·반매변'(선언문)에로 한민족들을 부른거와 마찬가지 정도로, 문학의 측면에서 이땅의 문인들에게 현실에 대한 참여의식을 강하게 요구했던 것이다."5)

4월혁명의 정신에 바탕을 두고 조국의 넋을 담은 민족의 공기임을 자처한 만큼, 『한양』은 한국의 정치적 상황에 민감하게 반응하면서 논설이나 논문을 통해 비판적인 논조를 강하게 드러냈다. 그러나 이러한 정치적 성향 자체를 두고 특별히 좌파적이라고 단정짓거나 심지어 간첩혐의를 덧씌울 만한 근거는 없었다.6) 더구나 '재일한인'이라는 현실

---

5) 김순남, 「4·19와 한국문학」, 1971년 4·5월, 235면.
6) 1972년 2·3월호(『한양』 창간 10주년 기념호)를 보면 소위 한국의 저명인사들이 이념적 정체성과는 『한양』의 10년 업적을 찬양하는 축사를 써주었음을 주목할 필요가 있다. 이들 중 상당수는 이미 시, 소설, 수필, 평론, 논문 등 전 부문에 걸쳐 『한양』에 원고를 게재하고 원고료를 받기도 했던 사람들이다. 이런 점으로 미루어 『한양』의 성격을 좌파적 시각을 가진 불온한 잡지로 규정하는 것은 전혀 타당하지 않다. 축사를 써준 인사들을 거명하면 다음과 같다. 한국예술원 회장 박종화, 연세대 명예총장(전 문교부 장관, 참의원 의장) 백낙준, 한국펜본부 회장 백철, 국회의원(전 조선일보사 부사장) 유봉영, 국립박물관 관장 황수영, 국회의원(한국예술문화단체총연합회 회장) 이해랑, 국회의원(재외교포문제연구소 소장) 김상현, 국회의원(여류문인협회 회장) 모윤숙, 경향신문사 사장 최치환, 건국대학교 총장 곽종원, 한국문인협회 회장 김동리, 국회도서관 관장 강주진, 현대문학사 사장 김광수, 오사카외국어대학 객원교수 김사엽, 한국예술문화윤리위원회 위원장(현대문학사 주간) 조연현, 대한출판문화협회 회장 정진숙, 건국대학교 대학원 원장 김두헌, 한국라이온즈구락부 회장 정비석, 한국펜본부 부회장 안수길, 전 여류문인협회 회장 박화성, 재일한국인신용조합협회 회장 박한식, 오사카한국인상공회 회장 김용재, 애지현한국인경우회 회장 정환기, 소설가 유주현, 동경한국학교 교장 송기학, 한국사료연구소 소장 김정주, 재일한국신문통신협회 회장 김진근, 사단법인 한국잡지협회 회장 이덕종, 오사카한국학교 교장 장일화, 주부생활 편집부장 낭승만, 한국수필가협회 회장 조경희, 삼중당 주간 노양환, 『지성』지 주간

적 조건 때문에 조국의 정치·사회적 현실에 민감하게 반응할 수밖에 없었던 현실적 조건을 고려한다면, 『한양』에 게재된 상당수의 글들이 당시 한국의 정치·경제 정책이나 사회의 구조적 모순 등에 비판적 입장을 견지한 것은 너무도 당연한 결과가 아닐 수 없다.

그럼에도 불구하고 지금까지 『한양』은 잡지의 목차와 기본적인 서지사항조차 제대로 파악하기 어려웠다. 이러한 사정은 『창비』·『문지』를 중심으로 한 4·19세대 비평의 제도화와 1974년 '문인간첩단 사건'의 역사적 왜곡에서 비롯된 결과이다. 특히 유신정권이 조작한 간첩단 사건에 국내 문인들 상당수가 연루됨에 따라 『한양』은 1970년대 중반부터 국내로의 유입이 사실상 금지되고 말았다. 이는 우리의 어두운 현대사가 한국문학을 어떻게 왜곡하고 배제해 왔는지를 실증적으로 보여주는 구체적 사례라고 할 수 있다. 이러한 점에서 당시 이호철·김우종·정을병·임헌영과 함께 간첩 혐의를 받은 장백일은 이 사건을 "날조 조작된 간첩단"이었다고 증언한 바 있고,[7] 당시 변론을 맡았던 한승헌도 문인간첩단 사건이 군사정권에 의해 왜곡되고 조작된 사건임을 분명히 밝힌 바 있다.[8]

노종호, 『신동아』 편집장 이준우, 『샘터』 편집장 임정남.

7) "1974년 1월 7일, 이호철 등 문인들은 유신 헌법 개헌 청원을 선언(명동성당 앞 코스모폴리탄 다방)했다. 당황한 박정권은 문인 항거에 본때를 박는 폭력의 쐐기가 필요했다. 그것이 문인 간첩단 날조 조작극이다. 이호철, 김우종, 정을병, 임헌영, 장백일 등 5인은 여기에 못박힌 희생양들이다. 다음날(1월 8일) 유신헌법 반대자는 무조건 투옥한다는 긴급조치법을 발동했다. 전국적으로 확산하는 유신반대자(학생·교수·종교인·문인)를 탄압하고, 체포·고문의 공포 분위기를 조성했다. 1월 14일, 개헌 청원 선언 1주일이 되는 날 주도자 이호철이 보안사로 연행되면서 일본에서 발행하는 잡지 '한양'지에 글을 썼다는 구실로 우리도 차례로 연행됐다."(장백일, 「세칭 문인간첩단 사건」, 『문단유사』(한국문인협회 편), 월간문학출판부, 2002, 58면)

8) "검찰은 이들 5인을 국가보안법과 반공법상의 회합, 통신, 찬양, 고무죄로 기소하였다. 수사발표 단계에서 업혀졌던 간첩죄 부분은 없어졌다. 그나마 『한양』을 발행하는 한양사의 김기심, 김인재 두 사람은 재일한국거류민단에 가입된 교포이며, 단지 한국 정부의 시책이나 사회현실 등을 비판하는 언동을 해온 것이 박정권의 비위를 상하게 했던 것이다. 그들이 위장 전향을 하였다거나 반국가단체의 구성원이라는 증거는 없었다. 또한 『한양』지가 불온하다고 하나 실인즉 민단계 국문 월간지인 데다가 창간 이래

이와 같은 유신정권의 반인권적 폭력과 억압의 결과 『한양』은 더 이상 국내로의 유통이 금지되었고, 국내에 소장되어 있던 『한양』 역시 상당수가 폐기되거나 어두운 서고에 고스란히 갇혀버리는 결과를 초래하고 말았다. 따라서 『한양』은 그 동안 국내 연구자들로부터 거의 주목받지 못한 채 역사와 비평의 그늘에 깊숙이 가려져 있었다. 최근 들어 『한양』을 대상으로 한 연구9)가 서서히 시도되고 있지만, 이는 『한양』에 대한 개괄적 소개에 머물러 있거나 1960년대 한국문학의 전체적 지형을 논의하는 과정에서 부분적으로 『한양』을 언급하거나 장일우의 시비평에 한정되었을 뿐이라는 점에서 본격적인 연구성과라고 보기는 어렵다.

『한양』에는 국내 시인・소설가들의 작품이 상당히 많이 발표되어 있다.10) 그리고 김우종・장백일・임중빈・구중서・홍사중 등 국내에서

남한의 많은 문인과 지식인들이 기고를 했고, 민단계의 여러 단체와 기업이 광고협찬을 해왔다. 뿐만 아니라 남한에도 버젓이 수입 배포되었는가 하면, 심지어 일본에 있는 한국공보관 전시대에도 그 잡지가 꽂혀 있을 정도였다. 검찰은 『한양』지의 논조가 반국가적이라고 주장하였으나, 단지 정부에 대해서 비판적이라는 이유로 '반국가적' 운운할 수는 없는 일이었다. '피고인'들 말고도 많은 문인들이 그 잡지에 글을 써왔고, 그래서 원고료도 받고 접대도 받아 왔는데, 유독 이 다섯 사람들에게만 국가보안법을 발동한 것은 도저히 납득할 수 없는 일이었다."(한승헌, 「『한양』지 사건의 수난」, 『장백일 교수 고희기념문집』, 대한, 2001, 182면)

9) 이헌홍, 「『한양』 소재 재일한인문학의 연구 방향과 과제」, 『한국민족문화』 25집, 부산대학교 한국민족문화연구소, 2005; 허윤회, 「1960년대 참여문학론의 도정 ─『비평작업』, 『청맥』, 『한양』을 중심으로」, 『회귀 잡지로 본 문학사』(상허학회 편), 깊은샘, 2002; 박수연, 「1960년대의 시적 리얼리티 논의─장일우의 『한양』지 시평과 한국문단의 반응」, 『한국언어문학』 제50집, 한국언어문학회, 2003; 김유중, 「장일우 문학비평 연구」, 『한국현대문학연구』 17집, 한국현대문학회, 2005; 하상일, 「1960년대 문학비평과 『한양』」, 『어문논집』 제50호, 민족어문학회, 2004; 하상일, 「1960년대 현실주의 문학비평 연구─『한양』, 『청맥』, 『창작과비평』, 『상황』을 중심으로」, 부산대 박사논문, 2005; 하상일, 「재일 한인 잡지 소재 시문학과 비평문학의 현황과 의미─『조선문예』, 『한양』, 『삼천리』, 『청구』를 중심으로」, 『한국문학논총』 42집, 한국문학회, 2006; 고명철, 「민족의 주체적 근대화를 향한 『한양』의 진보적 비평정신─1960년대 비평담론을 중심으로」, 『한민족문화연구』 제19집, 한민족문화학회, 2006.

10) 1960년대 초반 『한양』에 시를 게재한 시인들의 면면을 살펴보면, 구상・김남조・고은・김지향・서정주・홍윤숙・이설주・김용호・박두진・박정온・성기조・신동문・이태극・경련・정영훈・김병옥・박용삼・최선령・김기수・박일송・김사목・이정

활발하게 활동했던 비평가들과 장일우·김순남 등 재일교포 비평가들의 이름을 확인할 수 있다. 한 사회의 성격을 진단하고 규정하는 데 있어서 비평장르의 확산은 가장 유효한 방법이 된다. 1960년대의 역사적 현실이 사회적 변화에 대한 이론적 근거와 이를 발전·강화시키기 위한 논리성을 그 어느 때보다 절실하게 요구하였던 시대였다면, 『한양』에 드러난 문학비평의 활성화와 비판적 지식인의 현실참여는 너무도 당연한 시대적 과제요 적극적인 응전의 태도였음에 틀림없다. 따라서 『한양』에 수록된 문학비평은 대부분 국내 문단의 흐름이나 논쟁 등과도 밀접한 관련을 지님으로써 1960년대 참여문학론의 성격을 더욱 공고히 하는 중요한 비평적 성과로서 의미부여를 할 수 있다.

이런 점에서 『한양』은 재일한인 문학연구의 새로운 지평을 여는 한 민족문화연구의 자료로서 뿐만 아니라, 1960년대 한국 현실주의 문학비평의 전모를 살피는 데도 중요한 자료적 가치를 지닌다고 하겠다.[11] 특히 역사적 현실의 구속과 억압으로부터 결코 자유롭지 못했던 당시 한

호·정규남·박기원 등의 이름을 확인할 수 있다. 『한양』은 매호 10여 편씩의 시를 수록하였는데, 산술적으로만 따져봐도 1년에 120여 편, 10년이면 1,200여 편에 이르는 엄청난 분량의 시가 발표된 것이다. 소설의 경우에도 선우휘·남정현·한말숙·천승세·정철·박영일·김철수·심재언·김송·이경회·강금종·이동희·이재환·김태원 등의 소설이 매호 2~3편씩 꾸준히 발표되었다. 이 또한 1960년대 우리 소설 연구의 지평을 넓히는 귀중한 자료로서의 가치를 지녔다고 할 수 있다. 『한양』의 시와 비평에 대한 목록은 이 책의 부록을 참고할 것.

11) 이러한 관점에서 하정일은 1950년대 후반 분단극복과 민주주의를 지향하는 민족문학을 한국문학이 나아가야 할 방향으로 제시한 최일수와 1960년대 초반 『한양』을 중심으로 활동한 장일우를 주목해야 한다고 말한다. 장일우의 비평은 김수영과 더불어 1960년대의 참여문학론 가운데 가장 높은 수준을 보여줄 뿐더러 그가 주관한 『한양』 또한 참여론의 저수지 역할을 했다는 것이다. 특히 『창작과비평』과 함께 1960년대 민족문학론의 또 다른 축을 형성하면서 강한 민족주의적 성향을 보여주었던 임헌영·구중서·김병걸 등 『상황』 동인들과 장일우의 이념적 친연성을 감안하면 그 중요성은 더욱 커진다는 점을 강조한다. 따라서 하정일은 앞으로 최일수→장일우→『상황』 동인→백낙청으로 이어지는 1960년대 민족문학론의 계보에 대한 비평사적 조명이 요망된다는 문제제기를 하는데, 이는 1960년대 문학비평 연구의 새로운 장을 여는 아주 중요한 과제가 될 것임에 틀림없다. 하정일, 「주체성의 복원과 성찰의 서사」, 『분단 자본주의 시대의 민족문학사론』, 소명출판, 2002 참조.

국 내부의 문학적 논의가 지닌 한계와는 달리, 이러한 외적 검열과 제약으로부터 비교적 자유로운 위치에 있었던 『한양』의 문학비평은, 1960년대 한국문학을 더욱 객관적으로 인식하고 성찰하는 중요한 토대였음에 틀림없다.

2. 『한양』의 현실주의 비평담론

1) 순수문학 비판과 참여문학의 논리

(1) '순수'의 정치성과 기만의 수사학

1960년대 문학은 역사의식과 현실의식을 강조함으로써 문학과 현실의 직접적 관계를 전면에 내세웠다. 『한양』의 대표적 비평가인 장일우의 표현을 따르자면, "작가의 현실기피는 자기소외"이고 "시대에 대한 작가의 책임, 즉 자기 시대가 제기하는 초미의 문제들에 대한 작가의 예술적 해답"이 바로 "작가의 성실성"을 규정하는 척도가 되어야 했다.12) 이러한 태도는 1950년대 전후문학의 관념성에 대한 비판인 동시에, 문학은 현실과 분리된 자족적 실체로서 자율성과 독립성을 지녀야 한다는 순수문학론자들의 논리를 정면으로 부정하는 것이었다. 당시 순수문학론자는 참여문학의 실체를 경향문학 또는 사회주의문학으로 재단해 버렸는데, 이러한 사상적 공격은 당시 문단의 주류를 형성하였던 소위 문협정통파13)의 이념을 대변하는 것이었다. 이런 점에서 장일우는

---

12) 장일우, 「현실과 작가」, 1962.6, 132면.
13) 해방을 전후하여 한국문학사의 전면에 나선 김동리, 조연현, 서정주, 즉 해방공간의 이념적 대립과정에서 조선청년문학가협회를 결성하여 좌익문학단체에 대항했고, 대한

한국 시단을 표적으로 역사와 현실로부터 도피하려는 순수문학론의 태도를 전면적으로 비판했다.

> 지금 한국의 現代詩에는 虛無가 거미줄처럼 깔려있다. 不安을 常食하고 있는 韓國 現代詩人들은 虛無를 자각하고 虛無를 배설한다. '너'도 없고, '그'도 없고, 이웃도 없고 傳統도 없고, 民族도 없고 未來도 없고…… 없고, 없고, 없다. (…중략…)
>
> 지금 한국의 現代詩는 生命의 약동이 없으며 思想이 貧困하며 詩의 眞實한 이데아의 世界가 없다. 精神의 황무지 위에서 亂舞하는 어지러운 形態들, 바람처럼 사라지는 形式들, 돌덩이처럼 굳어진 槪念들이 줄을 이어 담벽을 이루고 있다. 이것은 한국의 現代詩가 生活과 現實이라는 詩의 永遠한 大地를 떠나고 이 나라 겨레들과의 혈연적 紐帶를 끊은 自意識의 洞窟속에서 化石처럼 形體化되고 있기 때문이다. 여기에 바로 大衆과의 通路가 차단된 現代詩의 孤獨이 있다.
>
> 生活은 詩의 故鄕이다. 故鄕을 떠난 現代詩는 孤獨하다. 이 孤獨이 짙어질 때 詩는 抽象의 世界에서 非個性化의 길로 타락하고 마침내 詩의 自滅을 초래한다. 지금 한국의 現代詩를 일별해 보라! 그러면 서로의 얼굴들이 얼마나 비슷하고 같은 抽象의 模造品들인가를 알게 될 것이다.14)

당시 우리 시단은 "시에서 현실을 추방하고 민족적인 것을 일체 폐절"함으로써 "자기 스스로 주어진 현실, 생활과 주위를 차단하고 자아

민국 정부수립 이후에는 한국문학가협회(문협)을 결성하여 분단 이후 한국문학의 전체적 지형을 주도한 인물들을 일컬어 소위 '문협정통파'라고 부른다. 그런데 왜 이들에게 '정통파'라는 특권화된 의미가 부가되었을까 하는 문제에 대해서는 논란의 여지가 있다. '정통파'와 '비정통파'를 가르는 명확한 기준이 있는 것도 아닐 뿐더러, 이러한 명칭이 당대의 문학권력을 인정하는 권위의 상징으로 문인들에게 수용되었다고 볼 수 있기 때문이다. 이러한 점에서 최근 임영봉은 "한국문학사 속에서 우리가 이들 문인그룹을 '정통'이라고 구별하여 부를 때 그것은 필연적으로 일련의 '신비화' 작용을 동반하게 된다"는 비판적 문제제기를 하였는데, 이는 해방이후 한국문학의 전개과정을 이해하는 데 있어서 상당히 중요한 문제의식의 단초를 보여주는 것이다. 임영봉, 「문협과 연구를 위한 시론」, 『상징투쟁으로서의 한국현대문학비평사』, 보고사, 2005, 15~38면.
14) 장일우, 「한국현대시의 반성」, 1963.9, 137면.

의 의식 속에서 개념으로 굳어진" 형상을 하고 있었다. 이 때문에 신화적 세계관에 바탕을 둔 신비주의를 추구하거나 현실과 유리된 자연의 영원성에 빠져 버림으로써 현실과의 관계는 절연되고 "이 나라 겨레들과의 혈연적 유대"마저 끊어지고 말았다. 따라서 우리시의 모습은 민족, 역사, 생활이 모두 사라진 언어와 기법의 앙상한 형체 위에서 현실과 단절된 몽환적 세계를 형상화하거나 현실초월적 자의식의 세계를 드러내기 일쑤였다. 장일우는 이러한 신화적 세계나 자연의 영원성에 바탕한 시를 현실과 단절된 신비주의로 간주했다.

이러한 시단의 현실 못지않게 소설의 경우 역시 "현실의 피상적 관찰"에 매몰됨으로써 우리 사회의 구조적 모순과 민중들의 현실을 외면하는 추상적 관념성의 한계를 여실히 드러냈다. "현실과의 단절, 생활에서의 유리, 유령인간의 출몰, 추상형식의 난무, 불안과 허무의 절규, 주체의 상실"로 인해 "구체성과 개성"을 잃어버린 "무덤"과 같은 형상을 하였던 것이다.[15] 결국 당시 한국문학의 실상은 현실과의 철저한 단절 속에서 "무당들이 춤추는 토속과 청록이 오락가락하는 녹지의 전원"과 같은 "무풍지대"에 머물러 있을 따름이었다.

> 이 荒凉한 벌판에서 들려오는 民生苦의 아우성소리가 있거나 말거나, 공장 굴뚝에 연기가 오르거나 말거나, 나라가 기울거나 말거나―모든 것은 吾不關焉이다. 오직 '藝術', '文學的 表現의 산 육체', '永遠性'을 찾아서 麻衣를 입고 佛國寺의 이끼 낀 石塔아래서 新羅千年을 妄想하고, 혹은 深山幽谷과 湖畔에서 俗世를 털고 나르시스스的 對話를 한다. 말하자면 現實이라는 이 巨人의 體軀, 時代라는 이 峻嚴한 光芒, 人間密林과 民族의 永遠한 山岳 앞에서 그들은 눈을 감고 부들부들 떨고 逃避處를 찾는다. 그리고 戰後 새로운 勢力으로 등장하여 現實의 가시밭길을 걸으면서 現實參與의 精神으로 불붙고 있는 새 世代의 作家들을 향하여 그들은 "어쩐지 안심이 안 된다"고 떨면서 이 時代와 現實 앞에서 責任不在를 변명한다. (…중략…)

---

15) 장일우, 「농촌과 문학」, 1963.12, 151면.

60年代의 純粹는 (…중략…) 한마디로 말하여 自慰의 藝術性 앞에서, 仮說의 永遠性 앞에서 그들 스스로의 에고이즘을 총화하는 것이다. 왜냐하면 純粹의 발가벗은 本質은 에고이즘이기 때문에 그들은 이것밖에 총화할 것이 아무 것도 없다.

그러면 純粹가 들고 나온 '非生硬한 思想의 문학', '文學的 表現의 산 肉體', '傳說의 영원성'이란 무엇인가? 그들은 藝術을 人生의 上位에 둔다는 傳說에서 출발한다. 人生을 위한 藝術이 아니라 藝術을 위한 藝術의 전도된 價値觀에서 출발하고 있다. (…중략…) 그들은 現實的 具象의 世界에서 美를 찾는 것이 아니라 架空的인 抽象의 世界에 美가 있다고 인정한다. (…중략…) 그들은 오늘을 다한 데서 藝術의 永遠性을 찾는 것이 아니라 오늘을 뛰어넘는 데에 永遠性이 있다고 한다.[16]

당시 "순수의 신라정신"은 "신라사람들의 생활에서 꽃핀 민족협동과 단결, 대적의 용기와 항거의 슬기와는 비슷도 하지 않은 유한과 방종, 샤머니즘적 미신숭배의 낡은 생활의 퇴화를 신비화한 조작물"에 불과했다. 게다가 "자연이란 유구하고 현묘"한 반면, "사회적 현실은 일시적이고 속물적"이라는 지나친 편견을 지니고 있었다. 결국 당대의 순수문학은 "한국적 현실의 파도 속에 깊숙이 뛰어 들어 사회적 모순을 적발하고 그 돌파구를 모색하는 현실참여의 문학에 대립하여 이를 깔보고 조롱하는 타락된 복고문학의 패배정신"과 "에고이즘"의 태도를 드러낼 뿐이었다고 할 수 있다.

이런 점에서 장일우는 "작가는 반드시 인간형의 창조를 통하여 시대의 정신을 체현하는 하나의 개성을 창조해야 하며 행동하는 인간의 목적지향성이 있어야" 하고, "독자들을 시대의 참된 진리와 양심으로 인도하려는 진지한 사명감, 즉 시대, 민족, 민중의 의식과 함께 숨쉬려는 창작정신과 창작태도를 바로 가지는 것이 작가의 윤리로 되어야 한다"고 주장한다. 여기에서 "시대의 진리와 양심이란 다름 아닌 민중의 목소리"

16) 장일우, 「순수의 종언」, 1964.5, 164~165면.

를 대변하는 것으로, "참된 작가"란 "예리한 직감력과 통찰력, 풍부한 상상력과 지혜에 힘입어 각이한 계층의 생활 속으로 파고 들어가 민족의 목소리와 넋을 스스로의 정서 속에 집약시켜야" 한다는 것이다.[17]

김순남 역시 "독자는 문학에서 심심풀이나 단순한 흥겨움, 무슨 휴식이나 어떤 탐욕을 충족시키는 것은 아니다. 진정 문학이 문학으로 되자면, 이 작가의 주관적인 울타리를 훨씬 넘어서 생활의 진실이 반영되고, 작품의 세계가 독자의 생활과 뿌리 깊이 결합되어야 한다"고 하였다.

> 韓國文學의 오늘을 두고 말할 때 作家本然의 良心과 道理에서 遊離된 逃避的 志向이 하나의 기틀로 되어 감은 하나의 특징으로 나타나고 있다.
> 한편에는 文學의 永遠性이니 純粹性을 외우는 自己獨白・自家陶醉派가 있다. 作家個人의 폐쇄된 內面世界를 本位로 한 個人의 좁고 작은 世界에 들어앉아 그것이 마치 永遠한 時間과 無窮한 깊이를 가진 것처럼 보이는 작품이 적지 않다. (…중략…) 스스로 孤高한 象牙塔 속에 들어앉은 이들은 激動의 世界에서 生存의 權利를 위해 사람들을 넓은 文學의 廣場으로 불러야 할 오늘의 使命을 잊어버리고 있다. 이런 作家群에서 참된 作家的 倫理觀을 發見할 수 있단 말인가?
> '뒹구는 낙엽'이나 '저무는 해'가 한때 詩 素材의 전부일 때가 있었고, 어떤 孤獨感이 文學의 根本精神일 때도 있었다. 그러나 未曾有의 激動으로 충만된 한국 현실에서 '뒹구는 낙엽'에 깃든 觀念의 哀傷이나 失戀의 悲哀와 孤獨을 가지고서는 독자대중을 끌어잡지 못할 것이며 문학의 存在 自體를 지탱해 내지 못할 것이다.
> 어떤 作品이고간에 人間生活의 진실하고 성실한 內容을 갖지 않는 限 오늘의 歷史的 位置에서 작품이 정당한 價値評價를 받지 못할 것이다.[18]

김순남은 현실도피적이고 폐쇄적인, 영원성과 순수성을 문학의 본질로 삼는 당대의 보수적 문학관을 신랄하게 비판하였다. 또한 고고한 상

---

17) 장일우, 「현실과 작가」, 139면.
18) 김순남, 「작가의 윤리」, 1963.7, 148면.

아탑에 머물면서 시대적 사명과 민족의 역사적 현실을 외면한 채 환상과 관념의 유폐에 빠져 있는 전후작가들의 태도를 부정적으로 바라보았다. 다시 말해 "지성의 첨단에 서서 역사와 시대를 선도하는 에리이트로서의 문학인의 책무와 참된 윤리"를 망각하는 것이야말로 "오늘의 역사적 위치에서 정당한 가치평가를 받"기 힘들다고 보았던 것이다. 왜냐하면 이러한 문학관은 작가로서 지녀야 할 최소한의 성실성도 갖추지 못한 작가윤리의 실종을 여실히 보여주는 것임에 틀림없기 때문이다. 따라서 그는 "잔 말재주와 관능의 개방과 말초신경의 자극을 일삼는" "피부문학"과 신문소설에서 흔히 보이는 "상품심리를 드러내 보이는 상품제조자"로서의 작가들의 행태를 부정적으로 보았다. "신문소설도 소설이고 보면, 응당 현대정신과 시대, 민족의 넋의 결정체로 되어야 하거늘, 요즈음의 그것은 마냥 관능과 엽기적 호기심의 단세포생물로 化하고 말았으니 이 경우 시대의식의 첨단에 섰다는 선각자적인 작가의식과 긍지, 민중의 인생국면을 밝혀 줄 작가된 도덕적 의무감" 같은 것은 전혀 찾아볼 수 없다는 것이다. 결국 "신문소설은 소설을 傷케 하고 문화를 傷케 하고 나아가서 독자를 傷케 하고 있"다고 진단했다.[19]

47

純粹의 體質은 우선 現實逃避이다. 그들의 눈과 皮膚는 韓國의 따가운 햇볕과 살을 에이는 찬바람에 한결같이 견디어 내기에는 이미 無力하게 처져 있으며 頭腦와 心臟은 이미 硬化의 담벽으로 현실과 차단되어 있다. 藝術的 靈感은 豊滿한 生活의 故鄕을 잃은 그것으로 하여 날개없는 참새처럼 구석진 陰地에서 빠져나갈 구멍을 찾아 헤맨다. 그러나 그들에게 아직도 남아 있는, 실로 끈질기게 남아 있는 두 개의 慾望이 있는 것이다. 하나는 口腹의 慾望이요, 하나는 權威意識의 慾望이다. 이 두 개의 慾望은 서로 앞서거니 뒷서거니 하면서 그들을 항상 성급하게 現實과 차단된 白紙의 自意識 속으로 案內한다. 現實體驗과 人間關係의 斷絶은 불가피하게 이들의 思考로 하여금 窓門과 通路가 없는 自意識(純粹意識)의 洞窟을 建設하기 마련이다. (…

19) 김순남, 「작가의 윤리」, 149면.

중략…)

　60年代 韓國의 純粹들은 지금 自己의 이웃 사람들 韓國 사람들과의 인연을 끊었을 뿐만 아니라 사실은 이 大地와 江山의 젖줄기로부터도 血緣을 끊었다. 왜냐하면 그들은 지금 大地와 江山을 죽음의 祭壇 위에 올려놓고 亡靈 앞에서 呪文의 傳說과 神秘를 읊조리고 있기 때문이다. 그들의 文學 속에서 自然은 無力을 의미하며 몰락을 의미하며 牧歌를 의미하며 逃避를 의미한다.[20]

　당시 순수문학의 본질이 "현실도피"에 있었음은 명백하다. 따라서 순수문학의 양상은 마치 "창문과 통로가 없는 자의식(순수의식)의 동굴"과 같았고, "인간에서 자연을 분리하며 생활에서 자연을 차단"함으로써 "대지와 강산을 죽음의 제단 위에 올려놓고 망령 앞에서 주문의 전설과 신비를 읊조리고 있"는 형국이었다. 1960년대 우리의 역사적 현실이 "격동적인 폭풍우의 시대"였고 "민족주체의 불길"이 "점화하고 발화한 시대"였음에도 불구하고, "현실도피의 순수문학"은 "격동하는 시대와 현실에 황겁하며 동시대 사람들과의 혈연적 연계를 끊고 무풍의 안온지대를 찾"고 있을 뿐이었던 것이다. 결국 1960년대 순수문학의 본질은 "공백의 순수미를 가장하고 생활을 단절함으로써 자기를 기만하고 사회를 기만하는 위선의 문학"이었음에 틀림없다.

　엄밀히 말해 "순수성이란 것은 그 작품이 다른 비예술적인 목적성을 결코 지니지 않음을 의미한다"[21]고 전제할 때, '순수=비현실'의 공식을 세우는 것은 너무나 당연하다. 하지만 어떠한 목적성과 사상성도 갖지 않은 채 그 자체로 자족성을 지니면서 사회현실과 차단된 문학의 모습을 형상화한 것이 순수문학이라고 한다면, 도대체 어떤 형상을 두고 하는 말인지 쉽게 그 문학적 지형이 그려지지 않는 것이 사실이다. 문학

---

20) 장일우, 「순수의 종언」, 167~173면.
21) 김우종, 「문학의 순수성과 이데올로기」, 『한국일보』, 1960.2.7. 이 책에서는 『순수문학비판』, 자유문학사, 1989, 15면에서 재인용.

작품을 분석하는 데 있어서는 현실과의 관계를 배제한 내재적 원리를 적용할 수 있을지 몰라도, 문학작품 자체의 '순수성'을 주장하는 것은 결코 있을 수 없기 때문이다. 결국 1960년대 순수문학론은 4월혁명 이후 두드러지게 확산된 현실참여의 사회적 분위기를 지나치게 의식한 데서 비롯된 추상적이고 허위적인 개념이라고 할 수 있다.

> 아무리 文學이 純粹한 것이라고 할지라도 그것은 언제나 가장 銳敏하게 그 時代를 反映시켜 주고 있다는 것은 어쩔 수 없는 일이다. 따라서 作家가 現實 밖에 서서 歷史的·社會的인 問題에 無關心할 수는 도저히 없는 일이다. 無關心 그 自體가 '判斷中止'에서 나온 것이라는 뜻에서 現實에 대한 어엿한 하나의 意思表示임에 다름 없는 것이다. 적어도 作家가 現實不感症患者가 아니라는 條件 밑에서는 말이다. 그러나 現實不感症이란 바로 作家로서의 資格의 喪失을 意味하는 것이나 다름 없는 일이 아닐까.[22]

그런데 순수문학론자들은 자신들이 '순수'를 내세우면서도 정작 그들의 문학관을 '순수=비현실'의 등식으로 규정하는 것에 대해서는 상당히 비판적이었다. '순수'를 현실과 무관하거나 동떨어진 논리라고 보는 시각은 잘못되었다는 것이다. 따라서 그들은 "문학은 현실적인 당면 문제를 해결하는 방편이나 수단은 아니다"라고 전제하면서, "정치와 무관할 수 없다고 해서 문학은 정치에 대해 납세의무와 같은 보상을 치루어야 하는 것일까"[23]와 같은 회의적인 시각을 드러냈다.

하지만 이러한 관점이야말로 기만과 허위의 수사적 태도를 드러낸 것이 아닐 수 없다. 정치권력의 하수인으로 문단권력을 행사해 온 문협 정통파들이 대부분인 순수문학론자들이야말로 가장 정치적인 문학권력자들이었기 때문이다. 이들의 문학이 "주문의 전설과 신비를 읊조릴"

---

22) 홍사중, 「작가와 현실―서정주씨의 글을 읽고」, 1964.4, 150면.
23) 이형기, 「문학의 기능에 대한 반성―순수 옹호의 노트」, 『현대문학』, 1964.2. 이 논문에서는 홍신선 편, 『우리문학의 논쟁사』, 어문각, 1985, 67~68면에서 재인용.

수밖에 없었던 현실적 이유 역시, "격동하는 시대와 현실"을 외면함으로써 "무풍의 안온지대"를 유지하고자 하는 의도에서 비롯되었다. 현실을 외면하고 먼 산만 바라보고 있으면서도 한사코 그렇지 않노라고 궁색하게 변명하는 '순수'들, 문학의 목적성, 공리성을 일체 부인한다면서도 그 문학이 인간성을 옹호하고 있노라고 하며 앞의 말을 번복하는 이중 마스크의 형상을 하고서 진정한 의미에서의 '순수'를 주장하는 것은 심각한 자기모순이 아닐 수 없는 것이다.[24]

이런 점에서 순수문학론이야말로 우리 문학사 속에서 가장 비순수하게 타락한 정신의 소산이었고, 순수문학이 주장하는 인간성 옹호의 휴머니즘론[25] 역시 위선과 기만의 수사학을 드러낸 것에 다름 아니었다. 당시 순수문학론자들의 이와 같은 이중적 태도와 신비주의적 작품경향은, "문학은 정치적 발언을 해서는 안 되는 초월적 존재"이며, "작가는 어떠한 불만이 있어도 침묵을 지켜야만 정신적 귀족으로서의 안전을 유지할 수 있"다는 기회주의적 태도에서 비롯되었기 때문이다. 결국 1960년대 순수문학론은 정치적 보수주의와 패배주의를 은폐하려는 허위적이고 기만적인 수사학의 극단적 양상이라고 할 수 있다.[26]

(2) 비판적 현실인식과 고발의 저항정신

『한양』은 1960년대 우리 사회의 역사적 모순에 대한 비판정신을 결여한 채 현실초월의 신비주의에 빠져버리거나 휴머니즘의 세계로 귀착되어 버리는 순수문학지향성으로는 한국문학의 미래적 전망을 결코 열

---

24) 김우종, 「순수의 자기기만」, 1965.7, 204면.
25) 김동리는 순수문학이 인간성 옹호를 본질로 하는 본령정계(本領正系)의 문학이라고 정의했다. 즉 순수문학은 '휴머니즘'을 기조로 하는 문학이란 것이다. 그리고 민족문학은 민족정신을 기본으로 하는 문학이며, 본질적으로 민족정신이란 민족 단위의 휴머니즘인 까닭으로 '민족문학=순수문학'이라고 보았다. 류양선, 「해방기 순수문학론 비판−김동리의 비평활동을 중심으로」, 『실천문학』, 1995년 여름, 394~395면.
26) 조동일, 「순수문학의 한계와 참여」, 『사상계』, 1965.10, 285면.

어줄 수 없다고 보았다. 따라서 서정주·김동리·이어령 등의 순수문학론에 대한 비판적 성찰을 통해 4월혁명 이후 한국문학의 변화와 성찰을 모색하는 현실주의적 성격을 뚜렷이 견지하였다. 특히『한양』의 비평은 일본에서 발표되었다는 점에서 한국의 문단권력과 정치권력으로부터 비교적 자유로운 현실적 토대 위에서 형성될 수 있었다. 당시 우리의 정치·사회적 상황이 말과 글의 감시와 통제를 통해 지배권력의 기득권을 유지하려 했다는 점에서, 일본에서 발간된『한양』의 비평정신은 더욱 객관적인 비평의 토대를 마련해 주었던 것이다.

1960년대『한양』이 표방한 참여문학의 논리는 한국의 역사적 현실을 구체적으로 문제삼음으로써, "한국적 현실에 뛰어들어가 이 모순에 대결하고, 이 모순에 반항하여 잃어버린 자유를 찾"고자 하는 데 있었다. 다시 말해 "한국적 현실을 떠나서 한국의 참여문학은 있을 수 없다"는 점을 직시함으로써 "문학과 현실의 단절된 관계를 먼저 회복"[27]시키려는 비판적 현실인식을 보여주었던 것이다. 따라서『한양』의 비평가들이 주장하는 순수문학 비판과 이에 따른 참여문학의 논리는, 문학이 정치적이냐 비정치적이냐 하는 단순 논리에 기댄 발상이 아니라 "주어진 상황과 역사의 창조에서 물러난 공담과 허백의 문학이 되지 말자는" 데 있었다. 문학이 정치적 현실에 의하여 뒤흔들리는 "정치적 예속화"를 경계해야 한다는 점을 충분히 인정하면서도, '순수'라는 이름 아래 정치를 완전히 배제시킨 가공적인 진공지대 속에 인물을 설정해 놓는 것은 있을 수 없다는 것이다.[28]

이런 점에서 홍사중은 작가의 현실참여란 필연적으로 정치적인 성격을 지닐 수밖에 없고, 작가가 갖추어야 할 가장 올바른 태도 역시 예술적 형상화의 탁월함보다는 현실에 대한 비판적이고 합리적인 인식에 있다고 했다. "작가의 현실을 보는 눈이 방관자적인 그것으로 끝나지

51

---

27) 김순남, 「순수와 참여의 대결」, 1968.11, 129면.
28) 홍사중, 「작가와 현실─서정주씨의 글을 읽고」, 147면.

않고 어디까지나 적극적인 고발의 정신에 입각"해야 한다는 것이다. 이를 위해서 작가는 무엇보다도 "현실감각"과 "역사의식"을 뚜렷이 확립해야 했는데, "작가의 현실감각의 선예도(鮮銳度)에 따라서 작가가 그리는 현실도 정확"해 질 수 있다고 보았기 때문이다. 뿐만 아니라 "작가의 현실감각이란 그저 현실을 보는 것만으로 끝나는 것이 아니"므로 작가의 의식 속에 "현실변혁의 의지가 언제나 밑받침되어 있어야 한다"는 점을 무엇보다도 강조했다.[29]

> 우리가 純粹文學을 가리켜 現實에 參與하지 않고 現實外面이며 現實逃避라고 말한 것은, 그들이 어떤 型式으로나 政治에 或은 '政治主義'에 參與하지 않았다는 것을 의미하지 않습니다. 문제는 그들이 詩人의 使命을 저버리고 오늘의 時代的 課業에서 물러나서 이웃사람이 굶어서 죽거나 말거나, 나라가 망하거나 말거나, 世上 만사가 吾不關焉이라는 그 孤高와 방관과 逃避를 享樂하는데 있습니다. 말하자면 現代性에서 인연을 끊고 또 主體的 立場에서 물러서고 있다는 것을 의미합니다. 말로는 '人間性 옹호'요, '藝術의 永遠性'이요 하면서 주어진 狀況과 歷史의 創造에서 물러난 空談과 虛白의 文學이 되지는 말자는 그것입니다. 人生徒勞와 虛妄을 앞세우고 있고 '現實을 못본 체 뛰어넘는' 純粹가 어떻게 '人間性 옹호'와 '藝術의 永遠性'을 云云할 자격이 있겠습니까? 감당할 수도 없고 당치도 않은 말을 누워서 식은 죽 먹듯이 마구 吐하고 있는 僞善의 姿勢를 그만 두어 달라는 그것입니다.[30]

이처럼 『한양』의 참여문학론은 "현실을 구체적으로 파악하지 않고서 작가는 그 시대와 인간을 증언할 수 없다"는 점을 명확히 함으로써 "한국적 현실의 진실을 고발하는 목적의식을 가지고 이 사회와 현실에 대결하는 문학"으로서의 "반항의 정신"을 견지하였다. 장일우가 신동문과 남정현의 문학을 참여문학의 정신을 가장 올바르게 반영한 대표적인 작품으로 평가한 이유도 바로 여기에 있다. 신동문의 경우는 "'오늘'이

---

29) 홍사중, 「젊은 작가와 정치감각」, 1964.7, 158면.
30) 장일우, 「참여문학의 특성」, 1964.6, 159면.

라는 역사의 지점에 정면하고 서서 우리가 당면하고 있는 시대적 과제를 시적 형상을 통하여 영예롭게 수행하고 있다"는 점에서 "참여문학의 근본자세"와 "억센 생명력"을 지니고 있다고 보았고,[31] 남정현의 「부주전상서」에 대해서는 "민족적 존엄과 인간의 자유를 수호하고 주체적 각성을 잃고 방황하는 사람들에게 하나의 생의 도표를 제시하는 휴머니즘문학의 강력한 시대적 발언"이라고 평가했다.[32]

4월혁명 이후 『한양』의 비평정신은 순수문학론을 앞세운 구세대의 고답적이고 통속적인 흥미본위의 문학관을 신랄하게 비판하고, 시대와 현실에 정면으로 맞서는 민중의 생명력을 강조함으로써 1960년대 참여문학론을 이끄는 기수와 같은 역할을 했다. 특히 『한양』은 기존의 현실 도피적 성향을 지닌 문인들에 대한 비판적 관점을 견지함으로써 현실 고발의 저항정신을 강하게 내세웠다. 따라서 『한양』의 비평가들은 "부패할 대로 부패한 문단, 비겁과 아부와 파렴치의 베일을 썼던 문인들", 즉 "인간만송족"들을 향해 거침없는 비판을 쏟아부음으로써 진정한 의미에서의 "문학혁신"을 이루고자 했다.

53

文人들로 하여금 反民族的·反民主的 不義라는 最大의 罪惡이 行해지는 것을 눈앞에 보고도 義憤이 없다면, 文人의 良心은 이미 마비된 것이요, 良心이 마비된 文人은 곧 文人이 아니라는 것을 말해 준 그 본보기라고 하겠다. 佛蘭西 文人들의 '레지스땅스'가 그러했듯이 韓國文人들로 하여금 不義에 反抗하고, 새로운 삶에의 姿勢를 가르쳐 준 것이었다. 이러한 点에서 4·19는 歷史的 轉換點으로서의 하나의 契機를 마련해 주었다고 할 수 있을 것이다. 즉 '文學革新'에의 契機를 마련해 주었다는 말이다. (…중략…)

4·19는 文人들로 하여금 이러한 民族의 生理를 把握하고 앞으로는 올바른 '펜'으로써 積極的인 社會參與를 꾀해 줄 것을 불러일으켜 주었다고 생각한다. 學生이 물러가라고 외치던 '旣成世代'가 무엇인가를 아는가! 나이가 많

---

31) 장일우, 「참여문학의 특성」, 1964.6, 164면.
32) 장일우, 「문학의 허상과 진실」, 1965.2, 166면.

다고 既成世代이고 나이가 적다고 하여 新世代는 아니다. 미지근하게 社會에 參與한 채, 民衆의 代辯者로서, 先驅者로서의 自覺이 없는 文人은 물러가야 할 既成世代이다. 曲學阿世한 文人 또한 既成世代요, 直接間接으로 現實(民衆)을 逃避한 隱遁者로서의 文人 역시 물러가야 할 既成世代인 것이다. 文人들에게도 眞正한 社會參與를 呼訴해 준 4 · 19, 이는 韓國의 '文學革新'을 꾀하는 데 있어 一翼을 담당해 주었던 것이다.[33]

장백일은 "4 · 19 이전에는 한마디 생사를 결단하는 충심어린 민중의 대변 하나 토하지 못했던 시인들"이 4 · 19 이후에는 "혁명시인임을 자처하며" "4 · 19에 편승하는 꼴이란 정말 가관이었다"고 말하면서, 조지훈 · 이한직 · 김남조 · 김용호 · 이인석 · 전영경 · 조병화 · 황금찬 · 박기원 등의 시를 직접적으로 비판했다. 그는 이들 모두가 4월혁명의 정신으로 '혁신'되어야 할 대상들이라고 보았던 것이다.

이처럼 4월혁명은 "한국문단에 장기간 도사리고 앉았던 순수문학의 미몽을 깨뜨려 놓았"을 뿐만 아니라, "시대를 등지고 현실을 기피하는 백수의 탄식과 허백의 문학을 쓸어버"릴 수 있었다. 『한양』의 비평은 바로 이러한 시대적 정황을 통해 순수문학에 대한 전면적 비판과 진정한 의미에서의 현실참여의 정신을 확립하고, 이를 바탕으로 한국문학의 변화와 혁신을 이루는 올곧은 비평정신을 확립하고자 했다.

(3) 현대시의 난해성과 언어적 기교주의 비판

1960년대 참여문학론은 전후 모더니즘문학으로부터 계승된 난해성과 보수성을 비판하면서 생활현실을 충실히 반영하는 리얼리즘의 정신을 강조하였다. 이는 문학이 "한국의 사회적 혼돈과 갈등을 관조하는 리얼리티"[34]를 담아내야 한다는 역사적 현실인식에 토대를 두고 있었다. 『한

---

33) 장백일, 「문학혁신」, 1964.4, 130~131면.
34) 장일우, 「현대시의 음미―그 난해성에 대한 일고찰」, 1962.4, 147면.

양』은 이러한 시대정신을 바탕으로 우리 사회의 문제적 현실에 적극적으로 대응하는 폭넓은 실제비평을 전개했는데, 그 대표적 평론가가 바로 장일우와 김순남[35])이었다.

장일우는 「현대시의 음미」・「시의 가치」・「소월의 시와 자주정신」・「현대시와 시인」・「한국 현대시의 반성」・「시인 박두진을 논함」 등 주로 시문학을 중심으로 한국문학의 문제점과 바람직한 방향을 제시하고자 했다. 당시 장일우가 비판의식을 갖고 바라본 우리 시문학의 가장 큰 문제점은, 우리의 생활현실과 너무 동떨어진 소리를 하는 시가 만연되어 있다는 사실에 있었다. 즉 당대 시인들이 쓰는 엄청나게 난해한 시들을 살펴보면, 도대체 누구를 위해 쓰여진 것인지 알 수 없을 정도로 독자를 철저하게 무시하는 무책임한 소리만 남발하고 있을 뿐이라는 것이다. 따라서 한국의 시인들은 더 이상 현실도피를 해서는 안 되며, 오히려 현실에 대해 더욱 분명한 문제의식을 가지고 시를 써나가야 한다고 주장했다.

現代詩가 봉착한 암초는 뭐니뭐니해도 난해성이다. 이 難解性으로 하여 現代詩의 배는 難破할 위험에 처했다 해도 誇張은 아니다. 勿論 난해성에 대하

---

35) 『한양』의 대표적 평론가인 장일우와 김순남의 전기적 사실에 대해서는 거의 알려진 바가 없다. 『한양』의 전체 목차를 살펴보면, 문학비평 분야의 경우 사실상 이 두 비평가에 의해서 주도되었다고 할 수 있을 정도로 당시 이들의 영향력은 상당했던 것으로 보인다. 1962년 3월 창간 이후 장일우는 대략 1965년경까지, 그리고 김순남은 1970년대에 이르기까지 거의 고정필자로 활약했다. 정확히 구분되는 것은 아니지만, 대체로 장일우의 경우에는 시문학을 중심으로, 김순남은 소설문학을 중심으로 비평활동을 전개한 것으로 보여진다. 이들 외에 장백일・김우종・홍사중・임중빈・신동한・구중서・정태용 등 국내 비평가들도 있었지만, 이들은 청탁에 의해 한두 편의 비평을 발표했을 뿐, 『한양』의 비평담론에 깊숙이 개입한 것으로 보이지는 않는다. 당시 장일우와 김순남은 『현대문학』・『자유문학』 등 국내 문예지에도 비평을 발표함으로써 당시 한국문단과 직접적인 관계를 유지하고 있었다. 따라서 앞으로 이 두 비평가에 대한 전기적 사실이 구체적으로 밝혀지고 『한양』 이외의 비평활동이 좀더 밝혀진다면, 재일한인 문학연구는 물론 1960년대 한국문학비평을 연구하는 데도 실증적인 도움이 될 것으로 생각한다.

여 말한다면 원래 詩가 가지고 있는 예술자체의 특성 자체로부터 出發되는 高度의 경지 혹은 表現方式과 특히는 그의 언어手段에 의존되는 側面이 있다 하더라도 정확한 의미에서 말할 때 난해성이라는 것은 다르게 이해되어야 할 줄 안다. (…중략…)

　詩의 難解性은 詩自體의 宿命이 아니라 詩人 自身들의 作爲이며 所産이라는 것을 力說하는 바이다. (…중략…)

　詩人들이 時代의 要求를 자기의 주관의식으로 칼카츄어化 해버리거나 혹은 묵살해버리고 詩를 한갓 作戲로 알고 덮어놓고 덤벼드는 결과에 조성된 것이 오늘의 現代詩에서의 난해성이다.[36]

　장일우가 비판하는 문제의 핵심은 현대시가 4월혁명을 노래한 시처럼 "알기 쉽고 명확하고 진실한 시"가 되지 못하고 "난해하거나 난잡하거나 모호한 시"에 빠져 있다는 데 있었다. "난해성에 대하여 말한다면 원래 시가 가지고 있는 예술자체의 특성으로부터 출발되는 고도의 경지 혹은 표현방식"으로 볼 수도 있지만, 이를 "시와 독자의 상관성"에 주목하는 상호소통의 문제로 인식했을 때에는 상당한 문제점을 안고 있다는 것이다. 그는 이러한 난해성이 "현대시의 문장조직의 특성, 즉 문체론적 특성과 현대 사회구조의 특성"에서 비롯되었다고 보았는데, "현대가 그만큼 복잡해지고 애매해진 때문"이라는 것이다. 또한 그는 이러한 현상을 "현대시의 질환"으로 인식하고 "시인으로서의 자기를 사회적 존재로 정립시키지 못하는 데서 오는 비현실적 감각의 소산"으로 규정했다. 따라서 이를 타개해 나가기 위해서는 "시인이 독자의 생활과 감정에 접근"해야 하는데, 그 대표적인 예로 그는 "사월혁명을 노래한 시들"을 주목하였다. 4월혁명의 정신이야말로 "한국시단에 시라고 하는 참다운 시를 가려낼 수 있는 선택의 기준"[37]이 되어야 한다는 것이다.

　이러한 장일우의 비판에 대해 당시 우리 문단은 "패배가 아니라 아주

---

36) 장일우, 「현대시의 음미―그 난해성에 대한 일고찰」, 144~148면.
37) 장일우, 「시의 가치―다시 그 난해성에 대하여」, 1962.8, 126~127면.

죽어있는 것" 같은 커다란 충격을 받았던 것이 사실이다. 그럼에도 불구하고 우리 문단은 이러한 문제에 대해 진지하게 성찰하기는커녕 오히려 이를 애써 감추려는 이중적 태도를 드러낼 뿐이었다. 이와 같은 한국문단의 자기방어적 태도는 당시 김수영의 증언을 통해서도 확인할 수 있다.

　최근 2,3년 동안에 『漢陽』지를 통해 들어온 젊은 평론가들의 한국문학에 대한 공격을 나는 퍽 재미있게 읽었다. 그 중에서도 張一宇씨의 詩에 대한 비평은 나로 하여금 詩에 대한 많은 반성을 하게 했다. 일본과 문학적 교류를 할 수 있다는 거리에서 오는 매력 이상으로 국내의 평론가들이 地緣上으로 할 수 없는 솔직한 말을 많이 해 준 매력에 대해서, 나는 그의 숨은 공적을 높이 평가한다. 그의 '숨은' 공적이라고 말하는 것은 어찌된 일인지 여기에서는 내가 생각하고 있는 것만큼 그의 공적이 공적으로서 인정되고 있지 않다. 그것은 나의 생각으로는 『漢陽』지가 일본에서 발행되는 잡지라는 핸디캡 이외에 그가 갖고 있는 비평의 본질과 관계되는 점이 있는 것 같다. 어떻게 보면 그의 메시지의 쇼크가 너무 컸기 때문에 생기는 비겁한 묵살 같은 것이 그간에 가로놓여 있는 게 아닌가 하는 생각이 든다. 그는 既成 未成을 막론하고 그의 평론의 기준에 맞지 않는 것들을 모조리 때려 눕혔다. 그와 같은 독설을 농하고 문단의 기성질서를 뒤흔들어놓은 평론가로는 환도 후에 李御寧, 柳宗鎬 같은 사람이 나왔지만, 내가 보기에는 이들은 그에 비하면 헛몽둥이를 휘두른 점이 많고, 그에 비하면 훨씬 계산적인 데가 많았다. 요컨대 그의 매력은 계산을 무시한 매력이었다. 한국시단은 그의 이러한 계산을 무시한 매력 앞에 굴복했고, 그러면서도 이러한 굴복을 자인하려들지 않는 이중의 비겁을 범했다. 맞았으면 아프다는 소리라도 해야할텐데 아프다는 소리도 없다. 이것은 패배가 아니라 아주 죽어있는 것인지도 모른다.[38]

57

---

38) 김수영, 「생활현실과 시」, 『김수영전집 2-산문』, 민음사, 1981, 190~191면. 이 글은 김수영이 『한양』지의 청탁으로 1964년 10월경 집필했는데 무슨 이유에서인지 발표되지 않았고, 1968년 가을호 『창작과비평』에 마련되었던 〈故김수영 특집〉에 유고시 12편, 「시여 침을 뱉어라」, 일기, 김현승의 「김수영의 시사적 위치와 업적」과 함께 유고로 발표되었다.

김수영의 증언에서 충분히 알 수 있듯이 당시 한국 시단에 대한 장일우의 비판은 국내 문인들에게는 커다란 충격과 상처를 안겨주었다. 무엇보다도 그는 시의 난해성을 비판하고 리얼리즘의 시를 강조하였기 때문에, '언어'와 '기법'에 기대어 시를 쓰는 모더니즘 시인들을 상당히 부정적으로 바라보았다. 따라서 전후의 모더니즘을 계승한 우리 시단의 경우, 거침없는 독설로 문단의 기성질서를 뒤흔들어 놓은 그의 비판에 침묵으로 대응하는 "비겁한 묵살"의 태도를 보일 수밖에 없었다. 그가 당시 우리 시단의 추천 경향을 문제삼으면서, "언어의 연금술에 분주한 나머지 시는 무내용의 값없는 유리제품"으로 전락해 버린 이승훈의 시를 등단작으로 추천한 박목월을 비판했던 맥락 역시 이러한 리얼리즘적 시관에서 비롯된 당연한 결과가 아닐 수 없다.

『現代文學』九月号에서 朴木月氏의 詩 推薦後記에는 李昇勳氏의 詩에 對하여 "李君은 자기 나름의 材料(言語)를 다룰 줄 아는 능숙한 솜씨를 가졌다. 그 한 가지 사실만으로 나는 그의 作品을 맘놓고 밀 수 있을 것이다"고 지적하고 있었다.

朴木月氏는 詩가 材料(言語) 하나만으로 그것을 능숙하게 다루는 솜씨만 있으면 詩人으로 맘놓고 등장할 수 있다는 말이겠는데, 이러한 推薦後感은 被推薦者에게나 또는 文學을 志向하는 新人을 위한 친절한 말로는 될 수 없다. 만일 말을 다룰 줄 아는 솜씨만 가지고 본다면 아마도 한글學者들이 詩人을 훨씬 능가할 것이다. 그러나 한글學者가 詩人이 되지 못한 것처럼 詩는 言語의 솜씨만으로는 成立되지 않는다. 그것은 詩가 現實에 대한 銳利한 感覺, 그리고 높은 詩精神의 燃燒가 없이는 成立될 수 없기 때문이다.

사실 六二年에 있어서 朴木月氏에 依하여 추천받은 李昇勳類의 詩, 즉 '말솜씨' 있는 詩가 얼마나 洪水처럼 쏟아져 나왔는가! 그러나 이런 類들이 아직 詩의 世界에 到達하지 못하였던 것이다.

지금 이 나라의 새로 出發한 詩人들의 거의가 言語의 鍍金術에 분주한 나머지 詩는 無內容의 값없는 유리製品으로 化하고 말았다.[39]

---

39) 장일우, 「반성과 전망」, 1963.2, 137면.

이런 점에서 장일우는 당대의 "추천작품들이 시에서나 소설에서나 일반적으로 시대정신 속에 깊이 침투하고 생활의 소용돌이 속에 깊이 뛰어 들어 사회와 인간의 절실한 문제를 예술화하는 기백이 없이 문체로 기술화하여 가고 있"을 뿐이라고 보았다. 따라서 그는 "시에서 모더니즘, 소설에서 심리주의 경향이, 이 나라 젊은이들의 문학세계를 깊이 파고 들고 있"는 당대의 문학적 현실을 직시함으로써 한국문학이 당면한 현실적 위기를 비판적으로 성찰하였다.

2) 리얼리즘의 정신과 전통의 주체적 인식

(1) 생활현실의 재창조와 리얼리즘의 본질

장일우는 난해성을 마치 현대시의 본질인 것처럼 인식하는 순수문학론자들과 대립하여 현대시의 경향이 당대의 현실과 무관한 언어적 기교주의에 매몰되어서는 안 된다고 주장하였다. 따라서 시는 "현실을 형상적으로 반영하는 예술"이어야 하므로 "생활 자체의 형식과 논리"를 담아야 하고, 시창작에 있어서도 시인의 태도, 즉 시인의 시정신과 거기에 반영한 '합법칙적 진리'가 가장 중요한 문제가 되어야 한다고 보았다.

> 詩에서는 응당 詩자체가 현실을 형상적으로 反映하는 예술의 한 종류이며 또 그런 종류 가운데도 인간의 정신세계를 주로 하는 고유한 특징으로 인하여 그의 표현이 생활자체의 형식과 논리와 함께 詩 속에 깊이 안겨온다는 것이 초보적 상식이며 이치다.
>
> 詩 작품도 바로 人間의 정상적 의식활동의 하나인 것만큼 知識人이건 非知識人이건 호미를 쥔 농민이건 알아야 할 시론이 있어야 할 것 아니냐 하는 것이다. (…중략…)
>
> 문제의 主眼点은 詩를 創造해 내는 詩人自體의 '態度의 問題'이며 具體

的으로는 當代의 時代的 精神을 集約化해서 대변하는 詩人의 詩精神과 거기에 反映한 合法則的 진리와 나아가서는 그가 가지는 詩創造의 眼目에 대한 문제인 것이다[40]

인용문을 통해 볼 때 당시 장일우는 루카치의 리얼리즘론에 상당히 기대고 있었던 것으로 보인다. 즉 루카치가 말한 '본질과 현상의 변증법'을 바탕으로 "합법칙적 진리"의 반영을 무엇보다도 강조했던 것이다.[41] 이는 문학이 사회현실의 반영이고 이런 사회현실을 통해 형성된 작가의식을 반영하는 것이지만, 그렇다고 해서 사회현실이나 작가의식의 직접적 반영으로 보는 것은 타당하지 않다는 입장이다. 따라서 장일우는 '현상과 본질의 관계'는 사회현실이 예술작품의 본질로 어떻게 '전이'되는가의 문제를 밝히는 데 있다고 본 루카치의 리얼리즘론에 기대어, 당대의 시문학이 "시대적 정신을 집약화해서 대변하는 시인의 시정신"을 구체적으로 형상화해야 한다고 주장했다.[42]

이런 점에서 장일우의 리얼리즘론은 사멸해 가는 자본주의와 도래할 미래의 사회주의적 성격을 지시하는 것으로 평가되기도 한다. 하지만 그가 시적 리얼리티를 위해 한국적 현실의 합법칙성을 반영해야 한다고 말했던 것은, 당시 한국문단을 둘러싸고 있는 제반 정황을 고려한 비평전략의 일환이었다. 따라서 이를 두고 무조건 사회주의적 성격을 지녔다고 단정지을 만한 명확한 근거는 없다.[43] 결국 이러한 평가는 당시의 정치적 사건에서 파생된 왜곡과 편견을 무비판적으로 수용하여

---

40) 장일우, 「현대시의 음미―그 난해성에 대한 일고찰」, 146~147면.
41) 루카치에 의하면, 리얼리스트는 누구나 다 객관적 현실의 합법칙성에 도달하기 위하여 추상기법을 써서라도 자신의 체험내용을 가공한다. 이러한 예술적 형상화가 풍부하고 복잡하고 교묘할수록, 또 그것이 사회의 구조적 모순을 충실히 드러낼수록 리얼리즘은 그만큼 더 위대해지고 깊이 있게 된다는 것이다. 루카치, 「문제는 리얼리즘이다」, 『문제는 리얼리즘이다』(루카치 외, 홍승용 역), 실천문학사, 1985, 85~86면 참조.
42) 루카치, 홍승용 역, 『미학서설』, 실천문학사, 1987, 212~221면 참조.
43) 박수연, 「1960년대의 시적 리얼리티 논의」, 앞의 책, 223면.

이를 기준으로 그의 비평을 재단해 버리는 경직된 태도에서 비롯된 것이 아닐 수 없다.

물론 장일우의 시론은 시의 본질에 천착하기보다는 시의 사회적 공리성을 지나치게 강조한 측면이 있었다. 따라서 김수영은, 그가 제시하고 있는 올바른 시는 "소시얼리스틱 리얼리즘의 시" 혹은 "소시얼리스틱 리얼리즘의 시에 유사한 시"[44]라고 보았다. 뿐만 아니라 역사적 인식에 바탕을 둔 거시적인 성찰에 비해 이를 문학적으로 구체화시키는 "복잡한 기술적인 디테일"이 선명하게 드러나지 않는다는 점에서 장일우의 시론은 추상성의 한계를 지녔다고 비판하기도 했다. 결국 장일우의 시론은 1960년대 사회현실에 대한 강박관념으로 당위적인 성격을 앞세우다보니 자신의 입론을 구체화하는 실천적 성격을 충분히 지니지 못했다는 것이다.[45]

한국문학의 바람직한 방향으로 생활현실의 재창조를 강조한 것은 신동한, 김순남 등의 비평에서도 발견할 수 있다.

> 文學이 指向해야 할 길, (…중략…) 무엇보다도 生活의 認識이라고 하겠다. 제아무리 藝術至上主義를 떠들고 現實逃避의 吟風弄月 속에서 自己陶醉의 悅惚境에 沒入하더라도 完全히 生活과 遊離된 作品世界란 到底히 있을 수 없는 것이다. (…중략…)
>
> 萬人에게 共感을 주는 文學은 그 作品이 發表될 當時의 生活에 가장 透徹하고 또 그 生活 속에서 未來를 豫感하고 洞察한 作家의 손으로만 이루어질 수 있었다는 것은 구태여 어느 文學史를 들추거나 作家나 作品을 提示하지 않더라도 이미 알고도 남는 事實이다.

---

44) 김수영, 「생활현실과 시」, 앞의 책, 192면.

45) 장일우에 대한 김수영의 평가는 상당히 이중적인 측면이 있다. 한편으로는 장일우의 주장이 "숨은 공적"으로 될 만큼 한국문학의 약한 고리를 지적해 주었다는 해석이 있고, 다른 한편으로는 그 주장이 실제 한국문학의 병폐를 치료하기에는 적절하지 않은 것이라는 해석이 있는 것이다. 이는 장일우의 주장이 당시 일상적 리얼리티를 강조한 김수영의 시작 방법과 거의 유사하다는 데서 비롯된 심리적 경계가 작용한 탓으로 볼 수도 있다. 박수연, 앞의 글, 221~222면.

特히 오늘의 韓國이 놓여 있는 狀況 아래에서 展開되고 있는 生活은 實存
이니 '앙가주망'이니 하는 西歐式의 用語를 가지고 떠들기 以前에 作家에게
峻嚴한 告發과 아울러 啓示를 要求하고 있는 것이다.[46]

신동한은 문학의 참된 가치가 "생활의 이상, 바꾸어 말해서 생활의
진실이란 불의와 악을 척결하고 참다운 인간의 모습을 그려내는 데 있"
다고 보았다. "참다운 인간의 모습을 그려 나가는데 현실과 생활을 등
지고는 절대로 문학이 존재할 수 없다는 것을 뼈아프게 감득하고 이 땅
의 작가, 시인은 재출발하여야 한다"[47]는 것이다. 따라서 "생활과 작품
은 항상 병행해 나가는 것이고 생활의 인식이 없는 가운데에서는 절대
로 불멸의 작품이 나올 수 없다"는 사실을 직시함으로써 생활현실을 충
실하게 반영하는 것이야말로 리얼리즘의 가장 중요한 미학적 조건이
되어야 한다고 강조했다.

김순남 역시 생활현실의 반영으로서 리얼리티를 문학의 가장 중요한
평가기준으로 정립하고, 관념적이고 추상적인 문학에 대해서는 상당히
비판적인 입장을 드러냈다. 그는 「문학건설과 휴머니즘」, 「작가의 윤리」,
「사실과 리얼리티」, 「작품과 비평의 시점」, 「한국평단의 반성」, 「현실묘
사와 작가정신」, 「작가의 독창성과 개성」 등을 발표했는데, 장일우와는
달리 주로 소설과 비평을 중심으로 리얼리즘론에 입각한 창작원리와 비
평의 현실주의적 성격을 강조하였다. 특히 리얼리즘의 원론적 성격에 주
목함으로써 재현적 진실과 리얼리즘의 관계를 해명하는 데 초점을 두었
다. 따라서 그는 "리얼리티란, 있는 그대로 묘사하려는 정적인 관조에서
한 걸음 나아가 생활의 법칙을 추구하는 행동정신을 토대로 한다"고 하
면서, "'사실에의 충실', '사실과의 일치' 그 자체는 리얼리티와 非리얼리
티를 판결할 징표로는 삼을 수 없으며, 문제는 재구성된 현실자체가 실

---

46) 신동한, 「내용과 형식에 관한 각서」, 1964.10, 172면.
47) 신동한, 「작품과 생활」, 1964.12, 187면.

재현실의 심저에 깔린 생활의 숨결과 참뜻을 얼마나 진실하게 묘출하고 있는가"48)에 있다고 강조했다.

리얼리즘은 이 모든 觀念의 美學을 排擊한다. 이 모든 觀念의 美學이 뿌려놓은 觀念의 惡習과 毒素를 除去하는 알찬 作業을 통해서만 리얼리즘은 韓國文學의 새 땅 위에 아름진 뿌리를 내릴 수 있다.

빼앗긴 主體性의 奪還, 喪失된 歷史性의 回復, 짓밟힌 具體性의 再生, 마비된 葛藤의 再演 등 리얼리즘이 갖추고 있어야 할 方法的 要素들이 '生活'이라는 文學의 對象을 힘있게 抱擁하는 것 — 이것이 韓國文學에서 리얼리즘 發生의 出發點이다.

生活을 尊重하고 生活에서 아름다운 것의 原形을 發掘하며, 生活美를 藝術美로 昇華시키는 美學, 이것이 리얼리즘의 美學的 大前提이다. 生活을 떠나서 眞正한 예술은 없으며, 生活描寫의 原則을 떠나서 리얼리즘이 생겨날 수 없다.

아름다운 것— 그것은 生活이다. 아름다운 것— 그것은 우리의 實踐活動에 의하여 그렇게 있고, 마땅히 그렇게 있어야 할 그와 같은 生活이다. 生活을 보여주고 生活의 眞理를 우리들에게 提示하여 주는 藝術이 아름다운 것이다.49)

이상에서처럼 장일우·신동한·김순남 등 『한양』의 비평가들은 1960년대 한국문학에서 가장 중요한 문제는 생활현실에 대한 투철한 인식을 확립하는 것이라고 보았다. 한국문학이 당면한 위기는 대부분의 작가들이 현실을 외면함으로써 생활의 중심에서 이탈하고 있기 때문이라는 것이다. 따라서 1960년대 한국문학의 현실은 "생활의 낡은 측면", 즉

---

48) 김순남, 「사실과 리얼리티」, 1963.9, 148면.
49) 김순남, 「리얼리즘 소고」, 1972.1. 여기서는 김인재 편, 『시대정신과 한국문학』, 한양사, 1972, 247~248면에서 재인용. 『시대정신과 한국문학』은 1972년 7월 1일 『한양』 창간 10주년을 기념하기 위해 일본 동경에서 출판된 비평선집으로, 9명의 비평가들(장일우·김순남·홍사중·김우종·임중빈·장백일·구중서·정태용·윤동호)이 쓴 35편의 비평을 수록하고 있다.

"생활을 소비하는 층들의 몰락과 패배를 미화하는 데 열중하였고, 부정형의 인간상을 조각하는데 세월을 보냈기 때문에 작품세계는 어둡고 침울하며 답답하고 퇴폐적"일 수밖에 없었다. 결국 당대의 문학은 "사람들을 생활의 아름답고 활기 있는 전진에로 부르는 것이 아니라 불안과 체념, 절망과 무기력의 후퇴에로 유혹"하고, "신비와 복고취미, 애수와 영탄, 회의와 자학" 같은 "생활을 소비하는 계층들의 미학"50)으로 가득 차 있었다.

이런 점에서 『한양』은 무엇보다도 "현실을 외면하고 생활의 논리를 자의로 날조하는" 당대의 문학을 초극함으로써 "시대와 역사적 현실을 반영하는" 리얼리즘의 정신과 방법을 올곧게 정립하고자 했다. 이는 4월혁명의 역사적 충격으로부터 새롭게 출발하는 문학적 응전의 자세를 표방한 것에 다름 아니다. 4월혁명이야말로 생활의 법칙을 가장 선명하게 보여주는 하나의 역사적 현실이었기 때문이다. 따라서 4월혁명 이후 참여문학은 "분노와 저항, 고발과 비판을 통하여 이 땅에서 자유를 수호"하는 것을 가장 중요한 목표로 삼았다. 다시 말해 "작가와 현실, 작가와 사회의 뗄 수 없는 연대감으로부터, 시대가 제기한 과업으로부터 이 땅 이 나라에 자유를 실현하는 불타는 문학운동"51)을 전개하고자 했던 것이다. 그 결과 1960년대 한국문학은 "현실참여에서 역사의식에로, 역사의식에서 리얼리즘에로"52) 더욱 심화되는 전기를 마련할 수 있었다.

장일우가 한국시에서 가장 높이 평가한 시인은 단연 김소월이었다. 그는 주체를 잃은 서구문학에의 맹종과 실존주의와 모더니즘의 탁류 속에 있었던 당시 한국 시단에서, 김소월이야말로 민족주체의 정신과 민족적 형식으로서의 민요적 율격을 동시에 지닌 뛰어난 시인이라고 보았다. 따라서 그는 소월의 시정신과 오늘의 한국적 시대정신과의 사

---

50) 김순남, 「생활의 미학」, 1969.10 · 11, 130면.
51) 장일우, 「시대정신과 한국문학」, 1965.4, 198면.
52) 김순남, 「4 · 19와 한국문학」, 1971.4 · 5, 238면.

이에 어떠한 공통성이 있다고 판단하고, 이를 통해 한국문학의 위기를 타개해 나가는 새로운 방향성을 찾고자 했다.

> 韓國의 모단니즘의 詩와 素月의 시를 비교해 보라! 모단니즘의 시가 難解하다는 그것뿐만 아니라 거기에는 民族的 情緒보다는 民族虛無的 감정이 지배하고 있으며 자기 民族의 主體는 완전히 상실되고 있는 것이다. 그러나 우리가 素月의 詩에 대할 때 거기에는 우리 民族의 生活共同體的인 감정이 물결치고 있으며 그것으로 인하여 우리의 친숙감은 깊어진다. (…중략…)
> 素月의 詩에서는 離別을 체험하고 있는 이 나라 民族 固有의 인정세계가 뜨겁게 감촉된다. 이처럼 素月의 詩는 民族의 情緒的 自覺을 환기시키며 民族 固有의 生活感情에서 흐르는 民族主體의 넋을 각성시키고 있는 것이다.
> 이 民族主體의 넋을 素月의 詩에서 우리 민족에 고유한 '정한' 혹은 '한'이라고 불러도 무방할지 모른다. 그러나 여기서 强調하고 싶은 것은 이 素月의 詩에 일관하게 흐르는 '한'의 世界를 결코 時代의 情況과 분리하여 그 내용을 理解할 수 없다는 점이다. 만일 素月의 詩를 이 詩人이 直接 體驗한 지난 시기의 時代的 情況에서 분리하여 이해한다면 그의 詩에서 절절히 울리고 있는 哀愁의 감정은 한낱 값싼 눈물로 되고 말 것이며 왜 그처럼 素月이 세상을 한하였는가 하는 그의 精神世界의 바탕은 알 수 없는 수수께끼로 되고 말 것이다.
> 素月이 무엇 때문에 그처럼 비통한 感情으로 時代와 現實을 노래하였으며 무엇 때문에 그처럼 세상을 한하였는가! 그가 한한 것은 결코 빈궁만은 아니었다. 또 잃어버린 애인을 그리워하는 그것만은 아니었다. 그의 詩 속에는 이 모든 것을 그 속에 포함하고 있는 잃어버린 조국, 그것으로 하여 詩마다 한이었으며 노래마다 비통이었다.[53]

장일우는 무엇보다도 김소월의 시가 민족허무적 감정이 지배하는 모더니즘시와는 달리 민족의 생활공동체적인 감정, 즉 '민족주체성'을 형상화하고 있다는 점에서 높이 평가했다. 따라서 그는 김소월의 시에 나

---

53) 장일우, 「소월의 시와 자주정신」, 1962.11, 143면.

타난 "애수는 결코 저속하고 값싼 눈물의 세계"나 "절망과 체념에서 오는 비애"가 아니라, "'꿈'과 '동경'을 가진 사람들이 그것의 현실을 억압당할 때 안타깝게 사모치는 원한의 감정"이라고 보았다. 다시 말해 민족의 주체성과 민족적 형식을 억압당한 시인이 잃어버린 민족성을 되찾고자 하는 의지를 드러낸 것이 바로 김소월의 시적 지향이었던 것이다. 이는 당대 민중들의 역사적 억압과 생활의 고통에 대한 저항적 의미와 연결될 수 있다는 점에서, 1960년대 모더니즘시의 난해성을 비판하는 문제의식의 연장선상에 있었다고 할 수 있다. 김소월의 시는 일제의 억압에 대한 민족적 정한을 해방에의 꿈으로 승화시킨 것으로, 현실에 뿌리내린 시적 리얼리티를 강조한 그의 주장을 뒷받침하는 구체적 작품이었던 것이다.

시인 박두진 역시 그가 인정하는 몇 안 되는 시인 가운데 한 사람이다. 그가 박두진의 시를 주목하는 이유는 "앞날을 전망하는 로맨티"[54]를 지니고 있었기 때문이다. 현실의 리얼리티를 로맨티시즘의 역사적 상상력으로 형상화하는 것이야말로 1960년대 시인들이 갖추어야 할 올바른 태도라고 보았던 것이다.

> 韓國의 現代詩가 로만티시즘을 헐값으로 팔아버릴 것이 아니라 이것을 리얼리즘과의 結合에서 그 價値를 再發掘하는 것이 필요하다고 생각하며 朴兄의 詩속에서 나는 이같은 결합의 始原을 발견하고 적이 기뻐하고 있습니다. 「거미와 星座」, 「人間密林」에서 당신은 現實에 密着하지도 않았으며 그렇다고 하여 現實에서 멀리 떨어지지도 않는 姿勢를 취하고 있습니다. (…중략…)
> 나는 로만티시즘에 두 型이 있다는 理論을 지지하는 사람입니다. 긍정적인 로만티시즘과 부정적인 로만티시즘 말입니다. 이 兩者를 나는 現實과 結合되고 있는 로만티시즘과 現實과 結合되지 않은 抽象的인 로만티시즘으로 보고 있습니다. 이 後者에 對하여는 구태여 독일의 노마리스를 그만 두고라도 우리나라 白潮派 詩人들의 그 暗黑한 幻想과 흘러간 時代의 꿈을 想起한다면

---

54) 장일우, 「현대시의 음미-그 난해성에 대한 일고찰」, 147면.

될 것이라고 나는 생각합니다.55)

　장일우는 리얼리즘과 로맨티시즘의 결합, 즉 현실과 결합되는 로맨티시즘의 당대적 의미를 강조했다. 1920년대 백조파 시인들의 낭만성이 결여하고 있었던 현실에 대한 구체적 인식을 통해서, 역사적 상상력과 미래적 전망에 투철한 "긍정적인 로맨티시즘"의 세계를 열어갈 것을 주장했던 것이다. 따라서 문학은 "'졸렌(당위)'의 세계이고 그것은 생활본연의 탐구이며 인간에 대한 '에로스'이며 하나의 '경이'와 '희열'"56)이라고 말하면서, "시대, 현실, 인간", 이 세 가지를 아우르는 세계의 창조야말로 한국문학이 지향해야 할 과제요 목표라고 보았다. 여기에서 말하는 일상적 세계를 넘어선 당위적 세계에 대한 지향과 생활현실을 반영하는 태도, 그리고 인간에 대한 근원적 사랑은 '리얼리즘'의 정신에 내재된 낭만주의적 성격을 여실히 보여주는 것임에 틀림없다.57)

　이처럼 리얼리즘은 언어적·기법적 차원에 머물러 있던 당시 우리 시단에 역사의식과 현실인식을 심어주는 가장 중요한 문학정신이요 형상화 방법이었다. 그가 "시대를 배면하고 생활의 명암, 생활의 굴곡과 다양성을 평면화하고 사회적 문제인식과 사상이 없는 신변잡담문학을 만드는"58) 자연주의와 리얼리즘을 엄격히 구별한 것 역시, 당위적 진실

67

---

55) 장일우, 「시인 박두진을 논함」, 1964.3, 250~252면.
56) 장일우, 「한국문학의 새로운 전망」, 1963.3, 122면.
57) 이러한 점은 1920~30년대 카프의 논쟁 과정에서도 이미 제기된 문제이므로 리얼리즘의 일반적 성격을 크게 벗어나지는 않는다. 시의 장르적 속성의 하나인 감정과 정서의 표현이라는 측면으로 인하여, 시에서 어느 정도 낭만성이 내재된다는 것은 비교적 일반적으로 인정되고 있는 것이다. 그러나 프롤레타리아 리얼리즘의 영향 하에서 전개된 예술운동의 볼셰비키화가 등장하여 이에 대한 논의는 일단 부수적인 것으로 간주되었고, 이후 유물변증법적인 리얼리즘의 도입 시기에도 이 문제는 중요하게 취급되지 않았다. 그러나 카프의 1차 검거를 계기로 조직의 힘이 약화되고, 많은 새로운 시인들이 등장하여 다시 논의되기 시작한다. 즉 신진시인들에 의하여 서술시의 형태가 시도되면서 종래의 시에서 강조되던 현실 반영의 사실성의 문제와 더불어 이를 보완하는 측면에서 낭만성이 형상화의 측면에서 쟁점으로 등장했던 것이다. 윤여탁, 『리얼리즘시의 이론과 실제』, 태학사, 1994, 60~61면 참조.

을 반영하는 리얼리즘에 대한 확고한 인식이 무엇보다도 필요하다는 시대적 요구 때문이었다.

> 리얼리즘은 文藝思潮로 있기 前에 이미 現實表現의 方法으로 있었다. 그
> 것은 現實에 對한 정확한 認識과 함께 文學이 人間性格을 創造한다는 認識
> 에 도달하는 매개 나라의 歷史的 段階에 이르러 創作方法으로 登場하였던
> 것이다. 그리하여 리얼리즘은 方法으로서 社會와 人間에 대한 多面的이며
> 綜合的인 觀察, 人間個性化의 方法에 到達하고 近代心理學의 發達과 함께
> 人間의 內面世界, 心理에까지 침투하여 人間을 全面的으로 描寫하는 變遷
> 과 發展을 가져왔다.[59]

장일우에 의하면, 리얼리즘은 "현실에 대한 정확한 인식과 함께 문학이 인간성격을 창조한다는", 즉 역사적 현실의 내용과 창작방법의 형식이 종합적 체계를 이루어야 한다. 이는 리얼리즘이 일상적 진실(sein)의 세계를 넘어서는 당위적 진실(sollen)을 지향해야 한다는 사실과 무관하지 않은 진술이다.

김순남 역시 "예술은 현실과 같아서는 안되며 상상과 현실과의 '결합' 속에서 참된 리얼리즘을 발견할 줄 알아야" 하고, "예술적 상상력의 빈곤에서 유래하는 '일차방정식'을 초극해야 하며, 인물의 정신적 편력과 입체성에서 성격의 리얼리티를 모색해야"[60] 한다고 주장했다. 뿐만 아니라 그는 "문학은 '리얼리티'라는 방법적인 것만이 아니라 '휴머니티'라는 방향적인 것을 필수적 요구로 삼게 된다"고 말했다. "작가는 인간을 살아 움직이는 것으로 그려야 하며, 생활을 거짓과 편견 없이 그려야" 하는데, 이를 위해서는 "문학을 동물의 것으로가 아니라 인간의 소산이며 인간의 의식활동의 산물"로 보아야 한다는 것이다. 따라서 그

---

58) 장일우, 「한국문학의 새로운 전망」, 125면.
59) 장일우, 「한국문학의 새로운 전망」, 126면.
60) 김순남, 「사실과 리얼리티」, 1963.9, 145면.

는 우리 문학의 침체와 퇴조를 초래한 가장 큰 원인이, "'휴머니티'는 민족생활의 토양에 뿌리박은 '모랄'"이라는 점을 제대로 인식하지 못함으로써 "리얼리티와 휴머니티의 고수를 포기"[61]한 데 있다고 비판했다.

이처럼 『한양』의 비평가들은 리얼리즘을 편내용주의와 소박한 모사론으로 바라보려는 관점에 대해서는 상당히 비판적이었다. 하지만 이러한 관점 역시 '현실'을 중심에 놓고 사유해야 한다는 리얼리즘의 기본적 전제를 바탕으로 한다는 점에서, 형식을 규정하는 것은 내용이라는 루카치식 리얼리즘, 즉 '내용과 형식의 변증법'을 크게 벗어나지는 않는 것이 사실이다. 따라서 '생활'이야말로 문학이 추구해야 할 가장 절실한 문제이므로 작가에게 요구되는 문학적 형상화 방법 역시 '생활'을 중심에 놓고 전개되어야 한다고 강조했다.

(2) '한국적인 것'의 탐색과 주체의식

1960년대 문학비평에서 '전통'의 문제는 '한국적인 것'의 의미를 탐색하는 데 집중되었는데, 1962년 『사상계』가 주최한 '현대시 50년 심포지움'과 '신문학 50년 심포지움'에서 본격적으로 논의되었다. 전자는 1950년대 이후 전통 논의 가운데 가장 첨예한 갈등을 드러낸 학술대회로, 현대시의 형성과 발전과정을 서구적인 것과의 연관 속에서 이해하려는 단절론의 관점과, 우리의 현대시가 서구적인 자유시 형식에 영향을 받았다 하더라도 시의 형식적 조건인 운율과 어법은 전통적인 기틀 위에서 이루어진 것이라고 보는 계승론의 관점으로 양분되었다. 이는 결국 '우리의 고전에서 이어받을 전통이 있느냐 없느냐' 하는 문제에 초점을 두었다고 할 수 있다. 그리고 후자의 경우는, '그렇다면 도대체 한국적인 것은 무엇인가'에 대해 성찰함으로써 전통론의 대안을 모색하고자 한 것이다.

---

61) 김순남, 「현실묘사와 작가정신」, 1964.12, 180면.

『사상계』는 이러한 전통 논의의 연장선상에서 한국문학의 세계화에 대한 문제제기로 1962년 문예임시증간호[62]를 마련했는데, 여기에 게재된 유종호의 「한국적이라는 것」과 백철의 「세계문학과 한국문학」은 1960년대 전통론을 쟁점화하는 기폭제가 되었다. 여기에서 유종호는 "우리 문학에 있어서는 한국적 곧 전통적이라는 등식은 성립되지 않는다"고 단언하면서, 이러한 전통 긍정의 태도가 오히려 "우리 문학의 고립화, 폐쇄화를 초래할 위험성이 많다"고 비판했다.

> 韓國的인 것이 화제에 오르게 된 것은 전통의 문제를 통해서였다. 동양적인 것, 한국적인 것을 그대로 전통적인 것이라고 일부의 인사들이 傳統論을 내세우면서부터 일반적으로 많이 쓰여지게 된 것이 아닌가 한다. 어찌 되었던 한국적이란 것이 전통적인 것이다 라는 소박한 等式과 함께 문제가 출발된 것은 불행한 일이었다. (…중략…)
> 문학에 있어서의 '한국적'이란 세계문학 속에서 우리문학이 유니크한 個性을 소유하고 있을 때 한해서 의미가 있다. 가령 發想法에 있어서나 표현양식에 있어서. 따라서 우리는 당분간 '한국적'인 것을 얘기 않는 것이 좋다. 왜냐하면 일제말기에 일본의 國粹主義者들이 '일본적'인 것을 위조했듯이 虛像을 만들어 놓고 스스로 자기의 가능성을 제한시킬 위험성이 많기 때문이다.[63]

유종호는 전통 개념의 발원지가 엘리엇의 '역사적 의식'에 연원하고 있음을 밝히고, 우리 문학의 경우 이러한 역사의식을 바탕으로 한 문학 풍토가 이루어지지 못한 전통단절의 상태에 있다고 보았다. 따라서 그는 무엇보다도 중요한 문제는 우리 문학의 개성과 정신의 특수성이기

---

62) 정명환, 「평론가는 이방인인가」; 이어령, 「한국소설의 맹점」; 유종호, 「한국적이라는 것」; 백철, 「세계문학과 한국문학」; 정병조, 「번역문학의 과제」; 김진만, 「몇 가지 일반론」; 박태진, 「우리 문학 해외소개의 사견(私見)」; 곽복록, 「최근 독일연극의 동향」; 이환, 「파스칼에의 낭만」(프랑스); 최석규, 「남과 나의 비극」(이탈리아); 박희영, 「쿠퍼까지의 세계문학」(미국); 이근삼, 「사라진 문호」(기타).

63) 유종호, 「한국적이라는 것」, 『한국논쟁사 Ⅱ - 문학·어학편』(손세일 편), 청람문화사, 1978, 178면, 189면에서 재인용.

때문에 단순히 로컬리즘(localism)를 초점화해서는 안 된다고 주장했다. 그에게 있어서 '한국적' 혹은 '전통적'이란 것의 의미는 대체로 '후진적' 혹은 '전근대적'이란 말과 같은 의미로 받아들여졌던 것이다. 결국 '한국적'이란 말은 토속적인 '전근대적 인간상'에 다름 아니기 때문에 이와 같은 낙후성을 극복하기 위해서는 서구의 선진문학을 수용해야 한다고 보았다.

그리고 백철은 노벨문학상이 문학의 수준을 결정하는 절대적 기준임을 전제한 상태에서 한국문학과 일본문학을 비교하였는데, "우리 현대문학 50년사"를 살펴볼 때 "작품수준의 빈곤성"이 두드러진다고 지적하고, '한국적인 것'에 대한 탐색은 그것이 '세계적인 것'과 어떻게 교섭되느냐 하는 문제를 중요시해야 한다고 주장했다.

> 우리 新文學 50年史에서 특산품을 추려낸다면 단편소설에서 30편 내외, 詩에서 1백편 내외를 뽑아내어 각각 동양적인 확실한 裝幀으로 포장을 하여 歐美市場으로 내보내 볼 만하다. (…중략…)
>
> 世界文學과 韓國文學의 수준을 비교해 보면 어떤 차이가 생기느냐 하는 것을 현재 나로선 곧 구체적으로 작품들을 분석 대조해서 그 次等을 밝힐 만한 준비가 되어 있지 않다. 그러나 좀더 大凡한 조건에서 작가들 몇 사람의 이름을 상대해 봐도 곧 대조해서 韓國作家들이 도저히 그들과 列位되기 어렵다는 자각을 갖게 한다. (…중략…)
>
> 그보다도 더 가까운 日本의 작가들, 특히 이번에 노벨賞으로 화제가 된 다니자끼나 가와바다와 匹敵할 作家가 우리에게 있느냐 하면 그것까지도 우리는 '노우'라고 일차 부정해야 될 일이다. 그 日本文壇의 수준만 해도 결국 이번에 日本作家가 수상작가로 되지 못하고 미국의 스타인벡으로 결정이 되었다면 아직 日本文壇의 수준도 일반적으로는 그 세계적인 수준에 도착되지 못하고 있다는 사실을 단적으로 증명한 예가 된 것인데, 그 점에서 우리 한국문학은 二重으로 우리 문학의 수준 문제에 대하여 반성을 추가할 사건이라고 본다.[64]

---

64) 백철, 「세계문학과 한국문학」, 앞의 책, 193~194면에서 재인용.

백철은 전통적인 것을 외국의 것과 구별되는 특수한 것, 즉 "특산물"의 차원으로 이해했다. 이는 당시 지식인들이 민족적 전통을 인식하는 데 있어서 박정희 정권의 근대화론이 상당한 영향을 미쳤음을 실증적으로 보여주는 사례라고 할 수 있다. 즉 당시 일부 지식인들의 전통과 주체성에 대한 담론에는 근대화, 경제개발논리가 극단적인 형태로 반영됨으로써 민족주의를 가장한 반민족적 특성을 지니고 있었던 것이다.65)

이에 대해 정태용은 "한국 안에서 한국적인 것을 찾지 못한다면 우리는 이 세계 어느 곳에서도 한국적인 것을 찾지 못한다"66)는 점을 분명히 하면서, 백철, 유종호의 전통론을 서구적 시각에 경도된 사대주의라고 비판했다. 따라서 그는 전통에 대한 논의는 무엇보다도 '주체의식'의 문제를 가장 중심에 놓고 사유해야 올바른 결론을 도출할 수 있다고 보았다. 더군다나 1960년대의 전통에 대한 인식은 당시 우리의 정치·사회적 상황과 밀접한 연관 속에서 형성되었다는 점에서, 이 시대 우리 사회의 정신적인 주체성을 우선적으로 확립하고 그에 의해서 현실을 비판적으로 성찰할 것을 요구했다.

> 文學이나 藝術이나 其他 모든 學問에 있어서 事大的·無主體的인 外國 것의 導入은 한없이 많다. 다만 이것이 우리 現實에 民主主義나 트랙터처럼 實踐되는 것은 아니니까 破綻을 구경하지 못해서 그 導入者들은 우리에게 알맞은 옳은 것으로 믿고 있다. 이러한 사람들은 自己의 民族的·個性的인 主體性이 確立되어 있지 않을 뿐만 아니라, 우리의 現實도 볼 줄을 모른다.

---

65) 1960년대 한국의 역사적 환경 속에서 구축된 민족주의의 내용은 경제개발이라는 목적에 부합하는 차원의 민족주의적 요소는 허용하지만, 반면 강대국의 간섭과 예속에 저항하거나 민족의 통일을 이야기하는 차원의 민족주의는 관주도 민족주의에 의해 회석되거나 체제 밖으로 배제되는 것이었다. 이러한 상황은 결국 1960년대 지식인의 민족주의 담론을 분화시키고, 또 한편으로는 4·19 이후 거세게 대두되었던 민족주의 담론을 분화시킨 구조적 차원의 규정력으로 작용하였다. 홍석률, 「1960년대 한국 민족주의의 분화」, 『1960년대 한국의 근대화와 지식인』(정용욱 외), 선인, 2004, 200~201면.

66) 정태용, 「한국적인 것과 문학」, 『현대문학』, 1963.2. 여기에서는 손세일 편, 앞의 책, 216면에서 재인용.

(…중략…)

　主體性의 問題는 어디까지나 그 社會의 政治的·社會的인 問題이므로 나는 이제까지 政治的·社會的인 方面에서 얘기해 왔다. 이로써 우리의 主體性은 무엇이며 어떻게 살아야 하는가도 대강 짐작이 갔을 줄로 믿는다. 文學은 이와 같은 主體性을 가진 사람이 現實에서 活動하는 모습이나 그 感情을 그리고 노래하면 되는 것이다.[67]

　장일우 역시 유종호, 백철의 전통부정론에 대해 "서구의 것이라면 무조건 좋다고 하는 사대주의자들 ― 한국에는 한국적인 것이 없다고 하면서 한국적인 것은 '프랑스적'이 되어야 한다는 가짜 한국인들"의 전형적인 행태라고 거침없이 비판했다. 다시 말해 전통의 문제는 무엇보다도 "주체의식"의 토대 위에서 형성되어야 하고, "주체를 세운다는 것은 결코 말에 의해서 판단하는 것이 아니라 그 실천의 내용에 의해서 판단하는 것"이라고 보았다. 따라서 그는 "創新이 없는 전통은 전통이 아니라 '낡은 것의 재생'이라고 한 것처럼, 실천이 없는 주체는 주체에 대한 공부이며 선전"이므로, 그 실천의 내용이 보편성을 가지고 있는가, 즉 오늘에 있어서 전국민적 의의를 가졌는가의 여부에 따라서 그 가치는 판단"되어야 한다고 주장했다.[68]

　전통은 과거의 것을 그대로 복원하거나 보존하는 것에 국한된 개념이 결코 아니다. 따라서 전통을 올바로 이해하기 위해서는 '전승(傳承)'의 의미를 중요하게 인식해야 하는데, 여기에서 전승이란 고정불변의 것이 아니라 인간의 주체적이고 능동적인 삶 속에 용해되어 삶과 함께 전해지는 동적 개념으로 보아야 한다. 전통은 부단히 변화하는 역사 속에서 인간의 삶과 함께 역동적으로 전해 내려가는 것으로 파악할 필요가 있는 것이다. 결국 전통론은 반드시 현재와 미래를 위한 실천적인

---

67) 정태용, 「작가와 주체의식」, 1964.8, 159면.
68) 장일우, 「한국적인 것과 전통적인 것」, 『자유문학』, 1963.6. 여기에서는 손세일 편, 앞의 책, 240면에서 재인용.

관점에서 논의되어야 하고, 궁극적으로는 현실적인 필요성에서 제기된 현실주의적 성격을 지닌 것으로 이해해야 한다.

> 確實히 오늘의 韓國文學은 '자기'를 지니고 있지 못하며 傳統의 母胎와 연줄을 끊어버리고 民族性을 具現하지 못함으로써 他律的이며 非理的 境地에서 오뇌하고 있다.
> 具體性의 喪失, 이것이 현단계의 韓國文學의 樣相이다. 小說도 詩도 戱曲도 그러하며 심지어는 評論도 그러하다. (…중략…)
> 韓國文學이 '자기'를 지니지 못하고 民族精神을 체현하지 못한 것은 어느덧 그것이 우리의 傳統을 상실한데 연유가 있다. 傳統의 理解에서 核은 主體性이다. 主體性을 喪失한 文學은 그것이 民族文學에 포함될 수 없다. 모든 先行한 民族文學이 存立의 歷史的 條件에서 形成된 固有한 特性 그 自體가 主體性을 內包하고 있는 것이다. 이러한 主體의 喪失은 傳統의 喪失이며 民族性의 喪失이다.[69]

"전통의 이해에서 핵은 주체성"이라는 관점은 『한양』의 일관된 비평의식이다. 자기를 지니지 않은 문학은 참다운 문학이 될 수 없다는 기본적인 전제로부터 '전통=주체=민족성'의 등식을 이끌어냄으로써 전통론을 민족문학의 정신사적 토대로 인식하고자 했던 것이다. 이러한 관점은 조국을 등지고 타국에서 살아가는 재일한인들에게는 가장 절실한 문제였음에 틀림없다. 다시 말해 재일한인으로서 자기정체성의 혼란에 직면한 재일교포 비평가의 자의식에서 비롯된 것으로 볼 수도 있기 때문이다. 이처럼 『한양』은 전통에 대한 주체적 인식을 바탕으로 민족문학의 심화와 확대를 모색함으로써 바람직한 한국문학의 건설을 설계해 나가는 비평의식을 정립하고자 했다.

---

69) 김순남, 「문학의 주체적 반성」, 1962.4, 140~141면.

(3) 비평정신의 빈곤과 한국문학의 방향성

『한양』은 "서구문학 발전과정 자체에서도 배제되고 있는 찌꺼기가 민족문학의 단상에 오를 수는 없다"는 분명한 입장 속에 한국문학의 방향성을 새롭게 모색하였다. "참된 한국의 생활, 참된 한국의 역사, 진정한 한국의 모습과 숨결을 느낄 수 있는 작품"만이 "문학의 자율성과 주체를 확립"할 수 있다고 보았던 것이다. 따라서 『한양』의 비평가들은 1960년대 한국문학의 현장을 더욱 구체적이고 객관적으로 접근함으로써 한국문학의 변화와 성숙을 위한 자기성찰에 누구보다도 앞장섰다.

> 韓國文學 建設의 指向目標를 原始主義에로의 復歸나 文學像의 破滅에 둘 수는 없으며 더욱이 西歐文學 發展過程 自體에서도 배제되고 있는 찌꺼기가 民族文學의 壇上에 오를 수는 없다. 世界的 大作의 水準에 서는 것 — 이것이 韓國文學 建設이 겨누어야 할 과녁으로 되어야 하는 것이라면 우리 文學의 姿勢부터가 西歐文學을 통째로 삼켜다가 무슨 主義가 어떠니 저러니 하면서 — '主義'타령만 하는 部類의 無指向的인 複製로 될 것이 아니라 韓國的인 生活바탕이 싱싱하게 풍겨 오는 새 文學을 이룩할 그러한 것으로 되어야 할 것이다. (…중략…)
> 우리의 文學, 韓國의 文學을 진정 우리의 것으로, 韓國의 것으로 만드는 것, 우리의 生活과 우리의 思索으로 充溢케 하는 것 — 이것이 文學의 自律性과 主體를 確立하는 길일 것이며, 이 길이 곧 우리 文學을 世界的 大作의 水準에 이끄는 길일 것이다.[70]

김순남은 서구문학에서조차 배제된 것을 수용하기에 급급한 사대주의적 태도와 현대성에 대한 문제의식을 전혀 갖추지 못한 원시주의의 복고적 성향이 1960년대 한국문학이 당면한 가장 큰 문제점이라고 보았다. 따라서 한국문학은 '한국적'인 것에 대한 본질적 탐색을 해야 하며, 이를 위해서는 "우리의 생활과 우리의 사색을 충일케 하는" 민족적

---

70) 김순남, 「문학건설과 휴머니즘」, 1963.2, 150면.

인 것의 형상화를 고민해야 했다.

이러한 맥락에서 정태용은 1960년대에 등단한 신인작가들이 "비평정신의 빈곤"[71]을 드러내고 있다고 비판하고, 이러한 한계를 극복하지 못한다면 한국문학의 재건은 불가능하다는 문제의식을 드러냈다. 여기에서 말하는 비평정신이란 "작가가 일정한 사회관이나 인생관을 가지고 현실을 정리하는 정신", 즉 "질서의식"을 말한다. 따라서 작가는 당대의 현실에 대한 정확한 인식과 바람직한 방향에 대한 지성적 고민을 통해 현실을 올바르게 선도하는 시대적 사명을 다해야 한다는 것이다.

장백일이 "역사와 싸워야 할 필연성 앞에서 우리는 기성의 질서와 관념에 대한 일대수술을 시행한다"고 당차게 선언하고 나선 『비평작업』의 창간을 특별히 주목한 이유도 바로 여기에 있다.[72] 당시 한국문단이 직면한 모순과 병폐를 해소하기 위해서는 기성 문단의 질서를 초극하는 새로운 목소리가 그 어느 때보다도 절실하게 요구되었기 때문이다.

創作의 不振도 不振이지만 評壇의 雜說과 무성의가 韓國文壇의 침체와 혼란을 더욱 助長하고 있다. 비평의 先導的 역할에 대한 투철한 認識과 主體者로서의 誠意있는 探究와 진지한 태도로써 비평에 다다르려는 文學的 良心과 誠實을 발견하기가 매우 힘든 것이 오늘의 우리 評壇이다.

모든 評者들이 참다운 文學精神과 성실성을 가지고 時代의 良心을 계발하고 선도하였더라면, 적어도 오늘의 文壇이 빠지고 있는 陷穽은 避할 수 있었을는지 모른다. 그렇다면 오늘의 創作不振에 대한 半分의 責任은 역시 評壇 스스로가 져야 한다 해도 過言이 아니다. 임자 없는 曠野를 바라보듯한 觀照로써 作壇에 一般論과 험구만을 부쳐오던 批評家가 적지 않기에 말이다. 文學圈의 발달, 더구나 評壇의 旺盛은 是非를 가리는 論戰을 通해서 이룩된다는 것은 짐작할만한 眞理다.[73]

---

71) 정태용, 「신인작가에 대한 기대」, 1963.10, 218면.
72) 장백일, 「동인지와 그 비평」, 1963.12, 162면.
73) 김순남, 「한국평단의 반성」, 1964.6, 181~182면.

한국문학의 바람직한 변화와 성숙을 선도해야 할 문학비평이 오히려 한국문단의 침체와 혼란을 조장하고 있다는 김순남의 문제의식은, 1960년대 문학비평이 나아가야 할 새로운 방향성을 역설적으로 제시한 것이라고 할 수 있다. "참다운 문학정신과 성실성을 가지고 시대의 양심을 계발하고 선도하"는 것이야말로 비평가의 책임이라고 보았던 것이다. 이런 점에서 신동한은 "비평은 문학이 올바른 길을 걷고 또 그것이 독자의 공감과 지지를 얻을 수 있는 가장 친근한 길잡이가 되어 주어야 할 것"이고, "작자와 독자의 중간에서 정확하고 충실하며 또 진취적인 매개자의 역할을 해 줄 뿐더러 문학의 앞길을 개척하는 가장 전위적인 임무"를 다해야 한다고 주장했다.[74] 이는 비평의 본질에 대한 원론적 성찰인 동시에 사회적 기능을 강조하는 시대적 요구에 더욱 충실할 것을 요구하는 1960년대 문학비평의 방향성을 드러낸 것이라고 할 수 있다.

이러한 '전위적인 임무'의 정신적 바탕이 4월혁명의 정신에 있었음은 의심할 여지가 없는 사실이다. 장일우의 말대로 "오늘 한국문학이 체득하는 시대정신은 4·19가 열어놓은 자유의 깃발, 제정신으로 제힘으로 구속 없이 살아가려는 지향, 즉 인간주체의 정신―민족주체의 정신"[75]을 지향함으로써 확립될 수 있었기 때문이다. 생활의 법칙을 가장 선명하게 보여주는 4월혁명의 정신을 온전히 이어받는 것이 바로 1960년대 작가가 짊어지고 가야 할 윤리와 책임이 되어야 한다는 것이다.

> 四월의 거세찬 파도는 韓國文學에서도 크나큰 轉換을 가져왔다. 그것은 獨裁의 그늘 밑에서 民衆을 깔보며 民衆을 멀리하던 '官權文學'의 머리 위에 雷聲霹靂을 내려쳤으며, 韓國文學의 구석구석에 억눌려 있던 民主主義 民族文學의 새싹들을 蘇生시켰다.
> 그것은 文學을 耽位와 貪慾, 屈從과 阿附의 밑천으로 삼고 있던 政商輩文學에 强打를 내렸으며, 自由와 民主에 목말라 한국땅을 彷徨하던 知性과 良

---

74) 신동한, 「비평의 방향」, 1965.4, 207면.
75) 장일우, 「시대정신과 한국문학」, 200면.

心의 文學에 生氣와 歡喜를 불러일으켰다.

　4 · 19의 휘황하고 거세찬 暴風이 到來하자 韓國文學의 한 패는 이 歷史의 必然性 앞에서 苦杯를 들었으며, 짓밟혀 있던 다른 한 패의 文學은 일어서서 새 歷史의 地平線 위에 밝아오는 민족의 可能性, 民族의 푸른 하늘을 보았다.76)

　이처럼 4월혁명은 한국의 작가 · 시인 · 평론가들의 문학정신과 그들의 의식구조에 심각한 전환을 가져왔다. 민족과 너무 멀리 떨어져서 스스로 앓고 있던 문학의 허약성을 절감하고 문학의 방향전환을 모색하였고, 문학의 민주화를 천시하던 모더니즘 시인들을 거리로 불러내기도 했다. 따라서 "4 · 19를 계기로 하여 한국 현대시는 모더니즘의 시인들을 필두로 하여(김수영 · 박성룡 · 전영경 등) 혹은 급격히, 혹은 서서히 민중과 피가 통하고 호흡이 통하는 시의 방향으로 전환하기 시작"했다. 결국 4월혁명 이후 한국문학은 순수와 참여의 대결, 서구파와 전통파의 대결, 소시민의식과 역사의식의 대립, 예술성과 사상성의 혼전 등 이원화된 구조와 대립적 지형을 더욱 공고히 하며 전개되었다.

　이런 점에서 김순남은 당시 소설 분야에서 신세대 문학의 대표주자로 평가받았던 김승옥 · 이청준을 "손창섭 문학의 변종"으로 평가하고, 이들의 작품이 1950년대 문학과 구별되는 "새로운 경향"을 지녔다고 평가하기는 어렵다고 보았다. "그들의 문학은 생활의 명암과 생활에서 무엇이 아름다우며 무엇이 추악한가의 한계를 회색의 안개 속에 밀어 넣고 이것도 아니고 저것도 아닌 파장으로 만들어 버리는 것"으로 판단했기 때문이다. 따라서 김순남은 1950년대 문학에 대해 "소시민적 에고이즘이 방출하는 잡설문학"77)이라는 혹평을 서슴지 않았다.

　이상에서처럼 한국문학의 전통에 대한 주체적 인식과 비판적 계승의 문제는 『한양』이 1960년대 현실주의 문학비평을 지향하는 데 있어서

---

76) 김순남, 「4 · 19와 한국문학」, 230면.
77) 김순남, 「생활의 미학」, 127면.

가장 기본적인 토대가 되었다. 사실 '한국적인 것'에 대한 주체적 인식 없이 민족문학을 지향한다는 것은 어불성설이 아닐 수 없다. 특히 재일한인으로 살아온 장일우·김순남 등에게 있어서 '한국적' 혹은 '민족적' 정신의 문제는 그들의 비평의식을 확립하고 실천하는 데 있어서 무엇보다도 필수적인 요청사항이었다. 또한 4월혁명 이후 달라진 문학지형의 변화를 체험적으로 받아들이며 살아가는 한국의 비평가들에게도 전통의 주체적 인식을 통한 한국문학의 성찰과 전망은 반드시 이루어내야 할 비평적 과제였다. 이런 점에서 1960년대 『한양』은 국내의 억압적인 정치·사회적 상황으로 인해 감당할 수 없었던 당대의 주요 쟁점들을 충분히 소화하고 실천할 수 있는 비평적 토대로서 상당히 중요한 역할을 담당했음에 틀림없다.

제3장

지식인의 현실참여와 『청맥』

1. 『청맥』의 창간배경과 성격

분단과 전쟁 그리고 반공이데올로기로 얼룩진 1950년대와는 달리 1960년대는 4월혁명을 기점으로 자주·민주·통일의 시대를 새롭게 여는 중요한 역사적 의미를 지닌다. 비록 4월혁명은 미완의 혁명으로 그치고 말았지만, 1950년대 한국사회의 폐쇄성과 반민중적이고 반민주적인 정치구조를 변화시키는 전기를 마련했다는 점에서 그 의의를 높이 평가하지 않을 수 없다. 특히 4월혁명 이후 지식인들의 현실에 대한 참여의식이 고조됨에 따라 50년대부터 지식인담론을 선도해온 『사상계』뿐만 아니라 『한양』(1962), 『세대』(1963), 『청맥』, 『신동아』(1964), 『정경연구』(1965), 『창작과비평』(1966) 등이 새롭게 창간되어 지식인들의 미디어 실천이 더욱 확산되었다는 사실을 주목할 필요가 있다.[1)]

1960년대 지식인사회의 변화와 실천에는 5·16 이후 집권한 박정희 정권의 군사독재로 인해 4월혁명의 정신이 무참히 짓밟힌 데 대한 비판적 담론의 성격이 분명하게 내재되어 있었다. 따라서 그들은 경제개발, 산업화 등에 초점을 둔 관주도 민족주의와 차관도입을 통한 경제개발을 추진함으로써 정치경제의 종속성을 심화시킨 군사정권의 실정(失政)을 강도 높게 비판했다. 즉 박정희 정권은 민족주의를 강조하면서도 대미외교에 있어서 저자세로 일관하여 미국의 세계전략의 일환인 지역통합전략에 부합하는 한일협정을 굴욕적으로 맺어 미국뿐만 아니라 일본에 대해서도 예속성을 심화시켰던 것이다.[2]

이러한 1960년대 한국사회의 대내외적 모순에 저항하여 지식인의 담론적 실천을 전개하고자 창간된 잡지가 바로『청맥』이다.『청맥』은 발행인 겸 편집인 김진환과 주간 김질락, 편집장 이문규에 의해 1964년 8월 창간된 사상 교양 종합지로, 실상은 재정을 담당했던 김종태[3](김질락의 삼촌)가 통일혁명당의 창당을 준비하는 과정에서 남한의 지식인들을

---

1) 이용성, 「한국 지식인 잡지의 이념에 대한 연구」, 한양대 박사논문, 1996 참조
2) 1960년대 박정희 정권의 민족주의는 그 초점을 산업화, 경제개발에 두고 있었다. 후발 산업화 국가의 경우 선진 산업화 국가를 추격하기 위해 빠른 경제개발을 추진하면서 강력한 민족주의가 동원되는 것은 보편적인 현상이었다. 박정희 정권의 '민족적 민주주의'는 한국적 특수성을 강조함으로써 민주주의의 보편적 기준을 충족시켜주지 못하는 군사독재 정권의 억압성을 합리화시켜주는 정치적 수단으로 사용되었다. 결국 경제개발을 위해 민족주체의식, 자립의식 등 정서적이고 정신적인 차원을 강조하지만, 한국과 같은 식민지를 경험했던 제3세계 민족주의가 보편적으로 갖고 있었던 외세의 침략 또는 예속의 강요 등을 경계하거나 저항하는 논리에 대해서는 무관심했다고 할 수 있다. 홍석률, 「1960년대 한국 민족주의의 분화」, 『1960년대 한국의 근대화와 지식인』, 선인, 2004, 192~193면.
3) 김종태는 해방 이후 좌익운동의 경력자였으며, 1958년 선거법 위반으로 구속되었다가 1960년 출소하여 경북 노동연합회 지도고문으로 추대되었으며『한국노동신문』의 발간에도 관여하게 된다. 그는 통일혁명당 서울시 창당 준비활동을 계속해 오던 중『청맥』을 발간하고 학생운동 출신들을 상당수 끌어들인다. 그는 표면적으로는『청맥』의 전면에 나서지 않았지만, 실제적으로는『청맥』의 논조에 가장 큰 영향력을 행사했던 핵심적인 인물이다. 즉『청맥』은 김종태를 중심으로 한 통일혁명당의 매체로서, 김질락을 통해서 언론계와 학계의 인사들을 포섭하고, 이문규를 통해서는 청년학생과 지식인들의 조직에 중점을 두었으며, 자신은 노동자와 농민 등 기층 대중의 조직에 주력함으로써 서울 중심의 통일혁명당 기간조직을 형성하려는 일환이었다고 할 수 있다.

규합하고 민중들의 의식을 변화시키려는 정치적 의도에서 만든 잡지였다.[4] 하지만 대부분의 필진들은 『청맥』의 조직적 성격에 대해서는 전혀 무지했었다. 『청맥』은 통일혁명당의 조직적 지도와 그 자금에 의하여 진행된 사업이기는 하지만, 내부구성원 전체가 통일혁명당의 구성원은 아니었던 것이다. 그럼에도 불구하고 통일혁명당 사건 이후 『청맥』에 글을 싣거나 참여했다는 이유만으로 고통을 겪을 수밖에 없었던 당시 우리 문인들의 현실은, 한국문학사의 어두운 모습을 여실히 보여주는 것이 아닐 수 없다. 『청맥』이 북한의 자금으로 친북 인사들에 의해 발행된 잡지라고는 하지만, 정작 그 내용에 있어서는 전혀 친북적인 성향을 띠지 않는 합법적인 교양지였다. 다시 말해 『청맥』은 합법적인 매체에 비합법적 조직이 직접적으로 결합함으로서 조직의 노출에 대한 위험성을 최소화하는 내부 전략을 지니고 있었던 것이다.[5]

『청맥』의 필진들 대부분은 1950~60년대에 대학을 다니면서 후진 한국의 경제건설과 사회개혁을 위해서 무엇을 할 것인가를 성찰했던 신세대 지식인들이었다. 따라서 그들은 기성 권력이나 자본에 예속되어 있었던 구세대 지식인들을 직접적으로 비판함으로써 민중의 길잡이요 민족 역사의 참여자로서 새로운 지식인상을 확립하는 데 앞장섰다.[6] 즉 당시 『청맥』은 통일혁명당과 전혀 관련이 없는 한국사회의 진보적 지

83

4) 이런 점에서 염무웅은 『청맥』이 분단과 6·25에 의해서 파괴된 진보적 내지는 사회주의적인 맥을 잇는 거의 첫 번째 잡지일거라고 회고하기도 한다. 염무웅·김윤태(대담), 「1960년대와 한국문학」, 『증언으로서의 문학사』(강진호 외편), 깊은샘, 2003, 417면 참조.

5) 조희연, 『현대 한국 사회운동과 조직』, 한울, 1993, 151면.

6) 『청맥』이 창간된 중요한 배경으로 1960년대의 진보적 지식인들의 노력을 들지 않을 수 없다. 4·19 시기의 민중의 열기가 군사독재정권에 의해서 꺾이자 이에 반대하는 지식인들의 노력은 비밀조직을 결성함으로써 민중들의 열기를 조직화시켜 보려는 움직임으로 나타났다. 그 대표적인 경우가 1960년대에 일어난 인민혁명당·통일혁명당 사건이다. 물론 이북과의 연계문제 등 아직 해명되어야 할 문제들이 많지만 당시 이러한 움직임에 참여하였던 사람들 대부분이 4·19 시기의 민족민주운동에 주도적으로 참여하였던 사람들이었다는 점을 감안할 때 민족민주운동의 새로운 움직임이었음에는 틀림없다. 강연, 「『청맥』의 민족현실 인식 연구」, 『사회와사상』, 1990.8, 230면.

식인들의 글을 상당수 발표하였고, 한국 사회와 문화 전반에 새로운 문제의식을 제기하는 참신한 잡지로서 분명하게 자리매김하고 있었다.[7] 또한 사르트르의 실존적 휴머니즘과 앙가주망 문학론, 서구 시민문학의 진보적 전통과 리얼리즘론, 역사의식과 민족주체성을 근거로 한 민족문학론 등 1960년대 평단의 주요 쟁점들 대부분이 이들과 같은 신세대 지식인들의 담론적 실천에 의해 이루어졌다고 할 수 있다. 따라서 앞으로 『청맥』에 대한 연구는 분단체제가 낳은 역사적 편견과 왜곡을 걷어내고 더욱 객관적이고 실증적인 차원에서 논의될 필요성이 있다.[8]

이처럼 『청맥』은 계몽적 이상의 차원에서 구체적 현실인식의 차원으로 옮겨가는 1960년대 지식인담론의 추이를 명확하게 보여주었는데, 이를 통해 개진된 진보적인 이념과 논리는 당대 문학 전반에 상당한 영향을 끼쳤다.

青脈은 이러한 뜻의 '歷史의 內容'을 充實化하고 現實的 諸 課題를 파헤쳐 民族史的 要請에 순응하는 한편 發展과 轉換의 求心的 大役을 다 해보

7) 『청맥』은 발간되자마자 대학생과 지식인들 사이에서 대단한 인기를 끌었다. 그것은 이 종합잡지가 그 이름처럼 싱싱한 주장을 내세웠기 때문이다. 거기에는 민족이 걸어가야 할 길과 국가가 취해야 할 자세에 관한 정론(正論)이 실려 있었다. 그것은 사람들이 어물어물 넘겨서는 안 된다고 생각하는 문제에 정면으로 파고드는 형태, 나아가서 그런 문제의식을 심화시키는 형태를 취하고 있었다. 그 때문에 반체제적인 젊은 세대의 지지를 받았고, 지식인층에도 상당히 침투함으로써 당시 『세대』, 『사상계』와 더불어 비판적 종합잡지로서의 성가를 날렸다. 나라사랑 편집부 엮음, 『통일혁명당』, 나라사랑, 1988, 93면.
8) 이러한 관점에서 그 동안 『청맥』을 논의한 연구성과는 다음과 같다. 조희연, 「1960년대 조직사건에 대한 역사사회학적 연구-'통혁당'을 중심으로」, 『경제와사회』 제6권, 한국산업사회학회, 1990.7; 강연, 「『청맥』의 민족현실 인식 연구」, 『사회와 사상』, 1990.8; 박태순·김동춘, 「통혁당 사건과 『청맥』」, 『1960년대의 사회운동』, 까치, 1991; 김삼웅, 「『청맥』에 참여한 60년대 지식인들의 민족의식」, 『말』, 1996.6; 허윤회, 「1960년대 참여문학론의 도정-『비평작업』, 『청맥』, 『한양』을 중심으로」, 『회귀잡지로 본 문학사』(상허학회 편), 깊은샘, 2002; 하상일, 「1960년대 문학비평과 『청맥』」, 『국제어문』 제31집, 국제어문학회, 2004.8; 하상일, 「1960년대 현실주의 문학비평 연구-『한양』, 『청맥』, 『창작과비평』, 『상황』을 중심으로」, 부산대 박사논문, 2005.2; 전용호, 「1960년대 참여문학론과 『청맥』」, 『국어국문학』 제141권, 국어국문학회, 2005.12.

려고 오랜 陣痛期를 거쳐 이제 겨우 呱呱之聲을 울린다.

바꿔 말하면 이 땅의 痼疾인 貧困과 後進性을 逐出하는 核心的 要諦를 摸索하고 舊來의 因襲에 얽매인 낡은 歷史의 尖端에서 새로운 歷史創造의 前衛的 旗幟를 꽂는 交叉的 使命을 담당해 보겠다는 雄志를 품고 果敢히 黎明의 打鐘棒을 잡았다.

더우기 昏迷와 錯綜을 極한 國內外政情은 平和나 安定을 口頭禪처럼 외치면서도 의붓 子息처럼 賤待賤視하였고 爲政者들이 恒用 뇌이기를 즐기는 民利福祉나 發展이란 語彙는 이젠 한갓 辭典의 地面을 메꾸는 裝飾的 낱말로 그 價値基準이 轉落되고 말았다. (…중략…)

靑脈은 이러한 民族史的 諸 課題解決에 緊喫한 因素며 過程일 수밖에 없는 創造, 鬪爭, 發展을 絶叫하며 蹂躪된 社會正義를 바로 잡고 民族의 올바른 進路를 提高하며 不敗의 正義便에 서서 民族大義를 高唱하고 主權國民의 矜持를 維持하며 大衆과 더불어 呼吸할 수 있는 生命力을 平易하게 다루어 겨레의 慾求를 發表하고 指標를 提示하는 重任을 맡아보려 한다.[9]

인용문은 『청맥』 창간사의 일부인데, 김종태가 써서 김진환의 이름으로 실었다고 알려져 있다. 여기에서 김종태는 『청맥』의 위상과 역할을 유린된 사회정의를 바로잡고 민족의 올바른 진로를 제고하는 데 있다고 밝혔다. 특히 "주체성의 문제는 대외적인 문제이며 우리의 독립성과 자립성을 주장하는 행위"라는 '반외세 민족주의'의 정신을 일관되게 주장하였다.[10] 이러한 민족의 주체성에 대한 강조는 대개 문화를 매개로 해서 대중에게 급속히 전달되었는데, 『청맥』의 편집진들 역시 문화야말로 대중의 의식을 결정하는 가장 중요한 요소일 뿐만 아니라 대중의 의

---

9) 김진환, 「창간사」, 『청맥』, 1964.8, 8~9면. 이하 『청맥』에서 인용한 경우에는 발표 날짜와 면수만 밝힐 것임.

10) 이러한 『청맥』의 이념과 지향성은 창간호의 차례를 대략적으로 살펴보면 알 수 있다. 〈특집〉 아아 이 민족이 수난-「임진왜란과 한국민족의 수난」(이현종), 「병자호란과 우리의 수난」(심우준), 「열강경쟁하의 구한말」(이종린), 「일제의 경제침탈」(김책), 「일제무단통치의 본질」(김대상), 〈논문〉 「미국원조와 한국경제」(김성두), 「미국과 불란서의 외교정책」(서동구), 「일본의 대중공정책」(우종완 역), 「한일회담의 기본적 문제점」(하진오).

식을 민족주의적이고 주체적인 것으로 각성시키는 가장 필수적인 방편
이라고 인식하였다. 따라서 『청맥』은 1960년대 우리의 문화적 현실을
식민문화로 규정하면서 민족문화의 창달을 주장하거나, 한국인의 왜곡
된 가치체계를 고발하고 외래로부터 수입된 족보 없는 문화를 비판하
면서 '전통에의 접목'을 통한 전통문화의 계승과 발전을 강조하였다.[11]

『청맥』의 역할은 크게 네 가지 방향에서 구체화되었는데, 첫째, 민족
주체의식과 반미 사상의 선전·선동의 무기의 역할, 둘째, 양심적이고
애국적인 청년, 지식인, 학생의 결집의 구심력, 셋째, 당 내의 지도적 핵
심의 발굴 및 당의 전위적 인자의 포섭, 넷째, 민심의 방향에 대한 신속
한 파악과 여론조작에의 능동적 참여가 그것이다.[12] 『청맥』은 당시 다
른 잡지에 비해 비교적 아카데믹한 분위기와 매우 비판적인 논조를 동
시에 지니고 있어서 젊은 지식인들의 상당한 관심과 지지를 받았다. 즉
민족이 걸어가야 할 길과 국가가 취해야 할 자세에 관한 정론(正論)이
실려 있어서 반체제적인 젊은 세대들에게 상당히 폭넓은 공감대를 확
산시켜 나갔던 것이다.[13] 따라서 『청맥』을 통해 글을 발표했거나 발표
하기를 원하는 청년지식인들이 서로 의기투합하여 학술단체를 조직하
기도 했는데, 이것이 바로 '새문화연구회'[14]이다.

---

11) 강연, 앞의 글, 253~254면.
12) 김질락, 『어느 지식인의 죽음(원제는 주암산)』, 행림출판, 1991 참조
13) 당시 통혁당 핵심인사인 이진영이 김질락에게 한 말을 옮기면 다음과 같다. "『신동
   아』는 흥미 본위이고 신문쟁이 냄새가 나는 반면 깊이가 없는 것 같고, 『사상계』는 밤
   낮 그게 그거로 필자가 한정되어 뭐 새로운 것이라고는 하나도 없잖아요? 5·16 직후
   는 제법 잘 싸웠다고 하지만 요즈음은 덮어놓고 정부 공격만 한다고 누가 책 사봅니
   까? 『세대』야 뭐 말할 것 있습니까? 좋으나 버리는 거지. 『청맥』은 그래도 싱싱한 맛
   이 있습니다. 첫째 필자들이 모두 참신한 사람들이고 때묻은 사람들이 적지 않아요?
   내용만 하더라도 어딘지 모르게 문제의식을 제기하고 있고! 한미관계라든가, 민족의
   식 같은 것."(김질락, 앞의 책, 86면)
14) 새문화연구회는 서울대 문리대 출신 이진영의 주도로 청맥에 자주 드나들던 당시
   대학의 전임강사나 시간강사들을 주축으로 하여 구성되었는데, 산하에 역사, 정치, 사
   회, 경제, 문화, 법률 등 6개의 분과위원회를 두었다. 김질락은 이들을 『청맥』의 고정
   필자로 확보할 목적이 있었기 때문에 이 조직에 상당한 관심을 기울였다. 이진영을 중

이처럼 『청맥』은 4월혁명 이후 민족의 역사와 현실에 대한 주체적 인식을 바탕으로 진보적 지식인들이 자신들의 논리를 비교적 자유롭게 개진할 수 있는 상당히 중요한 언로(言路)로서의 역할을 수행했다고 할 수 있다. 결국 『청맥』은 4월혁명 이후 더욱 고조된 민족의 역사와 현실에 대한 투철한 인식을 바탕으로, 진보적 지식인들이 자신들의 논리를 체계적으로 제기할 수 있는 대단히 매력적인 잡지였다. 무엇보다도 남한의 현실을 냉엄하게 관찰함으로써 국민들을 새롭게 각성시키고자 했던 것이다. 이는 4월혁명의 정신에 바탕을 둔 시대적 명제에 온전히 상응하는 것으로, 한국 사회의 구조적 모순을 혁신하고 민중들이 주체가 되어 새로운 역사창조에 적극적으로 참여하기를 요구하는 1960년대 지식인담론의 지향점과도 일치한다. 다시 말해 『청맥』은 당대의 지식인과 기성세대에 대한 격렬한 비판과 새로운 인텔리상의 모색, 그리고 당시 우리 사회가 안고 있는 구조적 모순에 대한 본질적 치유의 필요성과 그 대안을 모색했는데, 이는 4·19세대가 반드시 짊어져야 할 공통된 문제의식을 드러낸 것이라고 할 수 있다.

1960년대 대부분의 지식인들은 한국 민족주의의 과제를 산업화, 경제개발로 설정하여 원조경제에 대한 비판과 통일운동과 결부된 경제성장에 상당한 관심을 표명했다. 하지만 5·16 이후 군사정권은 민주사회주

87

심으로, 신영복·임중빈·김희순·권오창 등이 중심 역할을 했는데, 특히 임중빈은 새 문화연구회 산하에 있었던 '청년문학가협회'를 담당함으로써 『청맥』과 1960년대 문학의 가교 역할을 했던 것으로 보인다. 조동일·백낙청·구중서 등 당시 대학가의 젊은 문인들이 『청맥』의 주요 집필자가 된 이유도 바로 여기에 있었다. 당시 청년문학가협회에 참여했던 이근배의 증언에 의하면, 1967년 봄 숨막히는 기성문단의 껍질을 깨고 4·19세대가 시대정신을 바로 세워보겠다고 하나 둘 뜻을 모아서, 시 분야에 이탄, 김광협, 소설 분야에 김승옥·유현종, 평론 분야에 염무웅·조동일·김현·임중빈 등이 참여했다고 한다. 그런데 그들은 남정현의 소설 「분지」 재판부에 항의성명을 내기도 하고, 6·8선거가 부정선거라고 성명을 내기도 하면서 당대 현실에 직접적으로 맞섰다. 이 때문에 당시 『청맥』에 글을 발표했던 김광협·조동일·임중빈 등은 중앙정보부에 끌려가 곤경을 치렀고, 임중빈은 끝내 수의를 입는 고초를 겪기도 했다. 이근배, 「문학동네에 살고 지고(44)」, 『중앙일보』, 2003.3.17 참조.

의적 경제개발론과 반제·반봉건·반매판을 주장했던 민족혁명론에 입각한 경제개발론 등을 체제 밖으로 퇴출시켜 버렸다. 이러한 상황 속에서도 민족경제의 자기완결성을 강조하는 차원의 민족주의적 경제개발에 대한 담론이 활발하게 논의되었는데, 가장 대표적인 것이 '내포적 공업화론'이다. 내포적 공업화론은 외자도입을 통한 경제개발, 계획성을 도입하지만 기본적으로 시장 질서를 유지하고 중요 산업의 국유화 등 생산의 공유화를 추진하지는 않았다는 점에서 박정희 정권의 근대화론과 미국의 제3세계개발론과 커다란 차이를 보이지는 않았다. 그러나 민족경제의 자기완결성을 강조하는 민족주의와 결부되어 외국자본의 도입에 따른 경제개발이 가져올 경제 예속의 문제를 분명하게 제기했다는 점에서 관주도 경제개발론과는 일정한 거리를 두고 있었음을 간과해서는 안 된다. 즉 당시 미국의 제3세계 근대화 정책을 대변한 로스토우의 '식민지 근대화론'—식민지는 제국주의 지배로 말미암아 근대화의 길에 접어들었다는 식의 논리를 정면으로 비판하였다는 점에서 상당히 중요한 의미를 지닌다고 할 수 있다.[15]

이처럼 내포적 공업화론은 종속성과 매판성의 극복이라는 제3세계의 반제국주의적 시각을 강조하는 민족주의적 요소가 있었다. 하지만 큰 틀에서 보면 당시 경제구조의 모순에 대한 전면적인 비판이라기보다는 외국자본을 소비산업보다는 기간산업에 더 투자해야 한다는 점을 강조함으로써, 국가정책상의 선택에 대한 비판에 머무르는 근본적 한계를 지니고 있었다.[16] 이러한 한계를 넘어서려는 논의로, 1965년 한일회담 전후로 뚜렷하게 제기된 '매판·민족자본 논쟁'이 있다. 이는 외자도입에 따른 경제개발이 가져올 수 있는 예속성의 문제를 가장 직접적으로 비판했다는 점에서 주목된다.

---

15) 이와 같은 관점의 대표적인 논의로는, 박희범, 「로스토우 사관의 비판적 고찰」(『정경연구』, 1966.3)이 있다.

16) 홍석률, 앞의 글, 201~206면 참조.

植民地化니 또는 買辦이란 것이 따로 있는 것이 아니다. 우리 국내의 시장이 또는 우리 국내의 기업들이 외국 상품의 판매시장 또는 그 대리화되는 경우 이것이 곧 植民地化요 買辦資本인 것이다. 외국의 자본과 기술과 原材料를 도입하되 어떻게 하면 식민지화를 막아내고 買辦으로 떨어지지 않도록 할 것인가가 중요한 문제이다. 우리는 단순히 그와 같은 추상적인 형용사보다도 실질적으로 形而下學的으로 우리들의 경제적 실리가 植民地化 또는 買辦 밑에도 극도로 손실될 것을 두려워하기 때문에 이것을 방어하자고 강조함에 지나지 않는다. (…중략…)

외국자본의 도입이 우리나라의 對外依存性을 격화시키고, 求乞行脚의 만성화를 베푼다고 할 때 비록 20세기 후반에는 식민지주의는 없다는 주장이 있다고 할지라도 우리는 결코 안이하게 외국자본 도입에 열중할 수는 없음을 느끼는 것이다. 특히 이제부터 바야흐로 流入될 것이 예상되는 일본자본에 당면해서 우리는 일본자본에 대한 우리들의 기본자세를 고쳐 세울 것을 강조하지 않을 수 없는 것이다.[17]

1960년대의 정치적 현실은 매판자본과 민족자본에 대한 논의를 자유롭게 전개할 수 있는 상황이 아니었다. 그럼에도 불구하고 『청맥』은 다른 매체보다도 이 문제에 깊숙이 천착함으로써 반외세 민족주의의 노선을 일관되게 실천해 나갔다. 물론 이러한 지식인들의 실천이 통일혁명당의 정치적 전략과 직접적인 연관 관계를 갖고 있는 것은 아니었다. 하지만 통일혁명당 사건 이후 민족자본의 중요성을 강조했던 많은 지식인들은 심한 고초를 겪지 않을 수 없었고, 자연스럽게 박정희 정권의 경제 정책을 따르는 주장 이외에는 어떠한 논리도 개진할 수 없는 고립의 상황에 빠지고 말았다. 이처럼 당시 『청맥』은 1960년대의 경제상황이 어떠한 역사성에 근거하고 있는가에 대한 철저한 분석을 바탕으로 자립적인 민족경제의 건설에 앞장서는 가장 진보적인 매체로서의 역할을 했다고 할 수 있다.

---

17) 이창렬, 「민족자본과 매판자본」, 1965.6, 82~83면.

이러한 자립경제의 논리는 민족 주체성의 확립과 밀접한 연관성을 지니고 있었는데, 『청맥』은 당시 아시아 · 아프리카 · 라틴아메리카 등의 제3세계 국가들이 제국주의에 대항하여 민족해방운동을 전개한 세계사의 흐름에 부응하는 일련의 글들을 게재하였음을 주목할 필요가 있다. 여정동의 「아시아는 변형하고 있다」(1965.6), 임방현의 「도전받는 한국의 좌표」(1965.3), 이진영의 「일본의 군대―일본 자위대의 성격과 목표」(1965.7), 남재희의 「파병의 저변」(1965.3), 문창주의 「미국의 극동정책과 한국」(1965.12) 등이 바로 이러한 성격을 구체화한 글들이다. 특히 『청맥』은 '현대우방론'(1965.12)이라는 특집을 마련하여 한미관계와 한일관계가 지식인과 대중에게 어떠한 영향력을 미치고 있는가를 깊이 있게 논의하였다. 우선, 김홍철은 한일수교 이후 "일본경제권에 편입된 한국은 경제협력이라는 구실 뒤에" "국제자본의 침식터로 존재하게 될 우려가 없지 않"고, 이러한 종속성은 결국 일본에 대한 "군사적 주종관계"로 이어질 가능성이 있음을 비판적으로 논의했다.[18] 이와 같은 연장선상에서 권오기는 "일본의 전통적인 아시아관은 본래 중국이 좌표축이 되어 있었"으므로, "한일국교라는 것만 해도, 일본 쪽에서 볼 때에는 대중공외교의 발판으로서의 의의가 오히려 강조되고 있다"고 보았다. 따라서 "한일국교는 그 자체가 커다란 목적일 수는 없고 대중공관계 태세를 위한 수단"에 불과한 것으로 평가하였다.[19]

한미관계에 있어서도 미국이 취하는 외교정책의 기본원칙은 공산주의의 침투를 막기 위한 전략의 결과라고 보았다. 즉 "여하간 외국에 대한 미국의 원조는 그것이 위신원조이든 또는 순수한 경제적 군사적 원조이든 간에 반(反)공산주의진영의 강화를 위해서 제공되고 있는 것"[20]이었기 때문이다.

---

18) 김홍철, 「우방개념의 현대적 의미」, 1965.12, 61면.
19) 남재희, 「일본은 우방인가」, 1965.12, 82면.
20) 이필용, 「강약국의 우방정책 비교분석」, 1965.12, 68면.

"일본天皇의 명령에 의하고 또 그를 대표하여 일본帝國정부의 일본大本營이 조인한 항복문서의 조항에 의하여 나의 指揮下에 있는 승리에 빛나는 군대는 오늘 북위 三十八도 이남의 朝鮮땅을 점령한다. 朝鮮人民의 오랫동안의 노예상태와 적당한 기회에 朝鮮을 해방 독립시키리라는 연합국의 결심을 명심하고 朝鮮人民은 점령의 목적이 降伏文書를 이행하고 그 인간적 권리를 보호함에 있다는 것을 새로이 확신하여야 한다"는 '맥아더'의 布告와 함께 미국이 한국땅에 발을 들여 놓은지도 二十年 —. 그러나 '맥아더'의 布告文은 아직도 韓美관계를 표현하는 '제1원리'가 되고 있다.

그동안 '중립주의는 非道德的이다'는 '덜레스'流의 '터치'가 바로 이 '友邦으로서의 미국'과 한국의 관계를 생각하는 데에서도 기본적인 '터치'가 되어 왔다. '友邦으로서의 미국'을 반성하는 것은 자칫하다간 '反美'가 되고, '反美'는 바로 容共이나 親共으로 통하고, 그래서 '非道德的'이 된다는 감각의 樣式이 이러한 '터치'의 바탕인 것이다. (…중략…)

그것은 또한 한국에서 차지하고 있는 이 거대한 友邦의 막중한 위치를 말하는 것이기도 하다.[21]

우방으로서의 미국은 한국을 대아시아 반공정책의 전초기지로 삼고자 하는 전략을 은폐하고 있었다. 반미=용공=친공의 극단적인 논리를 앞세워 한국 지식인들의 비판의식을 실종시킴으로써 냉전체제의 영구화를 실현하는 전략적 요충지의 역할을 다하도록 했던 것이다. 결국 한미관계는 "인간적 권리를 보호"한다는 명목상의 의의와는 너무도 다르게 모든 관계에 있어서 '불평등'한 종속적 관계로 심화되었던 것이 사실이다. 이런 점에서 『청맥』에 글을 발표한 대부분의 필자들은, 미국과 일본에 의한 제국주의적 실리 외교의 허와 실을 냉정하게 비판함으로써, 주체성의 확립을 위해 투쟁하고 있는 제3세계의 노력에 발맞춰 나가는 '민족주체성'의 회복을 무엇보다도 강조하였다. 서양의 민족주의와는 달리 해방과 독립을 그 본질로 하는 제3세계 민족주의의 성격을 강조하는 관점[22]이나, 2차세계대전 이후 변화된 제국주의의 논리를 '신

---

21) 정경희, 「우방으로서의 미국」, 1965.12, 71~72면.

식민주의'의 관점에서 논리화한 것23) 등은 이러한 입장을 명확하게 표명한 것으로 이해할 수 있다.

이상에서 알 수 있듯이, 『청맥』은 반외세 민족주의의 입장에서 우리 민족의 주체성을 올바르게 정립하고, 제3세계의 민족주의 노선에 부응하는 해방과 독립의 정신과 실천을 올곧게 견지하고자 했다. 이러한 이데올로기의 정립과 실천의 방향은 정치·경제·사회·문화 등 모든 분야에 걸쳐 확산되었는데, 이를 통한 지식인들의 담론은 1960년대 한국사회의 주요한 쟁점을 생산해냈고, 아주 특별한 문제제기로 수많은 독자들의 지지를 이끌어냈다. "創刊辭가 廢刊辭를 대신할지도 모른다는 갖가지 難에 부딪치면서도 오로지 民族의 良心과 歷史的 使命感에 힘입어 熱火같은 意慾으로 진실을 절규하며 맨주먹으로 현실에 도전하여 窒息의 危機에서 허덕이는 民族的 良心을 일깨우고 목로집 주렴처럼 하늘거리는 우리의 主體意識을 고취하며 백성들의 民族的 自覺의 促求와 知性人의 良識, 愛國의 참 姿勢를 喝破하여 우리의 고질인 빈곤의 遠近因을 과감히 파헤치면서 瀕死의 역경에서 발버둥치는 병든 조국을 부둥켜 안고 몸부림치며 통곡하기를 그 몇 번이었던가?"라고 밝힌 『청맥』창간 1주년 기념호의 권두언 「역사적 전진을 위하여」(1965.8, 11면)는 이러한 『청맥』의 이데올로기를 온전히 대변하는 것이라고 할 수 있다. 이는 4월혁명의 시대정신에 바탕을 둔 것으로, 한국 사회의 구조적 모순을 혁신하고 민중들이 주체가 되어 새로운 역사창조에 적극적으로 참여하기를 요구하는 1960년대 지식인담론의 지향점을 선언적으로 드러낸 것임에 틀림없다.

『청맥』은 1964년 8월 창간되어 1967년 6월까지 총 27권이 발행되었다. 이 가운데 국어국문학 관련 자료만 정리해보면, 소설 37편, 시 33편, 희곡 2편 등의 문학작품이 발표되었고, 문학비평 20편, 고전문학 및 국

---

22) 권윤혁, 「민족 지도이념의 모색」, 1965.5.
23) 이기원, 「신식민주의와 민족주의의 갈등」, 1965.3.

어학자의 논문과 문학비평 성격의 에세이가 29편, 편집부의 문학기사 및 번역평론이 8편 수록되어 있다.[24]

『청맥』에 작품을 발표한 소설가는 모두 29명인데, 이호철·김승옥·송상옥·오유권·백인빈·박경수·김용운·오영석 등이 2편씩, 이범선·남정현·강용준·하근찬·이청준 등 21명이 1편씩 작품을 발표했다. 이들이 발표한 작품경향은 특정 이데올로기에 한정되지는 않았지만, 당시의 시대적 상황을 미루어 볼 때 자유당과 군사정권을 소재로 한 정치풍자 혹은 세태풍자 경향의 작품들이 있었다는 점이 특기할 만하다.

시 분야의 경우에는 총 24명의 시인이 작품을 발표했는데, 김소영·오경남·주성윤이 3편씩, 황명걸·조유경이 2편씩, 권일송·박봉우·유경환·김재원·성찬경 등 19명이 1편씩 발표했다. 그 중에서 서사시 형식으로 2~3회씩 연재되거나 장시 형식으로 발표된 작품이 모두 9편이다. 소설에서의 풍자와 마찬가지로 시에서의 장시라는 형식은, 『청맥』에 작품을 발표한 시인들이 무엇보다도 현실을 어떻게 반영할 것인가라는 리얼리즘의 문제에 주된 관심을 두고 있었음을 보여주는 것이라고 할 수 있다.

문학비평 쪽에는 조동일·구중서·임중빈·백승철 등이 2편 이상씩 발표했고, 김우창·백낙청·서기원·주섭일·김경민·김우종·신동

---

24) 이제까지 연구자들은 『청맥』 발행기간과 통권수에 대해 언급을 하지 않거나 1967년 7월호까지 총 28호가 발행된 것으로 추정해 왔다(조희연, 앞의 책, 232면 참조). 67년 7월 폐간이라는 언급은 6월호를 낸 이후 7월호 준비과정에서 당국에 의해 정간(혹은 편집진의 자진폐간)된 것을 잘못 이해한 것으로 보인다. 통권 28호라고 해온 것은 『청맥』 마지막호인 67년 6월호에 통권 28호라고 표기되어 있기 때문인데, 이것은 67년 4월호가 통권 25호임에도 편집진의 실수로 26호로 잘못 계산되었고, 5월호와 6월호에서도 잘못된 통권표기가 고쳐지지 않아 실제 발행 통권수보다 한 권 더 발행된 것으로 기록되었기 때문이다. 이런 오류는 잦은 결호에 따른 혼선과 이 무렵 잡지 발행에 집중할 수 없을 만큼 편집진 내부(혹은 통혁당 지도부)가 어려운 상황에 놓여 있었다는 것을 짐작하게 한다. 전용호, 「1960년대 참여문학론과 『청맥』」, 제47회 전국 국어국문학 학술대회 자료집, 국어국문학회, 2004.6 참조.

한·염무웅 등이 1편씩 발표했다. 특히 조동일은 1965년 1월부터 1966년 3월까지 총 11회에 걸쳐 「시인의식론」을 연재했는데, 이는 『청맥』의 문학비평 가운데 가장 많은 분량을 차지할 뿐만 아니라 전통의 주체적 인식과 한국적 리얼리즘의 형성과정 등을 문학사적으로 살펴보았다는 점에서 1960년대 문학비평에서 상당히 중요한 위치를 차지한다고 평가할 수 있다.

1960년대의 지배이데올로기는 시기적으로 그 접합 형태가 변화하지만, 반공이데올로기·근대화이데올로기·권위주의이데올로기·민족주의이데올로기 등으로 발현되었다. 근대화이데올로기는 박정희 정권이 가장 취약했던 이념적 정당성을 만회하기 위해 동원한 이데올로기로, 양적인 경제성장의 추구, 서구 자본주의의 발전모델 추종, 국가주도의 국민동원 등으로 구체화되었다. 이는 오랜 빈곤의 악순환 속에 고립되어 있었던 당시 우리 민중들에게 일정한 경제적 보상을 가져다 줌으로써 상당한 효과를 발휘했고, 이후 반공이데올로기와 접합하여 1960년대의 가장 강력한 지배이데올로기를 형성하였다.[25] 또한 1960년대말 3선 개헌 등으로 장기집권을 모색하는 과정에서 권위주의이데올로기와도 접합함으로써 지식인과 청년학생들을 중심으로 대항이데올로기가 형성되는 정치·사회적 혼란을 초래하기도 했다.[26]

이러한 대항이데올로기의 형성은 4월혁명의 정신에서 비롯된 1960년대 민족민주운동의 성과에 힘입은 바 크다. 1960년대는 그 어느 때보다

---

25) 박정희 정권의 통치이념은 '민족주의'·'성장주의'·'집권주의'로 범주화할 수 있다. 5·16과 군정기에는 '민족주의'가, 3공화국에는 성장주의가, 4공화국에는 집권주의가 전면에 부각되었다. 실제 5·16 이후 '민족적 민주주의'라는 명분 아래 이루어진 구체제의 비효율성, 구정치인의 무능부패에 대한 공격은 일정한 대중적 호소력을 갖고 있었으며, 63년 집권 후 경제발전과 근대화를 전면에 내건 성장주의적 호소는 대중적 박탈감을 중화시키는 메커니즘으로 일정한 효과를 거두었다. 이우영, 「박정희 통치이념의 지식사회학적 연구」, 연세대 박사논문, 1991 참조.

26) 김동춘, 「1960, 1970년대 민주화운동의 대항이데올로기」, 『한국정치의 지배이데올로기와 대항이데올로기』, 역사비평사, 1994 참조.

도 지식인의 사회적 역할이 강조되었던 시대이므로 정권의 불합리와 사회의 구조적 모순에 당당하게 맞서는 비판적 지식인의 현실참여가 무엇보다도 시급히 요청되었던 것이다. 당시 보수적 질서나 구체제에 대한 비판, 사회적 쟁점에 대한 주류의 태도나 전통적인 방식에 대한 부정을 선도하는 비판적 지식인 잡지의 출현이 두드러진 것도 바로 이러한 역사적 현실인식과 밀접한 연관성을 지니고 있다.27)

물론 이러한 지식인담론의 확산은 1960년대에만 국한된 문제는 아니었다. 1950년대부터 이미 전후의 무질서와 혼란을 초극하는 지식인들의 노력이 두드러졌기 때문이다. 하지만 1950년대 지식인들의 문제의식은 지성주의적이며 엘리트주의적인 특성을 지님으로써 대중이나 민중에 대한 역사인식이 결여되거나 얕은 상태였다는 점에서, 1960년대 지식인 담론과는 뚜렷한 차별성을 지닌 "창백한 인텔리론"으로서의 한계를 드러냈다.

> 인텔리의 本質은 學文과 知識의 蓄積에서도 찾을 수 없고 知識으로 生計를 도모하는 자에게서도 찾아보기 힘들며, 旣成 權力이나 資本에 隸屬되어 그것에 奉仕하는 자에게서도 찾기 힘들며 오직 선구적인 眞理의 人間, 民衆의 길잡이, 民族歷史에 성실한 參與者라는 歷史意識의 發生에서 찾아볼 수 있지 않을까 한다. 後進 아시아적 落後性은 바야흐로 그 社會改革에 대한 沒我的인 犧牲과 民族史的인 激情을 要求한다. (…중략…)
>
> 지금 인텔리는 民衆과 世界를 共有하고 있지 못하며 가능한 공통의 言語를 갖지 못하고 壁만 높이 쌓고 있다. 그들은 이제 思惟와 實踐의 不調和, 志操의 缺如, 知識의 行商인 沒理想主義者, 現實無關心者로 烙印찍혀 가고 있다. 民衆을 향한 건강한 사랑과 歷史에 대한 創造的 情熱을 去勢당한

---

27) 지식인은 사회의 여론이 형성되는 데 큰 영향력을 행사해 왔다. 그 영향력이 지식인의 권위에서 나오든 아니면 발언을 전달하는 미디어에 의한 것이든 지식인의 사회적 역할은 여론형성과 밀접한 관계를 맺고 있다고 볼 수 있다. 따라서 지식인은 국가권력과 시장의 위협에 맞서가며 그들의 자율성과 사회적 책무를 구현하기 위해 미디어실천을 하게 된다. 이용성, 「1960년대 비판적 지식인 잡지 연구」, 『한국학논집』 제37집, 한양대 한국학연구소, 2003, 193~194면.

現下 韓國의 인텔리 층은 絶望, 超克, 實用과 같은 土着化되지 못한 生硬한 낱말을 觀念的으로 遊戱하다가 解放 20년의 歷史를 原點에서 空轉시켰다.28)

1950년대 지식인담론의 주요 관심은 자유민주국가의 건설을 비롯하여 민족의 평화와 통일, 현대인 혹은 한국인의 실존의 문제, 인류에의 공헌 등에 이르기까지 다양하였다. 하지만 지식인의 정치적 소외에 대한 문제의식에 치중한 나머지 민중의 핍절한 경제생활에 대한 구체적인 관심을 찾기 어려웠을 뿐만 아니라, 몰려드는 외래 문화 속에서 겪는 이들의 문화적 갈등에 대한 관심도 결여되어 있었다.29) 따라서 1960년대 지식인담론은 1950년대의 엘리트주의적 관점을 극복하는 방향으로 나아감으로써 대중 속에서 지식인의 역할을 새롭게 모색하는 비판적 참여지식인론을 제기하였다.

5 · 16 이후 지식인사회는 전문적 · 기능적 지식인상과 총체적 · 현실비판적 지식인상이 분화 · 갈등하면서 지식인의 사회적 역할과 현실참여 문제를 둘러싼 논쟁이 뜨겁게 전개되었다.30) 1960년대 순수 · 참여논쟁은 내부적으로 이와 같은 지식인담론의 분화 · 갈등과 관련해 주목해 볼 수 있다. 왜냐하면 근대화 담론의 형성과 함께 지식 · 권력관계가 변

---

28) 이진영, 「지식인과 역사의식」, 1966.3, 324~339면. 이 외에도 『청맥』은 1966년 3월 「한국의 지식인」을 특집으로 기획하여, '논문'으로 황성모, 「지식인의 한국적 과제」; 김철순, 「소외된 지식인과 대중」; 이정식, 「사회변화와 지식인」, Y. 츄. 왕, 「변혁기의 중국지식인」을, '지식인의 변'으로 이기영 · 김광섭 · 김수영 · 강위석 · 윤항렬 · 이동회 · 강창웅 등의 글을 싣고 있다.

29) 강수택, 『다시 지식인을 묻는다』, 삼인, 2001, 194~195면.

30) 1950년대 지성계는 친미 반공의 서구식 민주주의적 경향의 『사상계』의 압도적 영향력하에 있었다. 4 · 19는 민주주의의 주도하에 시작되었지만 다양한 이념이 등장하는 계기로 작용했다. 반공 체제를 위협하자 이에 대한 반공 진영의 역공세로 5 · 16이 초래되었다. 한편 5 · 16은 성장주의가 본격적으로 등장하는 계기였는데 쿠데타 권력은 초기에 다양한 측면을 동반하고 있었다. 쿠데타 권력의 이러한 측면이 지식인 사회의 이념의 분화와 혼돈을 더욱 가속화시켰다. 임대식, 「1960년대 지식인과 이념의 분화」, 『지식변동의 사회사』(한국사회사학회 편), 문학과지성사, 2003, 286면.

화하고, 이에 따라 지식인상을 둘러싼 대립이 진행되면서 전문적·기능적 지식인상과 총체적·현실비판적 지식인상의 대립이 보다 극명하게 나타났기 때문이다.[31] 이러한 맥락에서 당시 이어령과 김수영 사이에 있었던 논쟁은 지식인의 현실참여를 전문적·기능적 차원에 국한하려는 입장과, 역사·사회발전 방향에 대한 총체적인 비판과 현실참여로 설정하려는 입장의 차이를 드러내준 것으로 볼 수도 있다.[32]

이처럼 1960년대 지식인담론은 현실을 바라보는 지식인의 소극적이며 무책임한 태도를 비판함으로써 현실참여의 당위성을 강조하였다. 이는 사르트르의 지식인론[33]으로부터 상당히 많은 영향을 받은 것으로

31) 박정희 정권이 경제개발에 나서면서 전문적 기능인상을 중시하는 지식인론이 위세를 떨쳤다. 당시 일부 지식인들은 조국근대화를 위해서는 만능수공업자적인 사고방식을 벗어나 전문적 소양을 갖추어야 한다고 역설했다. 이처럼 전문성과 기능성을 강조하는 지식인관의 대두는 근대화론과 함께 당시 지성계에 광범위하게 나타난 현상이었다. 반면 이러한 전문적 기능인상이 지식인의 철저한 기술학화와 실용주의적 측면만을 강조하는 비전없는 지식에 불과하다고 비판하면서 총체적 현실비판적 지식인상을 강조하는 일군의 비판적 경향도 있었다. 정용욱, 「5·16쿠데타 이후 지식인의 분화와 재편」, 『1960년대 한국의 근대화와 지식인』(정용욱 외), 선인, 2004, 175~176면.
32) 홍석률, 「1960년대 지성계의 동향」, 『1960년대 사회변화 연구 : 1963~1970』(박길성 외), 백산서당, 1999, 208~213면 참조.
33) 첫째, 참여적 지식인론이다. 참여는 사르트르의 실존주의 사상에서 핵심적인 요소이다. 자유를 추구하도록 선고가 내려진 존재로서의 인간은 선택 행위를 통해 자신뿐만 아니라 전인류에 관여(engage)한다. 여기에는 책임성이 동반되며 따라서 관여는 성실성을 요구한다. 사르트르의 성실한 관여론은 마르크스주의와의 만남 속에서 보다 적극적인 행위론으로 나아간다. 둘째, 비판적 지식인론이다. 사르트르는 지식인에게 지배계급의 이데올로기와 투쟁하는 일의 중요성과, 이 이데올로기에 의해 은폐되거나 정당화된 폭력의 적나라한 모습을 드러내는 실천의 중요성을 강조한 바 있다. 뿐만 아니라 그는 지식인을 보편성의 전문가로 파악하면서, 하층 계급으로부터 끊임없이 출현하는 이데올로기에 대해서도 투쟁할 것을 주장하였다. 그러나 이 모든 실천의 전제로서 그는 계급 특수적인 지식인의 끊임없는 자기비판을 요구하였다. 이럴 때 비로소 지식인은 대중이 원하는 구체적인 보편성을 이해하고 그 성취 노력에 참여할 수 있게 되기 때문이다. 셋째, 가장 중요한 특징은 모순적 지식인론이다. 앞에서 제시한 지식인의 비판적 인식은 사회와 자신 속에 공통적으로 존재하는 모순에 대한 인식으로부터 나온다. 특히 지식인 자신에 내재해 있는 존재론적인 모순은 지식인으로 하여금 어떤 계급에도 온전히 귀속되지 못하는 고독한 존재로 만든다. 지식인의 비판적·참여적 역할은 이러한 모순을 있는 그대로 인식하고 고독을 감내하고자 하는 데서 출발한

보인다. 지식인의 본질은 편견 없는 비평정신에 있으며, 이 정신이 사회적 부정 및 정치적 불의에 대한 증언 및 고발로 표현되는 것이 사회참여 즉 앙가주망인데, 이러한 태도를 확립하는 것이 바로 '지식인의 의무'라는 것이다. 결국 1960년대 지식인담론의 가장 뚜렷한 특징은 현실에 대한 주체적 참여와 대중에 대한 관심의 증대에 있었다. 이는 저널리즘과 아카데미즘의 두 가지 방향성으로 구체화되었는데, 전자는 대중성을 추구하는 나머지 피상적이며 단편적인 참여가 되기 쉬운 반면, 후자는 대중에 초연함으로써 지적 귀족주의의 자세를 보이지만 능동적이며 본질적인 참여가 될 수 있었다. 따라서 저널리즘과 아카데미즘을 아우르는 종합적 태도의 필요성이 제기되었는데, 당시 비판적 지식인 잡지의 창간은 바로 이러한 지향성의 결과라고 할 수 있다.

2. 『청맥』의 현실주의 비평담론

1) 한국문학의 주체성과 근대성의 방향

(1) 서구추수의 사대주의와 식민지 작가의식 비판

『청맥』은 1964년 11월 「남이 사는 내 나라」라는 제목의 특집을 기획하여 한국문화 전반에 걸쳐 팽배해 있는 주체성 결여의 문제에 대해 집중적으로 진단했다. 이 특집은 "주체성의 상실이 곧 자기파멸을 의미하는 것이라면 오늘 이 땅을 살아가는 것은 나인가 남인가"라는 문제의식

다. J. P. 사르트르, 조영훈 역, 『지식인을 위한 변명』, 한마당, 1996; 강수택, 앞의 책, 115~117면.

으로, 문학・음악・언어・종교・언론・오락・윤리・유행 등 주체성을
잃어버린 우리의 사회문화적 현실 전반을 비판적으로 성찰하였다.34)

　이 특집에서 문학 분야의 집필을 맡은 김열규는 우리의 근대시인들
이 본질적으로 자기의 눈을 가지지 못한 채 "의안(義眼)"으로 한국의 현
실을 바라보는 결정적 한계를 지녔다고 보았다. 김억・주요한・남궁
벽・황석우 등의 경우 일본문학을 주류로 하여 리듬과 형식의 모방에
치중했으며, 박용철의 경우는 해외문학파에 속해 있으면서 서구시인들
의 시를 번역하는 가운데 자기의식을 온전히 잃어버리고 말았다는 것
이다. 따라서 그는 우리의 근대시가 일본과 서구의 외형을 맹목적으로
추종함으로써 식민지적이고 기형적인 성격을 드러냈으며, 이로 인해 한
국문학은 주체적 전통을 잃어버린 식민지적 근대성의 양상을 초래하고
말았다고 비판했다.

　外來文學의 奔流속에서 韓國文學이 그 自我를 流失하고 말았다 한다면
그것은 그 '뿌리 없음'을 證言하고 있는 것밖에 달리 더 값이 없다.
　西歐化로서 우리의 近代化라고 생각한 이 땅의 近代文學은 처음부터 自
己의 無를 自覺한 데서 始作하였다. 自我에서의 訣別조차 마음하였다는 點
에서 그것은 오히려 自我를 無化함에서 始作하였다고 보아진다. 그 無化된
自我를 西歐文學의 骨格皮膚 등을 빌려다 整形하려고 든 것이다. 그러기에
近代文學의 創始者들은 創作家였기보다는 整形美容師였다. 彫刻하려고 했
기보다도 化粧하려고 든 것이다. (…중략…)
　그들은 本質的으로 自己의 눈을 아니 가지고 있었다. 차라리 그들의 눈은
義眼이었다. 이 義眼의 整形美容師가 都是 무엇을 어떻게 보았으며 무엇을
어찌 整形하였는가는 想像을 絶하는 바가 있다. 그것은 차라리 一種의 카리
카츄어일 게 옳다. 그리하여 그들은 카리카츄어의 主人公들이다.35)

<hr>

34) 김열규, 「의안문학의 비극」(문학); 성경린, 「버리고 가시는 님 국악」(음악); 강신항, 「대
　화 속의 '노랑머리'」(언어); 장병길, 「'신'없는 종교시장」(종교); 김준길, 「'프레스・코로
　니'의 현실」(언론); 이영희, 「'생각하는 모방'의 권장」(오락); 박정자, 「西勢에 물리는 윤
　리」(윤리); 김현옥, 「내 나라를 '유행'하는 남의 것」(유행).

김열규는 우리 근대문학의 모습이 '근대화=서구화'[36]라는 잘못된 인식으로 "국적불명의 기형아를 산출"했을 뿐이라고 보았다. 즉 "자기의 무를 자각"할 수밖에 없었던 식민지 근대시인들에게 있어서 '주체성 상실'의 문제는 거부할 수도 없고 회복될 기미도 전혀 보이지 않는 암담한 실존적 현실이었던 것이다. 따라서 그들은 잃어버린 자아를 되찾기 위해 노력하기보다는 오히려 "자아를 무화"시킴으로써 처음부터 새롭게 시작하는 것이 낫다고 판단했다. 그래서 "무화된 자아를 서구문학의 골격피부 등을 빌려다 조형"하는 데 열중하거나, 한국의 전통을 버리고 '근대화'라는 명목을 내세워 서구의 것을 모방한 일본의 시적 형식을 과감하게 도입하는 시도를 했던 것이다.

김열규는 김억과 김기림의 시세계를 상당히 부정적으로 평가했다. 김억의 정형의 시학은 일본투의 여러 자수율을 원용함으로써 마침내 저쪽도 이쪽도 아닌 결과를 초래했고, 김기림의 '모더니티' 속에는 한국이 없고 현실이 없다고 보았던 것이다. 따라서 그들의 문학은 "외국관광여행자의 눈에 비친 그것일 뿐"이므로, "한국의 근대문학은 언제나 일방적으로 수입하고 빚지고 하는 무역만을 일삼아 왔다. 국제수지는 언제나 적자고 언제나 빚이었다"[37]는 비판으로부터 결코 자유로울 수 없었다. 결국 이러한 주체성의 결여는 식민지 현실에서 일본유학을 한 세대가 겪어야만 했던 콤플렉스에서 비롯된 결과라고 할 수 있다.

---

35) 김열규, 위의 글, 37~38면.
36) 이러한 관점은 1960년대 우리 역사학계의 연구태도에서 비롯되었다. 당시 역사학계는 식민사관의 극복을 위해 민족의 주체적·내재적 발전과정을 합법칙적으로 파악하려는 노력을 경주했다. 그런데 당시 식민사관 극복론은 제국주의 잔재의 청산이라는 의미도 있었지만, 또한 이 무렵 대두하는 근대화론과 밀접한 관련이 있었다. 실제로 1960년대 한국사 연구에는 근대화론의 연장선 속에서 근대지상주의, 근대미화론으로 가는 연구경향이 존재했다. 일부 논자들(고병익·김재진)은 근대화=서구화라는 관점에서 개항과 식민지화를 근대적·서구적 요소의 도입이라는 차원에서 미화하기도 했던 것이다. 홍석률, 앞의 글, 216면 참조.
37) 김열규, 앞의 글, 40면.

식민지 작가들은 첫째로 뿌리깊은 열등의식에 빠져 있다. 역사 있은 이래 수천년 동안 사대 사상에 젖어온 선비님들이나 서구문학을 마치 자기네 領土인 양 받들어 모시는 현대의 농노적 사고방식은 다 함께 열등의식에 철저하다. 그것은 신식민지 경제체제의 부산물이기도 하고 일종의 사대주의적 문학인의 콤플렉스이기도 하다. 이러한 미신적인 열등의식의 극복은 근본적으로 자기와 자기가 사는 집단의 위치를 확인하는 데에서 근거를 찾을 것이나 무엇보다도 초월적 變革에의 의지를 필요로 한다.

식민지 작가들은 둘째로 대안없이 허무의식에 젖어 있다. 이 허무의식은 자기 발견으로서의 것이 아니라 밖에서 수입해온 것이다. 神을 상실하는 데에서 오는 니힐과 생활이 없는 데에서 오는 그것은 동질의 것이 아니다. 그럼에도 불구하고 불안이니 절망이니 고독이니 하는 개념을 적당히 나열하면서 초현실과 실존을 찾으려 하니 곤란하다.

식민지 작가들은 셋째로 자학적 도피취미가 대단하다. 문화침략을 받고 있으면서도 현대예술이라고 위대한 착각을 되풀이한다. 식민지적 근대화에 기여함이 실로 크다. 그런 경우일수록 스타일만 새로울려고 발버둥치지만 바탕은 더할 데 없이 보수적이고 소비 위주의 도피주의에 탐닉되어 있다. 식민지 작가치고 모더니스트 아닌 자가 드물다. 우리가 필요로 하는 작가는 국제적인 지식인의 의상을 걸치고 다니는 형식적인 작가가 아니다. 표면적으로 호화 찬란하면서 스스로의 문제에는 비참한 걸인임을 면치 못하는 이중인격자가 아니다. 창조의 좌절과 문학예술의 파산에 공헌을 하는 식민지 작가가 아닌 겸허한 예술인, 자기 인식에 투철한 수식없는 작가를 우리 시대는 요청하고 있다.[38]

이처럼 우리 근대문학의 기형성은 '식민지 작가의식'의 극단적 양상을 드러낸 것이라고 할 수 있다. 일본과 서구에 대한 뿌리깊은 열등의식, 대안없는 허무의식, 그리고 자학적 도피취미에 빠져 있었던 당시 시인들에게서 한국문학의 주체성을 찾는다는 것은 사실상 불가능하였기 때문이다. 이런 점에서 임중빈은 우리 근대문학의 성격이 일체의 자아

---

38) 임중빈, 「모방문학의 한계와 창조」, 1966.6, 168~169면.

를 의식적으로 몰각하는, 외국문학의 아류인 모방문학으로서의 한계를 초극하지 못했다고 진단하고, 앞으로 한국문학은 이를 극복하는 방향으로 나아가야 한다고 주장했다. 당대의 역사적 현실을 적극적으로 개조하고 변화시키는 대결의식과 민족문화의 특수성에 바탕을 둔 비판적 전통계승론을 1960년대 현실주의 문학비평의 방향으로 설정하고자 했던 것이다.

(2) 민족주체성의 확립과 근대시의 비판적 성찰

조동일은 민족의 주체성을 확립하는 것이야말로 한국문학이 나아가야 할 올바른 방향이라고 보고, 『청맥』을 통해 우리 문학의 통시적 전개과정을 살펴보았다. 그는 무엇보다도 1960년대 한국문학의 현실이 덜 소화된 서구적 지식만 장황하게 늘어놓을 뿐 우리문학의 전통적 가치에 대해서는 오히려 무지를 자랑삼는 주체성의 결여를 드러내고 있다고 진단했다. 특히 한국문학의 근대적 토대가 되는 서민의식의 성장과 산문정신의 확산을 이루었던 이조후기문학에 대한 내용적 고찰은 거의 공백상태였다는 점에서, 당대의 문학적 현실이 얼마나 주체성을 상실하고 있는가를 직접적으로 문제삼았다.

> 정상적인 사회발전의 결과 주체적으로 근대화를 이룩한 나라에서는 봉건 서민문학이 성장해서 근대문학이 되었으며 전자에서 후자로의 이행과정은 어떤 단절이 없이 순조롭게 진행되었다. 그리고 봉건 서민문학의 전 유산이 거의 다 근대문학에 의해서 계승·발전되었다. 그러나 한국에서는 그렇지 않았다. 봉건 서민문학의 성장이 아직 근대화의 단계까지 이르지 못했을 때 외래 자본주의가 침입해 들어왔으며, 봉건 서민문학의 발전은 억압되어서 꺾여버렸고 식민지 상태에서 외래적인 근대문학이 시작되었다. 그러므로 한국 근대문학은 분명히 이질적이고 기형적인 것이며, 패배당한 봉건 서민문학의 전통을 계승하기는커녕 이것과는 거의 아무런 교섭도 없이 커나갔고 외래사조의 수

용에만 급급했던 결과로 뿌리없는 식민지적인 문학이 되고 말았다.[39]

　조동일은 이조후기문학은 왜 리얼리즘으로 나타났으며 어떤 발전과정을 거쳤으며, 왜 근대문학으로 계승·발전되지 못했는가 하는 문제에 대해서 성과 있는 논쟁이 일어나야 한다고 보았다. 따라서 그는 고전문학과 전혀 관계없이 한국의 현대문학이 존재할 수는 없으며, 현대문학의 어떠한 문제 또는 발전방향에 관한 어떠한 모색도 고전문학에 대한 끊임없는 재검토에서 새롭게 출발해야 된다는 점에서, 고전문학의 존재가치마저 부인하려는 일부 비평가들의 태도는 마땅히 시정되어야 한다고 주장했다.[40]

　이는 우리문학의 전통적 가치를 강조함으로써 주체성 있는 문학을 견지하려는 일관된 비평정신의 결과라고 할 수 있다. 특히 이조후기문학을 리얼리즘적 관점에서 파악함으로써 탈춤·판소리사설·민요·박지원의 소설 등을 통해 서민문학의 형성과정을 일목요연하게 정리했는데, 이러한 고전문학적 전통에 담겨 있는 주체적 태도와 비판의식이야말로 우리가 계승해야 할 민족문학적 전통이 되어야 한다고 보았다.[41]

---

39) 조동일, 「한국적 리얼리즘의 형성과정」, 1964.11, 172~181면. 이 논문은 '이동극(李東克)'이란 필명으로 발표되었다.

40) 조동일, 「한국적 리얼리즘의 형성과정」, 160면.

41) 이러한 관점은 「전통의 퇴화와 계승의 방향」(『창작과비평』, 1966년 여름)에서 더욱 구체적으로 드러난다. 이 논문에서 그는 한국의 전통론을 총체적으로 종합·분석·비판하고 있는데, 전통의 개념, 한국문학에서 수용해야 할 부분과 부정되어야 할 전통의 분류, 현대문학과의 연관성 등을 구체적으로 제시하고 있다. 조동일은 국부적인 전통 인식의 틀을 깨고 전체적인 측면에서 조망할 것을 요구하고 있다. 그리고 전체적인 면의 중심축을 변화하는 사회, 역사와 주체 혹은 문학의 관계로 파악하였다. 또한 민족적 전통의 출발로서 설정한 평민문학은 종래 관념적이고 상층문학 중심의 전통 파악에 민중적 시각을 부여한 것이라 볼 수 있다. 농민문학은 중세를 거쳐 근대에 이르러 식민의 상황과 한국전쟁 등으로 퇴화가 촉진되었지만, 4월혁명을 계기로 커다란 인식적 변모를 가져왔다는 것이다. 결국 전통의 문제는 근본적으로 역사를 어떻게 창조해 나갈 것인가의 문제와 직결되며 사회 참여의 문제와 일치한다는 것이다. 그의 전통에 관한 인식은 이렇듯 사회와 역사의 문면에서 실증적으로 접근해 독특한 성과를 이루어냈다고 평가된다. 홍성식, 『한국 문학논쟁의 쟁점과 인식』, 월인, 2003, 111~112면.

서민은 양반 문화를 부정했고, 자신의 문화를 요구했다. 문화 중의 가장 중요한 부분의 하나가 문학이므로, 이때부터 서민문학이 나타나기 시작했다는 사실은 당연한 결과다. 이조 전기에까지 이르는 오랜 기간동안 이 나라의 서민은 그들 자신의 문학을 가지지 못했다고 할 수 있다. 문학이 아니라 문학적인 요소가 분리되기 전의 원시적인 종합예술의 흔적을 생활화하고 있었을 터인데, 이제 서민의 문학이 시작되었다. 서민의 대두는 그들의 예술을 원시적인 상태에서 깨어나게 해서 이를 분화시키고 서민의식을 반영할 수 있도록 했다. 서민의 고민과 비탄과 해학이 그대로 반영되는 문학이 나타나기 시작했다.

서민의 고민과 비탄은 주로 봉건사회의 모순에서 생겨나는 것이라고 할 수 있기 때문에 서민문학은 리얼리즘의 성격을 가지게 되었고, 이미 反리얼리즘의 수세에 몰리게 된 양반문학과 여러 가지 형태로 대립하고 다투게 되었다. 다툼은 우선 문학의 유통과정을 어느 쪽이 얼마나 장악하느냐 하는 것이었으며, 동시에 장르의 파괴와 형성을 둘러싼 싸움이었다. 이 싸움에서 차츰 이긴 것은 서민이었다. 그러나 서민문학의 승리는 양반문학의 전유산을 버리자는 것이 아니고, 양반문학 속에 침입해서 서민에게 유리한 요소를 획득하자는 것이었다.[42]

이처럼 스스로의 성장과 양반문학과의 다툼을 되풀이하면서 서민문학은 근대문학으로의 발전가능성을 찾았다. 그러나 당시 우리 사회의 변화 정도가 아직 근대적인 것이 나타날 수 없는 단계에 머물렀다는 데 근본적인 문제가 있었다. 우리 문학사의 경우 서민문학이 근대문학으로 올바로 계승되지 못한 이유도 바로 여기에 있었다. 다시 말해 우리의 경우 봉건 서민문학의 성장이 아직 근대화의 단계까지 이르지 못했을 때 외래 자본주의가 침입해 들어왔으며, 이로 인해 봉건 서민문학의 발전은 억압되어서 꺾여버렸고, 그 결과 식민지 상태에서 외래적인 근대문학이 시작되었다는 것이다. 결국 한국의 근대문학은 분명히 이질적이고 기형적인 것이며, 패배당한 봉건 서민문학의 전통을 계승하기는커녕 이것과는 거의 아무런 교섭도 없이 커나갔고, 외래사조의 수용에만 급

---

42) 조동일, 「한국적 리얼리즘의 형성과정」, 163면.

급했던 결과로 뿌리 없는 식민지적인 문학이 되고 말았다고 할 수 있다. 이처럼 외래사조의 무비판적 수용이라는 주체성의 결핍으로 인해 우리의 문학사는 올바른 민족문학의 방향성을 찾지 못했을 뿐만 아니라, 고전문학과 현대문학의 연속성도 잃어버리는 전통단절론의 양상을 더욱 심화시켰다.

조동일은 무엇보다도 이조후기문학에 나타난 리얼리즘의 성격과 내용을 올바르게 파악함으로써 주체적 국문학 연구의 방향을 찾고자 했다. 당시 서민의식의 사회적인 대두가 완전한 형태를 가지지 못했고 봉건사회와 정면으로 충돌할 정도로까지 발전하지 못했기 때문에, 당대의 문학 역시 근대문학으로의 발전가능성을 가졌으면서도 원시예술적인 것과 봉건귀족문학의 요소를 완전히 탈피하지 못했다. 예를 들어 탈춤의 경우, 연극으로서의 형태를 갖추게 된 때는 이조후기였으나 가면을 쓰고 연극적인 춤을 춘다는 점은 상당히 원시적인 것이었고, 빈곤과 비탄 속에 허덕이면서도 관료가 쓰고 있는 가부장적 권위라는 탈을 완전히 벗겨버리지 못했던 것이다. 또한 서민의 문학에도 유교적인 사고방식이 그대로 나타나는 예가 많았는데, 설화의 작품화를 위해서 몰락한 양반문사의 힘을 빌리거나 판소리의 내용이 양반에 의해서 보충되거나 수정될 수도 있었다. 이러한 사실은 당시의 서민문학이 지닌 한계로 인해 이조후기문학에 나타난 리얼리즘적 요소가 근대문학으로의 발전 가능성을 상당히 잃고 말았다는 실증적 차원의 분석이라고 할 수 있다.

이러한 한계에도 불구하고 당시 서민문학의 리얼리티는 여러 가지점에서 진취적인 요소를 가지고 있었다. 양반에 대한 항거와 해학, 봉건적인 모럴, 양반의 종교, 양반의 관념과 허식에 대한 반발이 구체적으로 형상화되었던 것이다. 사실 양반에 대한 항거는 서민문학의 가장 중요한 테마였다. 하지만 직접적인 항거는 오랫동안 좌절될 수밖에 없었던 현실적 한계가 있었으므로, 간접적인 항거의 방법인 '해학'이 서민문학의 가장 중요한 방법적 전략이 되었다. 그리고 당시 서민문학은 박지원

105

의 문학에서처럼 양반의 모럴을 도마 위에 올려놓음으로써 허위적인 모럴을 제거하고 인간의 생활을 있는 그대로 형상화하는 리얼리즘의 기본적인 요구에 충실하고자 했다.

뿐만 아니라 서민문학에는 경제적인 문제가 중요하게 등장했는데, 조동일은 이러한 서민문학의 경제적 특성을 리얼리즘의 일반적인 특징 중의 하나로 보았다. 그런데 양반은 봉건사회의 경제적인 지배자로서 토색질의 방법을 찾기 위해서 갖은 궁리를 다했음에도 불구하고 표면적으로는 돈에 대한 말조차 일체 입 밖에 내지 않는 것을 중요한 도덕률로 엄수하는 이중성을 지니고 있었다. 따라서 양반의 문학에는 경제적인 문제는 전혀 나타나지 않고 다만 돈에 대해서 털어놓고 이야기하고 싶은 충동을 억제한 고심의 흔적만 보일 뿐이라는 것이다. 결국 서민의식의 성장은 양반의 정체를 폭로하고 경제적인 각도에서 사회를 분석해야 한다는 요구를 표면화시켰는데, 이것이 바로 서민문학의 형성과정에 구현된 '리얼리즘의 정신'이고, 이러한 정신을 계승하는 것이야말로 한국문학이 민족문학의 주체성을 심화시키는 방향이라고 보았다.

조동일은 1965년 1월부터 1966년 3월까지 총 11회에 걸쳐 「시인의식론」을 연재했다. '시인의 사회적 위치에 관한 역사적 고찰'이란 부제에서 충분히 짐작할 수 있듯이, 이 평문은 고대가요에서부터 근대시에 이르는 우리 시문학의 전과정을 통시적으로 살펴보는, 당시로서는 상당히 문제적인 기획평론이었다. 우선 이 논문은 시인이라는 문학담당자에 주목하여 우리 문학사의 전개과정을 살펴봄으로써 시인의 사회적 역할과 위상의 변화를 시대구분의 단위로 설정하였다. 또한 문학사의 내재적 연속성에 근거를 둠으로써 근대문학을 서구문학의 이식이라고 보는 관점에서 벗어나고자 했다.

시인의식은 영원불변한 무엇이 아니고 다른 모든 것과 함께 역사적으로 형성·변화·발전되었으며 그렇게 되기까지에는 일정한 원인이 되었다. 주체성과 창조력이 상실된 시기에 詩人만 이와 관련이 없이 절대적인 美的 價値의 꽃을 피울 수 있다는 식의 견해는 반성해야 할 것으로 본다. 詩의 문제, 시인의 문제도 그 구체적인 바탕에서부터 다져나갈 필요가 있다. (…중략…)

문학사도 문학비평도 다 자기의 임무를 수행하지 못해 이른바 고전문학사와 현대문학사를 분리해 놓고 사실의 기술과 가치평가를 분리해 놓는 등 무엇이든 산산이 흩어서 그 사이에서 장님처럼 헤매고 있다. 이런 결함이 시정되지 않는 한 우리 문학에 관한 어떤 근본적인 문제도 구체적으로 제기될 수 없고 아까운 노력이 다 허사가 되고 말 것이다. 아주 상식적인 이야기지만 현재는 과거의 연속인 역사적 현재이고 그렇기 때문에 미래에 관련된다. 현단계의 시인의식은 중세 혹은 고대 시인의 의식을 밝히지 않고서는 충분히 이해될 수 없다. 근대시 혹은 현대시라는 것은 하늘에서 떨어진 것도 아니고 전적으로 일본을 통해 서구의 것이 들이닥친 결과만도 아니다. 그 사이에 어떤 변화와 단절이 있었다해도 변화와 단절 역시 역사적인 해명을 통해서 밝혀질 뿐이지 중세시인의 망각이 근대시인 연구에 아무런 도움도 되지 않는다. 따라서 비평가에게 일차적으로 요청되는 것은 자기나라 문학사에 대한 투철한 이해이다.[43]

조동일은 지배/피지배의 이원화된 구도로 우리시의 흐름을 파악하고, 피지배층의 정서와 사상을 반영하는 리얼리즘의 문학적 가치를 높이 평가했다. 그는 지배층에 봉사하는 시인인 고대의 제관시인과 중세의 귀족시인을 비판하면서 이와 대립적인 위치에 놓인 무당시인과 광대시인의 시사적 위상을 높이 평가하였다. 고대의 제관시인과 무당시인은 모두 종교적인 필요성에서 시를 형성시켰는데, 제관시인의 경우는 귀족적인 연대감을 표현해야만 했고, 무당시인은 평민 내지 천민의 생활을 반영해야만 했다. 그리고 중세의 광대시인은 주로 먹고 살기 위해 시인이어야만 했는데 반해, 귀족시인은 노동과정의 율동화도 먹고 살아야한다는 필요성도 없고 종교적인 요청도 매우 희박하여 노동을 하지 않았다. 뿐만 아니라 일체의 생산적 활동에서 해방된 것을 최대의 명예로

---

43) 조동일, 「시인의식론 11—시인의 자리는 어디냐」, 1966.3, 146~147면.

생각했기 때문에 농사짓는 일을 시로 읊을 수는 있어도 노동의 율동화와는 아주 거리가 멀었다. 이처럼 무당시인과 광대시인은 당대 민중들의 생활의식에 바탕을 두고 있었다는 점에서 뚜렷한 현실의식을 지니고 있었다.[44]

근대시인의 경우는 계몽시인, 비관시인, 자연시인, 파멸시인으로 구분했는데, 이광수·최남선의 시, 1920년대 퇴폐적 낭만주의시, 청록파와 서정주의 시, 그리고 모더니즘 시인을 각각 대응시키고 있다. 이 가운데 그는 "시를 현실적 대상(역사의 사건)을 가진 무성(茂盛)한 의미의 세계로부터 극단적으로 분리시키려는" 파멸시인의 태도를 가장 신랄하게 비판했다.

  파멸시인이 말하는 '현대적 불안'이란 대개의 경우 모든 것이 까닭도 없이, 목표도 없이, 무너져 내린다는 문자 그대로 파멸의 의식이다. 개인적으로 그들은 자살 직전의 상태에 놓여 있다. 그러나 다른 사람에게 호소하는 감상적인 행위인 자살을 간단히 택하기에는 그들의 심정은 너무나 까다롭게 얽혀있다. 자기의 자살 대신 '문명'의 자살, 혹은 '현대'의 자살을 시로서 나타냄으로써 '너 죽고 나 죽자'는 충동을 극대화시켰다. 현실에서는 몰락하는 것과 새로 대두하는 것이 있을 뿐이지 직전인 파멸은 있을 수 없다. 파멸시인은 새로운 대두를 시인하지 않으며 모든 걸 파멸로만 보는 역사적 허무에 가담한다. 역사적인 허무주의 이것이야말로 파멸시인의 시작을 이해하는 열쇠가 된다. (…중략…)
  破滅詩人은 과거 어느 단계의 詩人보다도 詩를 절대화시키고 신비화시키기 위해서 많은 이론을 동원하였다. (…중략…) '詩는 純粹하다'는 이미 있어온 생각을 더욱 극단화시켰다. 단순히 詩作은 '가장 無害한 행위'이며 동기와 목적이 없는 '까닭없는 짓'이란 의식에서 한 걸음 더 나가 詩는 단순히 도피의 수단이 아니라 세계를 변혁시킬 힘이 있다는데 도달했다. 그러나 변혁이라는 것도 현실에 대한 것이 아니라 言語를 바꾸면 言語가 지칭하는 대상이 달라진다는 신념에 근거를 두고 오로지 言語 문제로 생각한 것이다.[45]

---

44) 조동일, 「시인의식론 4—시인의 사회적 위치에 관한 역사적 고찰」, 1965.5, 217면.

파멸시인의 등장은 현대사회의 성격과 밀접한 관계가 있다. 자본주의의 발전을 이룬 근대사회는 시인을 대량으로 생산했지만, 시인으로 하여금 설자리를 잃게 함으로써 결국엔 시인의 사회적 소외를 초래하고 말았기 때문이다. 이처럼 시인이 일방적으로 주장하는 순수 내지 시적인 자유와 시인의 사회적 소외라는 객관적인 형편 사이의 모순이 깊어지면서, 시와 독자의 관계는 심각하게 단절되고 일차적 전달로서의 소통구조마저 봉쇄되어 버렸다. 따라서 시는 독자에게 전달될 수 있는 가능성을 포기하고 일상어와 되도록 다른 신비적 시어의 장난에 몰두하게 된 것이다. 그 결과 현대시의 양상은 당대 역사와 현실과는 무관한 언어와 기법의 문제에 탐닉함으로써 모더니즘의 세계로 침잠해 들어갔다. 이것이 바로 조동일이 개념화한 "파멸"의 극단적 양상이다.

> 破滅詩人만이 현대의 詩人이라면 과연 詩가 존속할 필요가 있을까, 또는 존속할 수 있을까 하는 의문을 진지하게 제기하지 않을 수 없다. 破滅詩人에 이르러서 悲觀詩人 이래로 극단적인 길을 택한 근대시는 공식적인 파산을 선고하지 않으면 안되게 되었다. 偶像化되던 言語는 산산히 해체된 채 버려지고, 詩와 현실의 二元論은 이상 더 커질 수 없는 극한에 도달했으며, 대중은 詩를 완전히 외면한 채 약간의 동정마저 깨끗이 철회했다. 詩人은 기이한 몸짓의 창조자 이상의 역할을 하지 못하게 되었다. 詩人이라면 가장 믿을 수 없는 인간 중의 폐물급이 되었다.[46]

파멸시인은 시를 의미의 세계로부터 극단적으로 분리하거나 포기하는 언어의식을 지향했다. 언어로부터 현실적 의미를 제거함으로써 현실을 벗어난 언어에 도달하고자 했던 것이다. 하지만 언어로부터 논리적인 의미를 제거하면 소위 '초현실'의 세계가 드러난다는 이들의 생각은, 현실의 우위에 초현실의 세계가 있다는 수직적 위계의식을 전제하고

---

45) 조동일, 「시인의식론 9-파멸시인과 시의 위기」, 1965.11, 179~180면.
46) 조동일, 「시인의식론 9-파멸시인과 시의 위기」, 184~185면.

있었다. 다시 말해 언어의 파괴를 통해 '초현실'에 도달하려는 파멸시인의 시는 현실에 대한 어떠한 발언보다도 가치가 있다고 보았던 것이다. 뿐만 아니라 파멸시인은 그들의 시가 문명의 위기에 대응하는 비판정신을 내재하고 있다는 자부심을 드러냈다. 그들은 현대를 '불안'의 시대로 규정하고, 이러한 위기를 극복하는 문명비판의 태도를 선구적으로 형상화했던 것이다. 그러나 그들이 말하는 '현대적 불안'이란 말 그대로 '파멸'의 의식에 다름 아니었다. 따라서 그들의 의식은 문명의 위기를 탈출하기 위한 새로운 지향성을 드러냈다기보다는 역사적 허무주의에서 비롯된 자포자기의 심정을 형상화함으로써 주체적 의식을 형성하지는 못했다.

이런 점에서 조동일은, "파멸이냐 극복이냐"의 갈림길에서 현실 속에서 자기를 발견하지 않는 시인의 싸움은 대중과의 연대가 성립되지 않는다는 점을 분명히 자각한 김수영의 경우처럼, 무엇보다도 문학과 현실의 관계를 중시하는 리얼리즘의 정신과 참여문학론을 실천적으로 모색해야 한다고 주장했다. 다시 말해 시인으로서의 사회적 위치를 올바르게 인식하고, 이를 바탕으로 시인이 당대의 사회적 현실에 어떻게 대응할 것인가를 결정하는 뚜렷한 실천의지를 지녀야 한다는 것이다.

2) 참여문학론의 진정성과 민족문학 지향성

(1) 현실도피적 복고주의와 사이비 참여문학론의 극복

우리의 문학연구에 있어서 주체성을 강조하는 태도는 1960년대 참여문학론의 가장 중요한 정신사적 토대였다. 따라서 전통에 대한 주체적 인식과 민족의 역사적 특수성에 입각한 문학과 현실의 관계에 대한 인식은 1960년대 한국문학의 근본적 문학정신이 되지 않을 수 없었다. 다시 말해 과거의 전통을 비판적으로 계승함으로써 현재의 질서를 새롭게 정립하는 것이 당대의 문학인들이 지녀야 할 가장 중요한 과제였던 것이다. 『청맥』은 이러한 현실인식과 역사의식을 정신적 준거점으로 당대의 모순된 역사적 현실을 부정하고 타개하는 문학적 실천을 모색하고자 했다.

> 신라는 우리 사천년 역사에 있어서 매우 찬란한 문화를 이룩한 최초의 古代 통일 국가였으므로 新羅精神은 우리문학의 사상적 전통 내지 정신적 전통의 진수라고 할 수도 있으며 마땅히 우리의 詩가 취재할 소지가 된다고 하겠다.
> 그러나 徐廷柱氏는 비록 신라의 역사내용, 즉 新羅精神에 착안은 하였다 하더라도, 문제의 핵심에서는 거리가 먼 위치에 있다고 보게 된다.
> 첫째 徐廷柱氏는 新羅를 중심으로 하고서라도 新羅 전후의 全歷史 내용을 오늘의 기점에 서서 바라보는 자세가 되어 있지 않다. (…중략…) 따라서 徐廷柱氏의 新羅觀에는 歷史意識이나 傳統意識 같은 것은 없고, 다만 斷層的인 新羅의 하늘에로 向하는 復古主義가 있을 뿐이다. 이것은 적어도 역사를 取材하는 문학인의 태도로서는 근본적으로 不可한 것이다.
> 徐廷柱氏의 新羅詩들이 진정한 詩的 이메지에 의해서 창작되지 못하고, 단지 신라에 관한 文獻의 글줄들이나 풀이하는 상태에 머무르고 있는 이유도 이 근본적인 虛點의 탓인 것 같다.[47]

일반적으로 전통적 자연시인들은 우리의 문학적 전통을 옹호하고 계승했다는 긍정적인 평가와, 역사적 성격을 방기한 채 원시적이고 신비주의적인 특성을 드러냄으로써 소재주의의 한계를 넘어서지 못했다는 부정적인 평가를 동시에 받았다. 구중서는 당시 신화주의적 세계관에 바탕을 둔 서정주의 문학이 역사의식이나 전통의식 같은 것은 없고 다만 신라의 허공에로 향하는 복고주의가 있을 뿐이라고 보았다. 서정주가 이상적 세계로 형상화한 신라정신은 삼국유사 등의 역사적 사료에

---

47) 구중서, 「서정주와 현실도피−역사의식과 현실인식의 결여 비판」, 1965.6, 116~117면.

근거를 둔 것이긴 하지만, 신화주의적이고 복고주의적인 성격에 머무를 뿐 전혀 역사적이고 사회적인 문맥을 현실화시키지는 못했기 때문이다. 그의 시는 1920년대 퇴폐적 낭만주의에 대한 반성으로 민족적 정서와 자연친화적 세계관을 추구했지만, 이러한 태도 역시 역사적 허무주의의 현실도피적 정서를 더욱 노골화하는 방편이 될 뿐이었던 것이다.

> 詩人은 自然을 더욱 추상화시켰으며 詩에서 일체의 적극적인 의미를 제거했다. 민족의 해방을 방관자로 겪은 詩人은 歷史의 건설에 참가하는 대신, 도피를 더욱 합리화하는 길을 찾아서 呪術적인 경지에까지 이르렀다. 그러나 4·19 등의 역사적 변동은 自然詩人을 더욱 궁지로 몰아넣든지, 민중의 세력에 참여할 기회를 주든지 둘 중의 하나를 선택하도록 강요했다. 이런 선택의 기로에서 서정주 등은 이른바 '靈通主義'라는 呪術을 더욱 옹호했으나, 박목월은 純粹自然의 파산을 선고했으며, 박두진은 역사에 정면으로 참여함으로써 추상적 自然의 꿈을 거의 완전히 지양했다.[48]

4월혁명의 시대정신은 1960년대의 시인들에게 역사의식과 현실의식을 확고하게 정립할 것을 요구했다. 따라서 박두진은 전통적 자연시의 현실도피적 경향을 역사적 현실인식으로 전환함으로써 현실주의적 시세계를 새롭게 정립하기도 했다. 그런데 박목월과 서정주의 경우는 이러한 현실참여의 시대정신을 외면하거나 거부한 채 여전히 현실도피적 세계에 침잠해 있었다. 특히 서정주는 오히려 '영통주의'의 주술적 세계를 옹호하는 신비주의적 세계인식의 극단을 보여줄 따름이었다. 즉 그가 지향한 신라정신을 통한 민족적 정서에 대한 재발견은 현실초월의 절대주의를 합리화하고 시의 독자성과 절대성을 강조하는 기만적 수사학에 불과했던 것이다. 다시 말해 시적인 발언은 현실에 대한 책임으로부터 면제되고 어떤 절대적 미에 접근하는 과정이기 때문에 언어의 사용 방법 이외에는 아무런 가치를 둘 수 없다는 것으로, 순수문학론에

---

48) 조동일, 「시인의식론 8-자연시인의 복고적 애조」, 1965.10, 113면.

내재된 현실도피의 세계관을 여실히 보여주었다.

> 우리는 너무나 오랫동안 文學的 停滯속에 헤매어 왔다. 이제 過渡期의 혼
> 란을 청산할 때다. 이러한 작업이 전혀 절망적인 것은 아니다. 지금 우리들에
> 게 비록 희미하나마 희망의 빛을 던져주는 作家들이 있다. 선우휘, 하근찬, 서
> 기원 같은 作家들. 그들은 그나마 현실을, 역사를 가능한 한 올바르게 파악하
> 려는 노력과 성실성을 지닌 作家들이다. 문학의 현실참여, 즉 사회참여의 문
> 학이 우리문학의 주류를 형성할 時期는 바로 지금인 것이다. 이때일수록 작
> 가들의 용기와 의지가 요구되는 것이다. 그렇다면 여기 참여문학의 출발점에
> 서 참여의 方法論을 생각해 보지 않을 수 없다. (…중략…)
> 올바른 문학의 방향은 '있는 것'과 '만드는 것'과의 관계, 즉 현실과 인간의
> 노력과의 관계를 명확히 밝히는 데 있다. 이것은 오늘과 같은 사회에서 어떻
> 게 살아야 하는가의 문제이며 또 인간은 이 현실에서 무엇을 선택해야 하는
> 가의 문제다. 또한 이것은 인간이 어떤 목적을 선택해야 하는가의 문제이며
> 이 목적을 달성하기 위해 무엇을 手段으로 삼아야 하는가의 문제다. 이러한
> 문제를 구체적으로 제시해 주는 문학, 그것은 결코 향락을 위한 오락품이 아
> 니며 현실을 보는 것만이 아닌 현실을 변혁하는 문학으로 되는 것이다.[49]

주섭일은 작가와 현실의 관계에 주목함으로써 현실참여의 문학이 지
닌 의미와 구체적 방법론에 대해 상술하였다. 그에 의하면 상상은 의식
의 토대 위에 가능한 것이고 의식은 상황 속에 이미 구속(참여)되어 있으
므로 현실을 떠난 가공의 상상이란 있을 수 없다. 문학예술의 내용은
바로 인간이며, 인간의 생활이 공상이나 상상 속에 추상적으로 존재하
는 것이 아니라 현실에 구체적으로 존재해야 한다는 점에서, 문학은 바
로 이러한 현실의 탐구이며 반영이며 재현이 되어야 한다는 것이다. 따
라서 현실참여의 전위에 서 있는 소설[50]이 진정한 작품이 되기 위해서

113

---

49) 주섭일, 「작가의 현실참여-참여의 의미와 방법에 관한 시론」, 1965.6, 156~157면.
50) 사르트르는 문학을 시와 산문으로 양분하고 있다. 언어는 '있음'과 '뜻함', 즉 '사물'
　　과 '기호'의 두 가지로 분류되는데, 산문의 언어는 현실의 실존적 상황을 지시하는 기
　　호인데 반하여 시의 언어는 사물 그 자체이다. 따라서 사르트르는 산문의 언어가 사회

는, '픽션'이란 말 그대로 상상의 산물이기는 하지만 그 속에 가능한 한 현실이 재현되는 대상의 본질을 내포해야 한다고 보았다. 이러한 참여 문학의 진정성에 대한 강조는 당시 평단에 만연되어 있었던 사이비 참여문학론의 모순과 한계를 극복함으로써 진정한 의미의 참여문학론을 지향하려는 비평정신의 결과라고 할 수 있다.

한 마디로 이어령의 논리에는 뚜렷한 주관도 없고 또 절조도 없다. 그가 처음 평필을 들던 무렵엔 그래도 꽤 지각 있는 발언을 했었다. "死灰 속에서 죽어갈 나와 이웃 사람의 최후를 생각하며 우리는 아직도 牧歌를 불러야할 이유가 있는가? 이 시대의 작가는 이 시대에 대하여 책임을 져야한다"(「現代作家의 責任」)고도 했으며, "작가는 政訓將校나 報道將校처럼 현실을 기록하는 방법을 가지고 사회적 현실의 관계를 맺고 있는 사람"(「作家의 現實參與」)이라고도 했다.

이 때에도 그는 작가의 이 작업을 실천적 행동과는 다른 '언어의 행동'이라는 데에만 역점을 두었지만 아무튼 작가가 서야할 위치만은 알고 있었던 것으로 생각된다. 그러나 얼마 안 가서 그는 지식인의 책임은 "현실과 역사 밖에 있는 디오게네스의 통 속을 지키는 일"이라고 하여 앞서 말했던 '현실에 대한 책임'을 회피하면서 '지식인은 아웃사이더'라고 선언해버렸다(「知識人의 自己反省」). 그리하여 마침내 그는 "一線에 나가 전투를 한 兵士보다도 후방에서 신문만 읽고 있던 소설가가 전쟁의 장면을 더 여실히 그릴 수 있다"고 말한다. 따라서 "문학은 精神이 아니라 方法이며 主題가 아니라 技術"(「韓國小說의 盲點」)이라는 것이 李御寧의 所見이다. (…중략…)

이리하여 그는 이제 현실에의 '참여'와 시대에의 '책임'에서도 도피해 버렸다. 그리고 李御寧의 이러한 변모와 변절이 四・一九와 五・一六 등 다난했던 현실을 거쳐오는 동안에 이루어졌다는 것은 무엇을 뜻하는가. 결국 그는 현실의 大地에서 도망하여 디오게네스의 통 속으로 숨어버렸다. 그 속에서 그는 이른바 '亡命者의 美學'이나 주절대면서 때로는 또 '精神의 등불인 知性'을 밝히라고 '형제여! 지식인인여!' 하며 엉뚱한 고함을 지른다.51)

참여의 문학을 창조할 수 있다고 보았고, 시는 '참여'될 수 없는 장르라고 보았다. J. P. 사르트르, 김붕구 역, 『문학이란 무엇인가』, 문예출판사, 1972, 15~19면 참조.

이어령은 1950년대 전후비평의 보수성을 비판하면서 문학의 현실참여를 누구보다도 강조했던 비평가였다. 그런데 1960년대에 와서는 오히려 현실을 극도로 외면하고 순수의 늪에 빠져버리는 자기모순의 한계를 드러냄으로써 참여문학론을 주장하는 비평가들에게 가장 우선적인 비판의 대상이 되지 않을 수 없었다. 구중서에 의하면 당시 이어령이 주장했던 '참여'는 단순한 '참가'의 수준을 넘어서지 못했던 것이 사실이다. 이어령은 인간이란 이미 상황 속에 내던져져 있는 존재이므로 상황에 따라 규정될 수밖에 없는데, 이러한 상황은 결정된 것이 아니라 가변적인 것이므로 인간 역시 상황의 변화에 따라 새롭게 규정될 수 있다고 보았던 것이다. 결국 이어령의 참여문학론은 "비참가의 문학과 참가의 문학의 차이는 종이 한 장"[52]에 불과하다는 지극히 소박한 참여론의 한계를 처음부터 지니고 있었다. 즉 그가 주장한 '참여'는 정치배제의 문학을 지향하는 것이라는 본질적 모순을 이미 내재하고 있었으므로, 어떤 목적의 도구가 되어버린 모든 종류의 공리적 문학에 맞서는 것이 바로 참여문학이라는 입장을 표명할 수밖에 없었다. 따라서 그는 '문학을 위한 문학'도 '사회를 위한 문학'도 아닌 '자기를 위한 문학'만이 진정한 참가의 문학이라는 궤변을 늘어놓았다.[53]

백낙청과 김우창 역시 참여문학론에 입각한 비평정신을 강조했다.[54]

---

51) 구중서, 「소설가 이어령의 도로(徒勞)」, 1966.7, 160~161면.

52) 이어령, 「사회참가의 문학」, 『새벽』, 1960.5, 275면.

53) 이어령이 주장하는 저항(참여)이란 근본적으로 문명에 대한 저항을 통한 인간 구원의 작업이다. 따라서 그의 저항은 인간이나 문학을 억압하는 모든 것에 대한 저항이다. 이런 의미에서 그의 저항은 역사성과 구체성이 결여되어 있다. 즉 그의 추상적 역사관은 당대 현실의 성격이나 민족 현실에 대한 구체적인 인식은 없는 것이다. 그의 인간성과 역사성 옹호의 본질은 바로 추상성과 몰역사성이다. 결국 그의 저항문학론은 몰역사성을 내포한 문학론이다. 60년대 이후 그의 저항의 논리가 초기의 대사회적 담론을 계속 유지하지 못하고 문학을 억압하는 것에 대한 저항의 형태로 변모한 것도 그의 참여문학론에 내재된 본질적 모순 때문이라고 할 수 있다. 남원진, 『남북한의 비평 연구』, 역락, 2004, 112면 참조.

54) 백낙청, 「궁핍한 시대와 문학정신」, 1965.6; 김우창, 「T. S. 엘리어트의 예」, 1965.3.

115

백낙청은 시인에서 비평가로 전환한 매슈 아놀드의 삶을 통해 문학과 사회에 관한 적극적인 통찰을 읽어내고, 문학은 작가 개인뿐만 아니라 그 사회의 산물이므로 문학의 문제를 그 사회의 상황과 떼어서 이해하고 해결할 수는 없다고 하였다.[55] 그리고 김우창은 엘리어트의 예를 통해 시의 토착적 언어가 현대적 경험을 시 속에 구현하기 위해서는 시어의 보편화를 위한 지적 노력과 비평적 훈련이 요구된다고 하였다.[56] 이는 참여문학론이 역사적 맥락과 보편적 공감을 얻기 위해서는 그만큼 비평정신 혹은 비평적 훈련의 과정이 필요하다는 점을 강조하는 것이다. 다시 말해 이들이 말하는 비평정신이란 1960년대 중반 참여문학론이 역사의식 없는 공허한 구호에 그치거나 관념적 인식의 한계를 지니고 있다는 성찰로부터 더욱 투철한 현실인식과 비평적 노력을 요구하는 것으로 이해할 수 있다.[57]

---

55) 아놀드는 문학활동 초기부터 문학이 삶에 힘을 주어야 한다는 견해를 자주 피력하였으며, 본격적인 비평작업에 접어든 후에는 문학을 개인적·사회적 삶의 인간화라는 궁극적인 전망을 실현하는 교양의 활동에서 중요한 자리에 놓는다. 문학이 관계하는 삶이란 따라서 개별적 인간이 영위하는 구체적인 삶이자 사회전체의 '살아있는' 건강성과도 따로 떨어질 수 없다. 자연히 아놀드의 문학논의와 작품평가는 이처럼 문학을 삶과의 관련에서 이해하는 기본인식에 바탕을 두게 된다. 아놀드는 바로 이러한 기본인식을 '삶의 비평'이라는 말로 정식화하였다. 윤지관, 『근대사회의 교양과 비평』, 창작과비평사, 1995, 219~220면.

56) 엘리엇은 전통의 문제를 다루면서 항상 자신의 주관적 판단과 일정하게 거리를 두면서 전통의 '객관성'을 확보하고자 노력했다. 특히 그는 객관적 질서를 유지하는데 개인적 주관의 역할을 화학의 촉매작용에 비유하고 그런 질서의 탄력적인 유지를 강조했다. 이론이 이론가 자신의 가치판단으로부터 자유롭지 않기 때문에 엘리엇의 개인적 세계관이 그런 객관성의 확보 작업 속에서 활발하게 작용하고 있음은 부정할 수 없다. 그러나 그는 자신의 개인적 판단을 극소화시킴으로써, 즉 작가가 자신의 주관성을 철저한 역사의식을 통하여 비우고 객관적 질서 속으로 용해시킴으로써, 그리고 주관적 가치판단을 중지하고 객관성 자체를 주체의 활동으로부터 외재화시키고 진리화시킴으로써 객관주의로 나아가는 경향을 띤다. 김용규, 「엘리엇과 리비스─매슈 아놀드와의 영향관계를 중심으로」, 『인문논총』 제50집, 부산대 인문대학, 1997, 215면.

57) 이에 대해 백낙청은 "현실을 초연한 '순수성'이 문단 일부에서 '동굴의 우상'으로 자리잡고 있다면, '현실참여' 또한 우리들 틈에서 '시장의 우상'이 되고 만 느낌이 없지 않다. 현실참여의 허다한 주장이 생산적 실효를 못 거뒀음은 물론, 참여의 필요성 또는 당위성을 주장하는 행위부터가 대부분 참여행위에 미달"하고 있다고 비판했다. 백

(2) 참여문학론의 성격과 민족문학으로서의 리얼리즘

일반적으로 민족문학론은 1970년대부터 두드러지게 쟁점화된 비평담론이라고 논의되어 왔다. 민족문학의 진정한 주도성은 해방 직후 민족문학의 이념이 확립되면서 그 가능성이 마련되었고, 민족의 분단과 한국전쟁으로 일시 중단되었다가 1970년대 민족문학 이념의 재확립을 거쳐 비로소 현실성을 획득했다고 보는 것이다.[58] 리얼리즘론, 농민문학론, 제3세계문학론 등으로 구체화된 1970년대 우리 평단의 주요 쟁점들이 민족문학의 심화와 확대에서 비롯되었다는 점에서 이러한 평가는 분명 타당하다.

하지만 1970년대 민족문학론이 1960년대 순수참여논쟁에 대한 성찰을 통해 이루어졌고, 이를 실현하기 위한 구체적 방법론으로 리얼리즘론이 1960년대 참여문학론에서부터 본격적으로 논의되기 시작했다는 사실을 간과해서는 안 된다. 또한 당시 소박한 모사론의 수준에 머물러 있었던 리얼리즘론이 1960년대 후반으로 넘어오면서 당대의 현실과 문학을 매개하는 사상과 세계관으로 뚜렷이 정립되었다는 점도 반드시 기억해야만 한다.[59]

이런 점에서 앞으로 전개될 1960년대 문학비평 연구는 비평사의 내재적 연속성을 탐구함으로써 1970년대에 민족문학론이 제기된 역사적 배경과 그 성격을 보다 명확히 규명하는 태도가 절실하게 요구된다.

117

낙청, 「궁핍한 시대와 문학정신」, 136면.

58) 신승엽, 「새로운 출발점으로서의 민족문학」, 『민족문학을 넘어서』, 소명출판, 2000, 28면.

59) 60년대 말 순수참여논쟁의 말기, 당시 문학의 사회적 기능을 강조하던 참여론자들은 원론적인 효용문학론을 벗어나지 못하던 그들의 주장을 보다 구체화시켜 리얼리즘 문학론을 전개하면서 이입초 이래 통용되어 오던 사실주의의 개념을 비판적으로 검토하면서 리얼리즘을 단지 기법이나 사조에 한정된 개념으로서가 아니라, 작가가 현실을 대하는 태도 또는 세계관으로 심화시켜 해석하여 사실주의 또는 리얼리즘에 대한 70년대 논쟁의 대립요인을 내포하고 있었다. 백하현, 「1970년대 리얼리즘 문학논쟁의 연구」, 『≪문학과지성≫ 비판』, 지평, 1987, 133면.

60년대 문단에서 가장 줄기차게 그리고 중심적으로 논의된 쟁점은 이른바 순수참여논쟁이다. (…중략…) 필자는 이 논쟁이 가지는 이론사적 의의가 적지 않다고 본다. 첫째, 그것은 50년대의 강압적 냉전논리와 이념적 맹목상태로부터 벗어나기 위해 치러야 할 일종의 이론훈련 과정이었다. 둘째, 이 논쟁은 아직 싸르트르 같은 서구 사상가를 매개로 전개되기는 하였으나 민족의 현실에 본격적으로 눈을 돌리게 만드는 단초를 제공하였다. 그런 점에서 순수참여논쟁은 일부 논자들이 주장하듯이 잘못 설정된 쟁점을 둘러싼 무의미한 말싸움이 결코 아니고 70년대 리얼리즘론과 민족문학론의 구성을 위해 반드시 거쳐야 했던 이론발전의 불가결한 직전단계로 평가되는 것이다. 70년대 이후에도 이 논쟁의 수준에서 논의를 전개한다면 그것은 시대에 뒤떨어진 어리석음이거나 역사발전을 외면한 중상모략에 가까운 것이겠지만, 그러나 60년대적 상황에서 이 쟁점과 무관하게 이루어진 비평행위가 있다해도 그것은 타기할 만한 방관주의요 현실에 대한 무책임일 것이다. 은연중 60년대 논쟁들의 극복을 겨냥해서 씌어진 백낙청의 「새로운 창작과 비평의 자세」(1966), 「역사소설과 역사의식」(1967), 「시민문학론」(1969) 및 조동일의 「전통의 퇴화와 계승의 방향」(1966) 같은 논문들은 사실상 70년대적 문제의식을 이미 함축하고 있었다고 생각되는 것이다.[60]

『청맥』에 발표된 1960년대 참여문학론의 성격은 바로 이러한 민족문학론의 심화와 확대를 지향하는 전사(前史)로서의 의미를 지니고 있었다. 문학에서 현실을 탈각시킴으로써 보수적 세계관에 바탕을 둔 문학론을 전개한 전후비평에 대한 전면적인 부정과 극복을 위해 제기된 것이 바로 1960년대 참여문학론인 것이다. 그리고 이러한 참여문학론의 성격은 1960년대 후반으로 접어들면서 민족분단의 구체적 상황과 민족의 현실에 기초한 역사적 성격을 더욱 구체화했다는 점에서, 이로부터 1970년대 민족문학론으로 나아가는 중요한 단초를 발견할 수 있다.[61]

---

60) 염무웅, 「50·60년대 남한문학의 민족문학적 위치」, 『혼돈의 시대에 구상하는 민족문학의 논리』, 창작과비평사, 1995, 361~362면.
61) 세계문학의 보편성 속에서 바라볼 때, 민족문학은 각 민족의 고유한 정서와 토착성에 기반을 둔 문학이다. 그러나 한국에서 민족문학이란 용어는 독특하게 구별되는 의

김우종은 당시에 발표된 소설작품을 중심으로 한국문학의 민족문학 지향성에 대해서 구체적으로 논의하고 있다. 그는 "한 민족과 다른, 고유한 언어, 고유한 문학, 고유한 영토, 고유한 역사, 거기서 느끼는 공동 운명체적인 집단의식"을 "민족의식"으로 규정하고, 이를 바탕으로 민족문학의 성격을 규명하고자 했다. 또한 "역사의식은 종적으로 본 우리의 현실에 대한 작가의 의식이라고 한다면, 사회의식이란 횡적인 현실에 대한 그것을 의미한다"고 하면서, "오늘 이 시간 이 횡적인 민족의 공간 속에서 일어나는 정치적·경제적·문화적 온갖 현실에 대한 작가의 반응"을 주목하였다. 이는 결국 문학과 현실의 관계를 우리 민족의 구체적 현실상황 속에서 살펴보려는 것으로, 민족문학의 확립이라는 비평사적 과제를 뚜렷이 제시한 것에 다름 아니다. 따라서 그는 민족문학은 결코 민족주의 운동의 방편으로 그쳐서는 안 되고, 오직 우리의 민족적인 주체성을 자각하면서 우리 민족의 현실을 냉정히 비판하고 내일에의 비전을 제시해 나가는 문학, 그런 의미에서 좀더 지성적인 리얼리즘의 문학, 그것만이 우리의 참된 민족문학의 길이라고 보았다.[62]

김우종의 비평은 「파산의 순수문학—새로운 문학을 위한 문단에 보내는 각서」[63]에서 이미 "한국문학의 전신", 즉 순수에의 결별과 참여로의 방향전환을 강력히 촉구한 바 있다. 이 평문에서 그는 1960년대 참여문학론이 "어떠한 논리적 사유"도 없이 단순히 현실을 제시하는 데 그치는 "문제제시의 문학"에 그쳐서는 안 되고, "해결제시의 문학"으로 심화되어야 한다고 강조했다.[64] 따라서 그는 부조리와 모순으로 점철된

미체계를 형성하고 그 의미가 변화되는 개념이다. 특히 민족이라는 것을 영구불변의 실체나 지고의 가치로 규정해 놓고 출발하는 국수주의적 문학과 달리 진보적 민족문학론은 민족의 주체적 생존과 인간적 발전을 요구하는 문학이며 진정으로 인간다운 삶을 지향하는 문학이란 사실을 주목해야 한다. 따라서 우리의 경우 민족문학은 민중을 주체로 한 구체적인 반식민·반봉건의 민중적 의식의 문학적 표출로 보아야 한다. 남원진, 앞의 책, 44~46면 참조.

62) 김우종, 「이 해의 作壇總評—민족문학 확립의 길을 모색하여」, 1965.12, 220면.
63) 『동아일보』, 1963.8.7.

현실에 대한 비판적 문제의식을 토대로 참여문학론이 분단체제의 지배 이데올로기인 반공이데올로기에 저항하는 레지땅스의 태도를 가져야 한다고 보았다. 참여문학론이 문학의 현실참여를 맹목적으로 주장하는 데 그쳐서는 안 되고, 이를 분단체제의 민족현실에 초점을 맞춤으로써 당대의 역사적 현실과 밀접한 관련 속에서 구체적으로 논의해야 한다는 것이다.[65]

이러한 태도는 민족문학론의 지향점이 소재주의에 머무르는 소박한 참여론의 수준을 넘어서 모순된 현실의 변화와 개조로까지 나아가야 한다는 것으로, 일상적 현실에 대한 관찰과 보고를 뛰어 넘는 문학적 세계관으로서의 리얼리즘을 지향하고 있다. 이는 리얼리즘이 단순한 모사론의 수준에 그치는 것이 아니라 당대의 역사적 현실에 길항하는 역동성을 지닌 존재론적 성격을 지녀야 한다는 것이다. 우리 사회의 구조적 모순의 본질을 파악하고 이를 변화·개조시키는 세계관과 기법의 총합이 바로 리얼리즘의 정신이기 때문이다. 따라서 1960년대 참여문학론과 민족문학론은 리얼리즘론과의 밀접한 관련 속에서 심화되었고, 리얼리즘은 당대 현실을 보다 예각화함으로써 적극적인 변화를 모색하는

---

64) 김우종은 한국 문학의 질적 향상을 이룩할 방법이 사상성에 있다고 단호하게 주장한다. 그는 세계적인 작가들의 문학이 높은 위치에 오른 것은 순수문학을 했기 때문이 아니라 위대한 사상을 공존시켰기 때문이라는 사실을 이에 대한 근거로 제시한다. 일반적으로 순수성이 다른 비예술적인 목적성을 지니지 않음을 의미한다면, 순수성의 여부는 소재나 테마에 있는 것이 아니라 표현방법에 달렸다. 예컨대 어떤 이데올로기(사상성)의 목적성을 의식적으로 표현하지 않고 감동을 줄 수 있다면 그 작품은 순수한 작품이다. 이러한 작품은 예술로서의 순수성을 지닐 뿐 아니라 그 사상성에 비추어 위대한 작품이 될 수도 있는 것이다. 따라서 문학적인 의미에서 배제되어야 할 것은 이데올로기가 아니라 목적의식에 의한 표현방법에 있다고 지적한다. 이에 근거한다면, 답보된 우리 문단이 질적으로 비약하기 위해서 위대한 사상가가 되어야 한다는 그의 주장은 당연한 요구였다고 할 수 있다. 다시 말해 사회적 책임감과 사상성의 부재가 순수문학의 치명적인 결함이었음을 의미한다. 참여문학론의 핵심항인 '해결제시의 문학'은 이같은 사상성의 강조로부터 나아간 개념이다. 강경화, 『한국문학비평의 인식과 담론의 실현화 연구』, 태학사, 1999, 326~327면.
65) 김우종, 「새 세대·새 문학」, 『자유문학』, 1961.1, 69면.

능동적 실천의 정신과 방법으로서의 의미를 지니고 있었다.[66]

　　문학은 결국 보편타당한 그 무엇을 문제삼는다. 문학의 본질은 누구나 다 가까이 호흡하고 있는 것을 끝까지 문제로써 추구해 나가는 데 있다. 비록 특수한 상황의 특수한 문제라 하더라도 그것이 보편타당성에 미치지 못할 때 안타까운 몸부림에 그침을 본다.
　　그런데 이 보편타당성이란 일상성의 반복을 의미하지 않고 인간의 주체적인 자각을 의미한다. 인간의 주체적 본질에 대한 참된 인식을 적나라하게 나타내 보이는 문학의 임무가 어려운 시대일수록 강조되어 왔음은 결코 우연이 아니다. 일상적인 체험을 자기 나름으로 미화한다는 태도는 고작 신변문학으로 떨어질 뿐이다. 반대로 관념적인 언어의 효과만으로 문제과잉의식에 젖어 있는 경우 역시 타기할 현상이 아닐 수 없다. 전근대적인 지식의 허세가 올바른 문제의 해결에 얼마나 암적인 작용을 미쳐왔는가를 우리는 잘 알고 있다.
　　그러니까 개인이 살고 있는 환경의 소극적인 반영과 주체 못할 의식분열의 적극적인 전시효과 따위는 일반적으로 문학의 보편성이 결여되어 있을 뿐만 아니라 그 시대의 절실한 문제를 전혀 잘못 인식하는 데 기여한다.
　　문학예술에 있어서 보편 타당성의 추구는 생활의 진실에 복귀하는 문제로써 일단 고려해 볼 가치가 있다고 여겨진다.[67]

　　사실(寫實)은 사실(事實)의 모사에서 구현되는 것이 아니라, 현상에 내재되어 있는 존재의 질서를 인식한 작가가 언어로서 그 질서를 드러내기 위해 현상을 다시 편성할 때 나타나는 어떤 것이다. 다만 그것은 작가의 직접체험이나 사회현상과 아주 가깝게 형상화됨으로써 비교적 모사적인 특성이 두드러질 뿐이다. 인간의 주체적 본질에 대한 참된 인식을 바탕으로 생활의 진실에 복귀하는 보편타당성의 추구가 리얼리즘을

121

66) 문학의 기능적 측면에서 볼 때 70년대 리얼리즘론의 비평사적 맥락은 60년대 참여론의 연장이기도 한데, 60년대 참여론자들이 70년대에 들어 리얼리즘론을 전개했으며 두 문학론이 한결같이 문학의 사회적 기능을 강조하고 있어서 70년대 리얼리즘론은 60년대에 옹호했던 참여론을 방법적인 측면에서 보다 구체화한 것이기도 하다. 백하현, 앞의 글, 186면.
67) 임중빈, 「모방문학의 한계와 창조」, 1966.6, 163~164면.

통해 현실화되는 것이다. 이러한 리얼리즘에 대한 인식은 참여문학론에 대한 객관적 성찰을 통해 진정한 의미에서의 민족문학론을 모색하려는 반성적 인식의 결과라고 할 수 있다.[68]

　이상에서 살펴봤듯이 1960년대 한국문학은 4월혁명의 정신에서 비롯된 구체적인 현실인식과 역사의식에 바탕을 두고 형성되었다. 물론 문학과 현실의 관계에 대한 문제의식은 1960년대에 국한된 문제라기보다는 1970년대 이후 지속적으로 전개된 우리 문학사의 현실주의적 성격에 온전히 투영되어 있다. 따라서 우리의 현실주의 비평사는 1960년대와 1970년대의 연속성에 주목함으로써 1960년대 참여문학론이 1970년대 민족문학론과 어떠한 유기적 관련을 맺고 있는지를 명확하게 밝혀야 한다. 그리고 이를 구체적으로 실현하기 위한 방법과 정신으로서 리얼리즘의 의미를 새롭게 살펴볼 필요가 있다. 『청맥』은 이와 같은 현실주의 비평사의 과제를 심화시키는 데 있어서 아주 중요한 매체로서 비평사적 의의를 지니고 있다.

122

---

68) 이런 점에서 조동일은 자연주의적 성향의 확대로 인해 종말을 맞은 19세기 리얼리즘을 거론하면서, "자연주의는 기법상의 문제에 국한된 반면, 리얼리즘은 그런 요소를 계속 지니면서도 작품의 소재와 그 소재를 대하는 태도를 설명하는 데 쓰이게 되었다"는 레이몬드 윌리엄스의 말을 인용하고 있다. 이는 지나치게 충실한 묘사에 기울어진 자연주의에 대한 비판과 자연주의와 리얼리즘을 결부시키려는 시각에 대한 비판을 통해 당대 리얼리즘의 뚜렷한 방향성을 제시한 것으로 볼 수 있다. 「'리얼리즘' 재고」, 『현대문학』, 1967.10 참조

제4장

시민의식의 성장과 『창작과비평』

1. 『창작과비평』의 창간배경과 성격

1966년 백낙청에 의해 창간된 『창작과비평』(이하 『창비』)[1]은 우리 문학사에 최초의 본격적인 계간지 시대를 열었다는 상징적 의미를 지니고 있다.[2] 『창비』는 1960년대 초반 『한양』·『청맥』을 통해 모색되었던 민족문학의 방향과 현실참여의 정신을 이어받아 당대 현실에 대한 구체

---

1) 1966년 1월 발행인 오영근, 편집인 백낙청에 의해 문우출판사에서 발행되었다. 1967년 겨울호부터는 일조각(발행인 한만년)에서 발행되었으며, 1969년 가을·겨울 합병호부터 창작과비평사(발행인 신동문)라는 독립된 출판사를 설립하여 발행하였다.

2) 무엇보다도 반공이데올로기가 횡행하던 1960년대 중반의 지적 풍토 속에서 계간지 문화의 신기원을 이룩한 최초의 문예계간지가 『창비』였다는 사실에 주목해야 할 것이다. 그리고 그러한 기원의 의미 못지 않게 『창비』가 창간 이후 현재에 이르는 35년의 세월 동안 보여주었던 궤적 자체가 민족문학의 소중한 역사 그 자체로 수용되기도 한다는 점, 『창비』 및 창작과비평사가 민족문학의 성과를 널리 전파하고 진보적인 문학인들을 지원하는 중요한 텃밭 역할을 수행했다는 사실 등도 결코 과소평가될 수 없다. 권성우, 「열린 진보와 권위주의 사이」, 『사회비평』, 2001년 봄, 10면.

적 실천과 변혁의 가능성을 새롭게 여는 중요한 역할을 담당하였다. 1960년대는 근대화를 주축으로 하는 군사정권의 개발독재가 강력히 추진되던 때이면서, 민주화로 수렴되는 민중의식이 발아되었던 이중적인 시기였다. 또한 한일회담 반대투쟁, 한국군의 월남파병에 따른 미국의 대외원조 등 우리 민족의 주체성이 심각하게 훼손되는 역사적 위기의 시대이기도 했다.[3] 이러한 대내외적 현실상황에 대한 문제의식으로 문학사의 주체적 재구성이 본격적으로 전개되었고, 이는 순수참여논쟁과 맞물리면서 1960년대 한국문학의 가장 중요한 쟁점으로 부각되었다.

『창비』의 창간은 바로 이러한 문단지형의 변화를 선두에서 견인해내는 가장 강력한 매체의 탄생을 의미하는 것이었다. 당시 비판적 지식인 잡지의 대표격인 『사상계』가 있었지만, 이 무렵 박정희 정권의 탄압으로 사실상 쇠퇴의 길을 걷고 있었기 때문에 『창비』는 이를 대신할 수 있는 비판적 지식인 잡지로서 새로운 역할을 수행하게 되었다. 다시 말해 『창비』는 새로운 세대에 의한 새로운 형식의 비판적 지식인 잡지로, 전후세대와는 다른 지식인문화의 새로운 장을 열었다는 문화사적 의미를 지니고 있는 것이다.[4] 뿐만 아니라 『창비』의 창간은 4·19세대에 의한 문단의 재편과 교체라는 1960년대 문학지형의 변화에 일정하게 대응된다. 따라서 『창비』는 『현대문학』 중심으로 조직화되었던 보수적 문단의 권력화를 견제하는 진보적 성격을 지니고 있었다.[5]

---

3) 김성원·김정원 외, 『1960년대』, 거름, 1984, 185면.

4) 이런 점에서 『창비』는 당시 『사상계』의 위기를 넘어서는 새로운 대항잡지였다고 평가할 수 있다. 『사상계』가 명맥을 유지하고 있음에도 불구하고 『창비』는 지식인들의 환영을 받으며 창간호 2천부가 소화되었으며, 방영웅의 소설 「분례기」가 1967년 여름호부터 게재되면서 부수가 크게 늘어났다. 그것은 『사상계』가 갖고 있는 보수반공논리에 대한 거부감이나 그 문체가 갖고 있는 고루함 때문일지 모른다. 또한 대중사회의 개막과 더불어 등장한 매스미디어의 시대에 『사상계』와 같이 대규모 미디어로는 국가권력의 강력한 탄압에 적절하게 대처하기 어렵기 때문에, 국가권력의 경제적 압력 등에 적절하게 대응할 수 있도록 몸집을 줄인 '작은 잡지'로 발행된 것이 『창비』가 뿌리를 내릴 수 있는 기반이 되었다고 볼 수 있다. 이용성, 「1960년대 비판적 지식인 잡지 연구」, 『한국학논집』, 제37집, 한양대 한국학연구소, 2003.10, 206면.

그런데 당시 김현·염무웅·김병익 등 4·19세대 비평가들 대부분이 1970년 『문지』창간 이전까지 『창비』의 주요 필자[6]로 활동했다는 사실과, 『문지』의 전신인 『68문학』의 구성원이었던 염무웅이 1960년대 말부터 백낙청과 더불어 『창비』의 두 축을 형성하게 된다는 사실을 결코 간과해서는 안 된다. 이러한 점은 1960년대 『창비』와 『문지』에콜이 문학적 이념에 있어서는 뚜렷이 구별되지 않는 동질적 측면을 지니고 있었다는 것을 말해준다. 1960년대 후반 구중서, 임헌영 등이 『창비』의 존재에도 불구하고 독자적으로 『상황』을 창간하게 된 맥락 역시, 『창비』의 문학이념이 『문지』와 마찬가지로 당대의 역사적 현실에 대한 구체적인 대응과 실천을 담보해 내지 못하는 관념적 지성으로서의 한계를 드러냈기 때문이었다.

이러한 성격은 외국문학이론에 대한 번역물이 상당한 비중을 차지했던 『창비』의 편집체제에서도 분명하게 드러난다.[7] 대체로 문학사회학

---

5) 김우종·안남일(대담), 「순수문학 비판과 참여문학의 도정」, 『증언으로서의 문학사』 (강진호 외편), 깊은샘, 2003, 142면 참조.

6) 1966년부터 1970년까지 『창비』의 주요 필자 가운데 문학 분야만 언급하면 다음과 같다. 시인으로는 김수영·김현승·김광섭·신동엽·이성부·최하림·김춘식·민용태·김재원·황명걸·정현종·최민·조태일·정공채·이중·천상병·김관식·김준태·신경림·황동규·박성룡·박경석, 소설가로는 이호철·김승옥·서기원·한남철·박태순·강신재·하근찬·이청준·서정인·송영·이주홍·이문구·방영웅·최인훈·김정한·윤정규·김성홍·최창학·곽확송·홍성원·박순녀·강용준·오유권·비평가로는 유종호·백낙청·김우창·조동일·천이두·정명환·김현·김주연·염무웅·김종길·김윤식·구중서 등이 있다. 인적 구성의 면면을 살펴보면, 당시 『창비』가 특정한 문학이념에 국한된 필자 선정을 하지는 않았다는 점을 알 수 있다. 이는 4·19세대에 의한 새로운 문학적 역량의 총화라는 긍정적인 면과, 문학적 이념을 뚜렷하게 정립하지 못한 잡지의 정체성 부재라는 부정적 측면을 동시에 보여준다고 평가할 수 있다.

7) 이러한 사실은 단지 『창비』만의 특성이 아니라 1950년대에서 1960년대로 넘어오는 한국문학의 전반적 특성이라고 볼 수 있다. 1950년대 후반의 유종호와 김우창을 필두로 1960년대에 등단한 신진비평가들 대부분은 외국문학전공자와 해외유학파를 다수 포함하고 있었다. 즉 백낙청은 영문학, 김현·김치수는 불문학, 염무웅·김주연은 독문학을 전공했다. 특히 이들 중 미국에서 유학한 백낙청과 프랑스에서 유학한 김현, 김치수의 활동은 외국문학이론의 한국적 수용에 많은 영향을 끼쳤다. 비평활동에서

을 비롯한 예술사회학의 입장을 지닌 평문들이 번역·게재되었는데, 레이몬드 윌리엄스, 아놀드 하우저 등이 대표적인 논자들이다. 이러한 번역물들은 제3세계의 문제나 우리 사회의 구조적 문제를 중심으로 비판적 시각을 쟁점화시킨 서평 코너와 함께『창비』의 비평적 정체성을 대변하는 중요한 역할을 담당했다.[8] 하지만 서구 지성사의 이론들을 완성태로 설정하고 이를 통해서만 우리 사회와 문화를 읽어내려고 함으로써 학문적 주체성을 찾기란 사실상 어려웠다. 뿐만 아니라 이러한 서구 지향성은 후진국 지식인의 전근대적 태도를 심화시키는 결정적인 한계를 노출하기도 했다.

이상과 같은 한계에도 불구하고『창비』의 창간이 1960년대 한국문학을 새롭게 견인하는 가장 중요한 문학사적 사건이라고 보는 입장에는 별다른 이견이 없다. 특히『창비』는 당시로서는 획기적인 편집형식과 내용으로 주목받았는데, 이전의 문예지들과는 달리 '가로쓰기'와 '한글체'를 표방했고 동인체제를 구축했다는 점에서 독창적이고 진보적인 변화를 보여주었다. 또한 문단권력의 온상으로 비판받았던 신인등용에 있어서 추천제를 거부하고 편집동인들이 투고작을 직접 심사하는 방식을 선택했는데, 이는 편집자 스스로가 기성세대와는 다른 문학적 이념을

이들은 한국문학과 외국문학을 넘나들며 다양한 서구문학사의 이론과 텍스트를 비평의 도구로 활용했다. 외국문학 전공자들은 원전의 인용을 통해 권위를 보증받았으며, 이 권위가 누적돼 일부에서는 권력효과가 발생하기도 했다(오창은, 「1960~70년대 리얼리즘 논의와 외국문학 전공 비평가들의 상징권력」,『한국문학권력의 계보』(문학과비평연구회 편), 한국출판마케팅연구소, 2004, 106면). 당시 4·19세대 비평의 이러한 특성으로 인해,『창비』·『문지』와『상황』의 구도를 외국문학 편집자와 국문학 편집자의 대립 구도로 바라보려는 시각도 있다.

8) 레이몬드 윌리엄스와 아놀드 하우저는 정태적 예술론보다 동태적 예술론을 강조한 좌파 지식인이었다. 백낙청은 사회적·역사적 맥락에서 예술의 역할도 변화해 가는 것으로 파악했고, 그 변화과정을 해명할 수 있는 서구 이론가로 이 두 비평가를 제시하고 있다. 특히 아놀드 하우저의 「스탕달과 발자크」(『창작과비평』, 1967년 가을)는 1970년대 리얼리즘 논의의 준거틀이라고 할 수 있다. 즉 1970년대 리얼리즘 논쟁은 발자크의 리얼리즘을 어떻게 이해할 것인가에 대한 입장 차이로 수렴된다고 할 수 있다. 오창은, 위의 글, 113~114면.

선취함으로써 책임있는 비평가로서의 자의식을 보여주고자 했던 것이다.9)

『창비』의 편집체제에서 또 한 가지 주목할 점은, 1950~60년대 소위 문협정통파나 월남 문인들이 주재한 잡지와는 달리 처음부터 교양과 시사에 강조점을 둔 종합지의 성격을 갖고 출발했다는 사실이다.10) 따라서 『창비』의 비평은 당대의 시대정신과 행동양식에 대한 지도비평의 성격을 강하게 지님으로써 단순히 작품을 발표하는 공간으로 활용된 여타의 잡지들과는 뚜렷한 변별성을 드러냈다. 그런데 이러한 특성은 1960년대 초반 『창비』보다 앞서 창간된 『한양』과 『청맥』의 성격과 상당히 닮아 있다는 사실을 결코 간과해서는 안 된다. 즉 『창비』가 비판적 사회 참여를 표방하며 문학뿐만 아니라 정치·경제·사회·문화 등 광범위한 영역으로 관심을 확대한 종합지의 모습을 갖추게 된 것은, 『사상계』뿐만 아니라 『한양』과 『청맥』으로부터 받은 영향이 아주 컸다고 할 수 있는 것이다.11)

본 논문의 연구범위인 1960년대에만 한정지을 때, 『창비』의 특성은 백낙청의 비평의식과 거의 대등한 관계에 놓여 있는 것이 사실이다. 특

127

9) 이런 점에서 김병익은 당시 『창비』가 새로운 잡지문화와 계간지문화를 선도함으로써 상당히 높은 평가를 받았다는 사실에 고무되어 『문지』가 창간되었다고 회고하기도 했다. 김병익·김동식(대담), 「4·19세대의 문학이 걸어온 길」, 『증언으로서의 문학사』(강진호 외편), 깊은샘, 2003, 262~263면.
10) 고봉준, 「민족문학론 속에 투영된 지식인의 욕망과 배제의 메커니즘」, 앞의 책, 264면.
11) 앞서 살펴봤듯이 『창비』를 발행한 백낙청이 미국에서 돌아와 처음으로 비평을 발표한 매체가 『청맥』이었다는 사실은 예사롭게 볼 문제가 아니다. 그는 『청맥』 1965년 6월호에 「궁핍한 시대와 문학정신」을 발표했는데, 이를 통해 당대의 역사적 현실을 '궁핍한 시대'로 규정하고 이러한 궁핍한 사회현실에 적극적으로 맞서는 것이 문학의 필연적 운명이라고 주장했다. 이는 그가 영문학자로서의 주체성을 확립함으로써 민족문학론을 형성해 나가는 맹아적 인식을 보여주는 평문이라고 할 수 있다. 따라서 『창비』의 문학사적 위상은 그 전단계에 놓여 있었던 『한양』, 『청맥』과의 연속성 속에서 살펴보아야 올바른 평가를 내릴 수 있다. 그럼에도 불구하고 1960년대 우리 비평사가 『창비』를 중심으로 민족문학론을 기술해 온 것은, 4·19세대 중심의 제도화에서 비롯된 문학사적 단절 때문이라고 할 수 있다.

히 창간호에 발표된 「새로운 창작과 비평의 자세」, 그리고 1969년 여름호에 발표된 「시민문학론」은 1960년대 『창비』의 성격을 결정짓는 가장 중요한 평문이었음에 틀림없다. 이를 중심으로 유종호, 조동일, 김우창 등의 평문과 서구 예술사회학의 이론적 토대를 보여주는 번역물들이 당시 『창비』가 지향했던 중요한 문제의식을 담고 있었다. 따라서 본 논문에서는 백낙청의 비평을 중심으로 1960년대 『창비』의 현실주의적 성격을 살펴보면서, 이를 다른 논자들의 비평적 입장과 관련지어 심화된 논의를 이끌어 내고자 한다.

2. 『창작과비평』의 현실주의 비평담론

1) 참여문학론의 새로운 방향과 근대성의 실현

(1) 참여문학의 방법론적 성찰과 순수문학의 전근대성 비판

백낙청의 「새로운 창작과 비평의 자세」는 『창비』의 문학적 이념을 대변하는 창간사로서의 성격을 지녔다. 이 평문은 당시 한국평단의 가장 중요한 쟁점이었던 순수참여논쟁을 언급하면서, 순수문학론의 허위성과 추상성을 비판하고 문학의 현실참여를 강조하였다. 이러한 백낙청의 관점은 사르트르의 문학론으로부터 상당히 많은 영향을 받은 것으로 보인다. 즉 『창비』의 성격은 프랑스 『현대』지의 특성과 아주 밀접한 관계에 있었는데, 특히 정명환의 번역으로 게재된 사르트르의 『현대』 창간사는 백낙청의 평문과 함께 『창비』의 문학정신을 더욱 명확하게 보여주었다.

작가는 어떤 수단을 써보아도 시대에서 도피할 수 없는 이상, 그 시대를 꽉 껴안기를 바라고자 하는 것이다. 시대만이 그의 유일한 가능성이다. 시대는 작가를 위해서 이루어졌고 작가는 시대를 위해서 존재한다. 우리는 1848년의 2월혁명에 대한 발자크의 무관심과 파리 코뮨에 대한 플로베르의 恐怖어린 沒理解를 유감으로 생각한다. 그들을 위해서 유감으로 생각하는 것이다. 그들이 영영 놓쳐버린 그 무엇이 있는 것이다. 우리는 우리의 시대의 어떠한 일도 놓치지 않으려고 한다. 하기야 더 아름다운 시대가 있기도 하리라. 그러나 지금 이 순간이 우리의 시대다.[12]

사르트르의 『현대』는 작가[13]와 현실의 관계를 주목함으로써 지식인의 현실참여와 역사적 책임으로서의 문학정신을 강조하였다. 그런데 사르트르의 참여문학론은 문학과 현실의 관계를 맹목적으로 결합시킴으로써 문학의 고유성이나 특수성을 철저하게 외면하는 것에 대해서는 비판적이었다는 점을 간과해서는 안 된다. 따라서 "참여문학은 결코 '참여' 때문에 문학 그 자체를 망각함을 의미하지는 않는다는 것"과 "우리의 목적은 집단을 위하여 적합한 문학을 마련함으로써 집단에 봉사함과 아울러 문학을 위하여 새로운 피를 넣어줌으로써 문학에 봉사하는 데 있다"[14]는 점을 무엇보다도 강조하였다. 이는 문학의 현실참여에 내재된 정신과 방법을 변증법적으로 인식하려는 것으로, 참여문학의 이데올로기적 특성이 갖추어야 할 미학적 중요성을 논리화한 것으로 볼 수 있다.

사르트르는 시와 산문의 장르적 차이를 통해 '의미의 요소'[15]를 강조

129

---

12) J. P. 사르트르, 정명환 역, 「현대의 상황과 지성」, 『창작과비평』, 1966년 겨울, 121면. 이하 『창비』에서 인용한 경우 출전을 밝히지 않음.
13) 여기에서 '작가'의 개념은 문학창작의 주체에 한정된 것이라기보다는 '지식인'의 개념으로 이해할 필요가 있다. 즉 지식인으로서의 작가가 민족과 역사, 그리고 억압받는 사회계급과 계층을 위해서 무엇을 할 수 있을까에 대한 고민을 드러낸 것으로 보아야 한다.
14) J. P. 사르트르, 정명환 역, 앞의 글, 132면.
15) 언어를 다만 그 수단으로 하는 산문에 있어서의 第一義的인 목적은 무엇인가? 사르

하는 산문정신을 진정한 참여문학의 방향으로 설정하였다. 모든 문학장르, 모든 예술장르가 인간체험의 표현이 아닌 것이 없지만, 인간을 인간 그 자체의 자리에서 포착하려는 정도에 있어서 소설만큼 철저한 장르는 없다고 보았던 것이다. 이런 점에서 천이두는 지금까지 한국소설, 특히 리얼리즘 경향의 소설들이 "인간현실에 대한 고차원의 지적 인식"으로 "산문정신"을 올바르게 인식하지 못함으로써 "생경한 웅변이나 비분강개적인 부르짖음으로 떨어질 위험성을 내포"하고 있었다고 진단했다. 이는 현실참여의 방법론에 대한 작가적 고민 없이 이데올로기의 관념성만을 지나치게 강조한 당대의 참여문학론에 대한 내적 성찰의 의미를 담고 있다. '산문정신'을 "인습이나 상식을 거부하는 부정정신"으로 보고, 한국소설이 당면한 가장 큰 문제점은 바로 이러한 '산문정신의 결여'에 있다고 본 것이다. 따라서 그는 1960년대 문학이 "현실에 대한 냉철한 비판정신이요 구체적으로는 작품의 현실 안에서 리얼리티를 추구하는 정신"인 '산문정신'을 올바르게 정립해야 한다고 주장했다.[16]

유종호 역시 "문학도 예술인 이상 '무엇'보다 '어떻게'가 작가의 중요 관심이 되어야 하며, 또 이 '어떻게'에 대한 관심에서 작가의 성실성을 보려는 경향도 있다"고 하였다. 따라서 문학의 현실참여를 '선전'의 차원으로 바라보는 이념적 경직성은 상당히 문제가 있다고 보았다. 다시 말해 '무엇'과 '어떻게'의 문제는 본질적으로 이원적 성격을 허용치 않는 하나의 응어리이기 때문에, '무엇'을 쓸 것이냐의 문제는 필연적으로 '어떻게' 형상화할 것이냐의 문제와 결부되어 스스로 하나의 형태로 발

트르는 그것을 '의미의 요소'라 하였다. 즉 시는 궁극적으로 그림이나 음악의 경우와 마찬가지로 이미지나 리듬 등을 추구하는 것을 그 第一義的 목적으로 하고 있는 점에서 언어적 조건 그 자체가 바로 목적이 되지만, 언어를 통해서 독자에게 호소할 어떤 메시지를 내포하지 않으면 안되는 산문에 있어서는 언어의 조건 그 자체보다도 그것이 내포하는 메시지(의미의 요소)가 그 궁극의 목적이 된다는 것이다. 산문만이 앙가쥬망을 한다는 그의 주장도 시와 산문의 장르적 차이를 근거로 한 것이다. 천이두, 「현실과 소설」, 1966년 가을, 418~419면.

16) 천이두, 앞의 글, 426면.

전되어 나가는 특성을 지니고 있다는 것이다.[17]

1960년대 『창비』의 성격은 서구 리얼리즘 혹은 현실주의 비평이론을 바탕으로 참여문학론의 이론적 체계화와 방법론적 실천을 모색하는 데 초점을 두었다. 특히 서구적 근대의 성격을 체험적으로 받아들인 백낙청에게 있어서 한국의 현실주의는 '무엇'에만 너무 집착한 나머지 '어떻게'의 문제를 지나치게 소홀히 한 이론적 결핍의 결과물로 보여질 수밖에 없었다. 이런 점에서 「새로운 창작과 비평의 자세」에는 서구의 발전된 근대성을 경험한 후진국 지식인이 가질 법한 특유의 복합관념이 선명하게 드러나 있다. 서구적 근대를 하나의 완성된 모델로 상정하고 바라본 한국의 현실은 개선되고 지양되어야 할 문제점으로 가득 찬 불완전한 모델일 수밖에 없었던 것이다.[18]

결국 백낙청의 초기비평은 서구적 세계관과 엘리트주의에 바탕을 둔 민족적 열등의식과 지식인의 위계의식을 드러냈다.[19] 특히 한국의 전통에 대해서는 부정적이고 단절론적인 시각을 드러냄으로써 당시 현실주의 비평가들의 폭넓은 지지를 확보하지도 못했다.[20] 이러한 한계에도 불구하고 백낙청은 1969년 '시민문학론'을 제기하고 이를 '민족문학론', '리얼리즘론', '분단체제론', '근대극복론' 등으로 심화·확대함으로써 1970년대 이후 현실주의 문학비평을 사실상 주도해 왔다고 해도 과언

131

---

17) 유종호, 「한국문학의 전제조건」, 1966년 겨울, 106~107면.
18) 이명원, 「백낙청 초기비평의 성과와 한계」, 『타는 혀』, 새움, 2000, 288면.
19) 계몽성을 표방한 『창비』는 『사상계』처럼 대학생이나 지식인 독자를 겨냥했다는 점에서 지식인 중심주의를 태생적으로 갖고 있었다. 이러한 지식인 중심주의를 서울대 중심주의에서 비롯된 배타적 엘리트주의의 결과로 보려는 시각도 있다. 최강민, 「문학의 진보성을 묻는다」, 『작가와비평』 제2호, 2004.11, 105면.
20) 『창비』가 초기 한국문단에 등장하면서 계승한 문단적 내지 문학적 뿌리가 전후파의 일부 및 4·19 이후의 감각과 미학이었다는 사실은 아마 분단문학기의 우리 문학을 유파화하는 공로인 동시에 반성할 점이기도 할 것이다. 공로인 점은 당시 일부 선진적 미학관을 가진 문인들에게 발판을 마련하여 문단적으로 그 존립가치를 분명히 해준 것이며, 반성할 점은 범문단적 현실인식의 미학을 이론·작품·문단적으로 두루 포용 계승하지 않았다는 점이다. 임헌영, 『민족의 상황과 문학사상』, 한길사, 1986, 24~25면.

이 아니다. 그는 우선 1960년대 순수문학론의 허위성과 추상성을 서구의 근대성론과의 비교를 통해 비판함으로써 문학의 현실참여에 대한 논리적 체계를 세우고자 했다.

오늘날 한국에서 순수주의를 고집하는 입장은 서구예술가들의 경우와도 또 다르다. 건실한 중산계급의 발전을 본 일 없는 한국사회에 유럽 부르조아지 시대의 예술신조가 뿌리박았을 리 없다. 그런데도 불구하고 문학의 순수성을 금과옥조인양 내세우는 것은, 제대로 정리 안 된 전근대적 자세를 제대로 소화 못한 근대서구예술의 이론을 빌려 옹호하려는 노력으로 보인다. 이것은 정치 경제면에서, 유럽 중산층의 정치 경제이념을 평계로 한국의 후진적 사회구조를 견지하려는 것과 정확히 대응되는 현상이다.
19세기말 유럽문학의 순수성 내지 비생산성은 싸르트르의 이야기대로 기실 근면한 산업사회의 산물이었는데 반해, 한국적 순수주의의 뼈대를 이루는 것은 그와 전혀 다른 이조 양반계급의 세계에서 비롯한 것이다. 즉 산업화 이전의 전통적 농경사회에서 애초부터 권위주의와 비생산성 그리고 매사에 아마추어 정신을 생명으로 하는 신분층의 생활태도가 그 근저에 있다. 한국의 '순수' 문인들이—어찌 그들 뿐이리요마는—사회문제에 소극적인 데 그치지 않고 예술분야에서조차 안이한 창작태도와 족벌주의, 그리고 더러는 관권(官權)에 대한 하염없는 외경 등의 순수치 못한 기풍에 젖어 있는 이유가 여기에 있다.[21]

역사적으로 보아 순수정신 및 순수예술의 이념은 프랑스 대혁명 이후 득세한 유럽 중산층 이데올로기의 일환이었다. 따라서 백낙청은 서구와 같이 중산층이 발달한 적이 없는 한국의 현실에서 순수문학을 내세우는 것은 어불성설이라고 보았다. 오히려 한국의 순수주의는 "양반계급"의 세계에서 비롯된 것으로 "권위주의와 비생산성", "족벌주의", "관권" 등 전혀 순수하지 못한 자기모순을 지니고 있었던 것이다. 결국 그는 당대의 순수문학이야말로 전근대적 성격을 지녔을 뿐만 아니라

---

21) 백낙청, 「새로운 창작과 비평의 자세」, 1966년 겨울, 8~9면.

가장 순수하지 못한, 특정한 이데올로기 편향성을 드러내고 있을 뿐이라고 비판했다.

이런 점에서 그는 1960년대 순수참여논쟁을 제정러시아시대의 논쟁과 같이 낡은 것으로 평가하면서 한국문학의 낙후성을 비판했다. 다시 말해 우리 사회가 전근대적인 기반을 숨긴 채 아득한 남의 문학의 구호, 그것도 시효가 지난 낡은 구호를 빌려 문학의 순수성을 금과옥조인 양 내세우는 허위성과 추상성의 한계를 벗어나기 어려웠던 것이다. 따라서 현실의 다른 모든 분야와 동떨어진 어떤 '순수한' 문학 혹은 예술의 영역이 가능하려면, 첫째 그 이론적 근거로 일종의 형이상학적 치외법권 지대를 상정할 수 있어야 하며, 둘째로 역사의 움직임이 그런 특권을 존중해 주어야 한다고 보았다. 결국 문학의 순수성이야말로 "특정한 이데올로기의 산물이며 삶에 대한 특정한 태도"의 결과이므로, 미적 형식으로서의 문학의 내재적 특성 역시 그것을 구성하는 객관적 조건으로서의 역사적·사회적 토대와 무관할 수는 없는 것이다.

백낙청의 문제의식이 지닌 선명함과 새로움은 무엇보다도 그가 문학 자체를 하나의 이데올로기로 상정하고 엄밀한 사회과학적 시각에서 자신의 논리를 펼쳤다는 데 있다. 따라서 그는 순수문학의 논리를 이데올로기의 차원에서 합리적으로 비판함으로써 구세대의 문학과 그것이 가진 권위의 해체를 가져오게 했다. 또한 그의 비평은 순수참여논쟁의 도식적 구도를 무너뜨림으로써 전후세대 중심의 관념적이고 추상적인 참여문학론22)에 대해서도 비판적 입장을 견지하였다. 따라서 그의 순수문학 비판은 앞선 시기 참여문학론자들의 논리에 비해 상당히 설득력 있는 비판으로 받아들여졌다. 즉 순수문학의 이데올로기를 서구의 진보적

---

22) 전후세대 참여문학론자 가운데 가장 대표적인 비평가였던 이어령의 참여문학론이 당대 현실에 대한 역사적 인식에 기반을 둔 것이 아니라, 전후의 실존적 상황으로부터 구세대의 문학관을 뛰어넘는 인정투쟁의 차원을 넘어서지 못한 것도 바로 이러한 이유에서이다.

예술이론과 서구의 근대사에 대한 지식을 바탕으로 과학적으로 해명하는 한층 성숙된 비평의 모습을 보여주었던 것이다.

그런데 백낙청은 "순수주의를 본격적으로 비판하는 작가·사상가일수록 문학 본연의 가치와 자율성을 강조"했다고 말하고, 진정한 '예술성'은 역사와 현실에 대한 작가의 실천적 인식과 같아야 한다고 주장했다. 바로 이 '예술성' 개념은 1970년대 이후 특히 1980년대 그의 문학이론을 지탱하는 중요한 이론적 원천으로 작용하게 되는데, 그가 '순수주의'와 구별하여 무엇보다도 강조하는 문학의 '순수성'이 바로 '예술성'인 것이다.[23] 따라서 그는 문학의 '이월가치'를 인정함으로써 예술의 자율성에 대해 새롭게 인식하고자 했다.

> 문학의 이월가치를 인정함으로써 우리는 예술활동의 자율성에 대해서도 인식을 새로이 하게 된다. 물론 역사적 사회적 관심과 제약으로부터 면제되는 자율성이란 있을 수 없다. 가장 순수한 기법상의 문제, 예컨대 시에서 쓰이는 리듬의 변화나 소설 서술의 시제(時制)조차도 그 역사적 상황과 작가의 현실 감각에 뿌리 둔 것임은 물론이다. 그러나 실제로 한 작가가 창작하는 데는 그 자신의 사상이나 체험에 못지 않게 그가 읽고 배울 수 있는 기성작품들의 영향이 중요하다. 아니, 자신의 생활과 남의 영향을 구분하는 것부터가 무의미하며, 이러한 창작과정에서 각기 다른 시대나 사회로부터 이월된 문학이 중요한 역할을 하고, 갖가지 다른 영향과 자극 가운데서 자기나름의 스타일을 창조해 내는 작가가 값있는 작품을 쓰게 마련이다. 따라서 고정된 정책이나 사회적 행동강령으로 문학을 규제하려는 노력은 문학을 죽이는 결과를 가져올 뿐이다.[24]

문학의 '이월가치'와 예술의 자율성에 대한 강조는, 1960년대 순수참여논쟁을 객관적으로 성찰함으로써 문학이 사회성, 역사성과 결코 분리될 수 없다는 문제의식을 보여주었다. 그는 미국의 소설가 훼럴(James T.

---

23) 이상갑, 『근대민족문학비평사론』, 소명출판, 2003, 277면.
24) 백낙청, 「새로운 창작과 비평의 자세」, 11면.

Farell)의 말을 인용하여, "한 시대가 전혀 다른 경제구조와 이념을 가진 다음 시대에 의해 초극되었을 때 낡은 질서가 낳은 문학은 그대로 다음 시대까지 '이월'될 가치를 지니는가"라는 물음에 대해 그렇다고 대답했다. 그리고 "문학의 이월가치란 반드시 한 시대에서 다음 시대로의 옮아감만을 뜻하는 것은 아니"라고 하면서, 같은 시대의 서로 다른 체제에서 창작된 문학작품이 서로의 체제에서 각기 감동을 줄 수도 있다고 보았다. 따라서 "제각기 다른 작가들의 이월가치가 공존하는 세계를 용납 못하는 비평가가 유능할 수 없음이 확실하며, 그 세계를 포용 못한 현실참여의 이상이 결코 너그러울 수도 보편적일 수도 없"다고 주장했다. 이는 문학의 대사회적 기능과 작가의 창조적 자율성을 동시에 강조함으로써 순수참여의 대립적 기능을 하나로 통합하는 새로운 창작과 비평의 자세를 역설한 것으로 볼 수 있다.[25]

이처럼 백낙청의 순수문학 비판은 서구의 근대성이 제대로 뿌리내리지 못한 우리 사회의 전근대성에 대한 비판적 성격을 지니고 있었다. 이는 그의 비평의식이 서구의 근대성을 완성형으로 설정함으로써 우리의 현실참여가 아직까지 근대성을 성취하지 못한 미완의 근대성론에 불과하다고 보았기 때문이다. 결국 백낙청의 비평의식은 후진국 지식인이 흔히 가지기 쉬운 자국 역사에 대한 지나친 콤플렉스로 인해 한국적 근대성을 '결여형'으로 파악했던 것이다. 이러한 태도는 당시 전후세대를 비판하며 새롭게 등장한 신진비평가들에게서 일반적으로 볼 수 있는 의식구조였다는 점에서 한국문학의 주체성을 강조한 4·19세대 비평의 자기모순을 절감하게 한다.[26] 당시 순수문학론이 한국문학의 구체

135

---

25) 이런 점에서 백낙청은 이른바 진보적 계열의 비평가 중에서 미학적 자율성의 원리를 제대로 인식하면서 비평을 수행했던 드문 존재였고, 이것이 바로 백낙청 비평의 현대성이라고 평가되기도 한다. 권성우, 「1960년대 비평에 나타난 '현대성' 연구」, 『비평의 희망』, 문학동네, 2001, 141면.
26) 가령 김현의 '새것 콤플렉스'나 김윤식의 '현해탄 콤플렉스'란 이런 사고유형에 대한 비판적 시각에서 도출된 것이며, 이러한 문제의식으로부터 문학사의 주체적 재구

적 현실에 대한 뚜렷한 인식을 보여주지 못하고 추상적인 관념성의 세계에 빠져 버린 것도 이러한 서구적 모델에 대한 경직된 이해와 이를 한국문학에 적용하는 데 있어서의 강박관념에서 비롯된 것으로 이해할 수 있다.

(2) 전통의 주체적 인식과 한국적 근대성의 방향

백낙청은 "우리가 부모의 피와 살을 받았듯이 이어받은 문학적 전통이 태무하다"는 극단적인 전통단절의 입장에 서 있었다. 서구의 문학적 전통을 '이월'할 것을 주장하면서도 정작 한국문학의 전통은 그 명맥이 끊어졌으므로 '이월'할 것조차 없다고 보았던 것이다. 또한 "고대 그리스나 근대 서구문학을 모체로 삼기에도 우리의 언어와 풍습과 제반사정이 너무나 동떨어"졌다는 점에서 한국문학의 현실을 아주 부정적으로 바라보았다.[27] 결국 그가 주장하는 "새로운 창작과 비평의 자세"는 한국문학의 후진성을 극복하는 '근대성'의 추구를 의미하는 것이었다. 당대의 순수문학론을 전근대성의 논리로 규정하고 문학의 현실참여를 강조한 맥락 역시 이러한 근대성을 실현하는 방향성을 제시한 것으로 볼 수 있다.

그런데 그가 순수참여논쟁에서 어느 한쪽만을 일방적으로 옹호하지 않고 참여문학론의 갱신을 요구했듯이, 서구문학의 수용에 있어서도 일방적인 긍정과 부정을 드러내지 않았음을 주목할 필요가 있다. 다시 말해 '서구적'인 것과 '한국적'인 것의 관계에 대한 내적 성찰의 태도를 보여주었던 것이다.

金權政治의 세계에서 문학은 '서구적'인 것 '한국적'인 것 가릴 것 없이 파

성이라는 실천 테제가 수립되기도 하였다. 이명원, 앞의 글, 292면.
27) 백낙청, 「새로운 창작과 비평의 자세」, 16면.

멸되고 말기 쉽다. '서구적'인 것은 小數特權層의 高度로 발달된 消費性向
을 충족시키는 사치품이 될 것이요, '한국적'인 것 중 비교적 低價의 품목이
'대중문화'의 이름으로 나머지 국민들에게 보급되어 愚民政策의 도구로 사용
될 것이다.

　따라서 文學하는 사람들로서도 자신이 취하는 문학적 태도의 이데올로기적
根據와 역사적 意義를 반성하는 것이 急先務라고 생각된다.[28]

　백낙청은 서구문학의 영향과 수용에 있어서 수용주체의 자각적 인식
을 통해 진보에의 의지와 결합되지 않는다면 여러 가지 혼란에 직면할
수밖에 없다고 보았다. "자신이 취하는 문학적 태도와 이데올로기적 근
거와 역사적 의의를 반성하는" 주체적 태도와 정신이 무엇보다도 중요
하다는 것이다. 이는 그의 비평적 지향이 '민족문학으로서의 세계문학'
혹은 '세계문학으로서의 민족문학'을 지향한다는 사실과 결코 무관하지
않다. 다시 말해 '한국적'인 것과 '서구적'인 것을 변증법적으로 이해하
려는 지적 노력의 결과라고 할 수 있는 것이다. 그가 한국적 전통의 부
재에 대한 문제의식을 드러내거나, 하우저·루카치·윌리암스 등 서구
이론가들의 관점을 한국의 구체적 현실에 적용하는 데 심혈을 기울인
이유도 바로 여기에 있다. 결국 그가 이러한 태도를 드러낸 궁극적 목적
은 세계문학으로 당당히 인정받을 수 있는 민족문학의 토대를 확립하고
자 하는 데 있었다. 따라서 그는 1969년 발표한 「시민문학론」에서 이전
의 자신의 주장을 직접적으로 비판하는 자기성찰의 태도를 드러냈다.

137

　도대체 문학전통을 '부모의 피와 살을 이어받았듯이' 이어받는다는 것은 무
슨 말이며 아무리 쇠잔한 전통이라도 그 존재 자체를 부인하는 것이 아니라
면 '명맥이 끊어졌다'고 말하는 것은 위험한 레토릭이 아닌가? 그리고 설혹
그것이 과거의 훌륭한 업적은 업적대로 평가하면서 그 업적의 순조로운 계승
을 불가능케 한 외세의 작용을 개탄한 말이라 할지라도 그 경우 지식인은 그

---

28) 백낙청, 「서구문학의 영향과 수용」, 『신동아』, 1967.1, 406면.

러한 업적이 왜곡되고 변모된 과정을 구체적으로 밝힐 일이요 외세로 인해 만사휴의(萬事休矣)라는 듯한 탄식은 삼가야 할 것이 아니가? 이렇듯 많은 과오를 범하고 있는 위의 글(「새로운 창작과 비평의 자세」 - 필자 주)이 그래도 선량한 의도에서 나온 것이라고 굳이 말하는 것은 그것이 몇 해 전 필자 자신이 쓴 것이기 때문이며(『창비』 창간호, 16면), 별로 자랑스럽지도 못한 이 발언을 구태여 들추는 것은 우리 주위에서 흔히 논의되는 전통의 '단절'이라는 것이 사실이라기보다는 논자 자신의 무지와 무심함에서 유래한 하나의 환각(幻覺)일 수 있음을 강조하기 위해서이다. 물론 '환각'도 환각으로서는 실재하는 것이고 역사적으로 실재할 만한 이유가 있어서 실재하는 것이다. 그리고 이러한 환각이 특히 지식인들 사이에 널리 퍼져 있다는 사실이야말로 외세의 작용과 연관시켜 설명되어야 할 현상이며 전통쇠퇴의 중요한 동인(動因)이 되고 있는 것이다.[29]

이러한 자기비판을 통해 그는 무엇보다도 전통에 대한 새로운 인식과 서구이론에 경도된 자신의 문학관에 대한 내적 성찰을 하였다. 당시 『창비』가 의욕적으로 추진한 외국문학이론 번역은 이러한 성찰적 태도가 반영된 결과라고 할 수 있다. 외국문학이론과 한국문학의 접목을 통해 이론의 결핍으로 생경한 구호만 난무하는 한국문학을 효과적이고 논리적으로 분석하고자 했던 것이다. 이런 점에서 그의 「역사소설과 역사의식」은 루카치의 역사소설론을 통해 이광수와 김동인의 작품을 평가한 것으로, 오늘의 상황에서 "우리 문학 특히 우리의 수많은 역사물·작가들은 어떻게 대응하여 왔는가"라는 문제의식을 드러냈다.[30] 여기에서 루카치의 의미는 한국문학의 현안을 타개하고 작가의 문학적 실천을 도모하는 맥락 속에 놓여 있었다고 할 수 있다.

조동일의 「전통의 퇴화와 계승의 방향」은 한국적 전통에 대한 『창비』 나름의 주체적 인식을 대변하는 평문이라고 할 수 있다. 이성무의 「초정

---

29) 백낙청, 「시민문학론」, 1969년 여름, 481면.
30) 백낙청, 「역사소설과 역사의식」, 1967년 봄, 40면.

박제가의 『북학의』(1967년 여름), 송찬식의 「연암 박지원의 경제사상」(1967년 가을), 정구복의 「반계 유형원」(1968년 여름), 이우성의 「「호질」의 작자와 주제」(1968년 가을) 등 한국의 사상과 문학에 대해 『창비』가 지속적으로 관심을 보인 이유도 같은 맥락에서였다. 이러한 태도는 『창비』 창간 당시 백낙청이 보여주었던 전통단절론과 서구적 근대지향성과는 확연히 구분되는 변화가 아닐 수 없다.

> 우리 문학은 다른 민족의 문학과 공통적으로 발견되는 보편적인 측면과 우리 문학에서만 발견되는 특수한 측면의 긴밀한 결합으로서 형성, 발전되어 왔으며 이 전체가 민족적 전통이다. 그럼에도 불구하고 그 중 어느 측면을 부당하게 분리시키고 잘못 해석하는 경향이 있다. 한편에서는 特殊性을 버리고서 普遍性만 분리시켜 한국문학이 과거에는 중국문학을 지금은 서구 문학을 추종하고만 있다는 일방적인 증거로 해석하며 나아가서는 민족적 전통의 不在 내지 무의미를 선언하려고 든다. 그러나 보편성은 이와는 달리 공통적인 성장을 의미하고 우리문학이 얼마나 건실하고 활발하게 발전했느냐를 말해주는 증거로 해석되는 것이 타당하나, 분석해낼 수는 있어도 따로 존재할 수는 없고 언제나 특수성과 긴밀히 결합되어 있기 때문에 보편성만 들어서 민족적 전통의 不在를 선언하는 것이야말로 무의미하다. 또 한편에서는 보편성은 버리고서 특수성만 분리시켜 흔히 '한국적인 것'이라고 이름짓고 이것만 민족적 전통이라고 그릇 이해하고 우리문학이 위대하다는 증거로 삼으려고 한다. 그러나 전통의 특수성은 자연환경에서, 생활에서, 역사발전에서 또는 언어에서 보편성과 함께 특수성이 있기 때문에 생긴 것이고 그 자체로서는 그 이상의 의미가 없으며 보편성과 결합되지 않고서는 존재할 수도 없고 창조력을 나타낼 수도 가치를 가질 수도 없다.[31]

139

조동일의 전통론은 당시 전통 논의가 지닌 문제점에 대한 비판적 성찰로부터 전통론의 사회적 맥락을 부각시키고 있다는 점에서 주목할 만하다. 그는 기존의 전통 논의에 드러난 명백한 한계는, 첫째 보편성과

---

31) 조동일, 「전통의 퇴화와 계승의 방향」, 1966년 여름, 357~358면.

특수성의 통일적 결합에 의해 전통이 구축된다는 점에 대해서 제대로 인식하지 못했고, 둘째 한국문학의 전통을 사회적 문맥 속에서 관계를 정립하지 못했으며, 셋째 전통의 긍정적 측면과 부정적 측면에 대한 종합적 이해가 결핍되었고, 마지막으로 전통의 미래로의 역사성, 즉 전통이 어떻게 현재를 형성하는가 하는 점과 적극적인 실천을 통해 현재에서 미래로의 잠재적인 가능성을 실현해 나가야 한다는 점을 이해하지 못한 데 있다고 비판했다. 당시 전통 논의의 대부분이 단절이냐 계승이냐의 현재적 문제에만 집착해서 논의를 전개하는 한계를 지니고 있었던 이유도 바로 여기에 있다.

　이런 점에서 조동일은, 전통론은 무엇보다도 중세 평민문학의 전통에서처럼 민중적 시각의 확보를 통해 역사를 어떻게 창조해 나갈 것인가를 고민하는 사회·역사적 맥락에서의 재정립이 필요하다고 보았다. 이는 국수주의적인 편협성과 추상성의 한계를 넘어서지 못한 전후세대의 전통 논의와는 확연히 구분되는 의미있는 주장이었다. 특히 한국문학의 낙후성과 전근대성을 혁신하고자 하는 조동일의 문제의식은 민족문학의 특수성과 세계문학의 보편성을 가로지르는 한국적 근대성의 정립을 목표로 하였다. 따라서 그의 비평정신은 백낙청의 문제의식과 발생적 토대는 전혀 다르면서도 궁극적 지향점에서는 서로 만나고 있음을 주목해야 한다. 다시 말해 전통의 문제를 미래로의 가능성으로 바라보려는 조동일의 시각은 과거를 지향하거나 현재의 의미에 안주하는 것이 아니라는 점에서, 한국적 근대성과 민족문학의 실현을 통해 세계문학을 지향하고자 했던 백낙청의 비평의식을 보완하는 중요한 기능을 담당했다고 할 수 있다.

2) 시민문학론의 본질과 민족문학에 대한 인식

(1) 분단현실의 모순과 시민의식의 형성

1960년대 한국사회는 박정희 정권의 경제개발정책에서 추구되었던 '기술의 근대성'과 근대 민주주의에 대한 열망의 표현이었던 '해방의 근대성'이 상호 충돌하면서 함께 공존하는 혼란과 모색의 시대였다.[32] 따라서 1960년대는 우리 역사에서 근대성의 기획이 아주 본격적으로 수행된 시기였지만, 서구적 근대성의 개념틀로 바라본 한국의 현실은 여전히 미완의 근대에 놓여 있었다. 특히 서구적 근대성을 완성형으로 경험한 백낙청에게 한국적 근대성의 방향은 후진성을 면치 못하는 초보적 단계로 보일 수밖에 없었다.

이런 점에서 백낙청은 무엇보다도 한국문학의 근대성을 어떻게 실현할 것인가 하는 문제를 가장 중요한 비평과제로 삼았다. 당대의 한국적 현실에서 가장 먼저 해소되어야 할 본질적 모순은 무엇인가에 대한 명확한 해답을 찾는 것이 가장 우선적인 과제가 되어야 한다고 보았던 것이다. 이러한 물음과 과제에 대해 백낙청은 한국 사회의 근본적 모순은 '분단현실'에 있으며, 이로 인해 겪게 되는 자유의 억압을 해결하지 않고서는 한국문학의 올바른 방향성을 찾을 수 없다는 결론을 내렸다.

당시 백낙청의 현실인식은 반공이데올로기의 억압이 극에 달했던 1960년대의 역사적 상황에 비추어 볼 때 상당히 진보적인 성격을 지닌 것이었다. 좌우이데올로기에 대한 강박관념으로 분단현실의 문제를 일

141

---

32) '기술의 근대성'과 '해방의 근대성'은 월러스틴의 개념이다. 기술의 근대성은 "끝없는 기술적 진보, 따라서 지속적 혁신이라는 가정으로 이루어진 개념틀에 위치해 있"는 "일시적 근대성"이다. 이와 대립하는 해방의 근대성은 "전진적이라기보다는 전투적이고, 물질적이라기보다는 이데올로기적"인 진보와 혁신의 의미를 지녔다. 한국의 경우, 전자가 경제개발계획과 같이 정책적 차원에서 강조되었다면, 후자는 오히려 정책적 억압 속에서 내면화되는 양상을 보였다. 이매뉴얼 월러스틴, 강문구 역, 『자유주의 이후』, 당대, 1996, 178~179면.

종의 콤플렉스로 인식했던 당대의 전반적 상황과는 달리, 그것을 '모순'으로 인식하는 선구적 태도를 보여줌으로써 진보적 문학의 방향을 뚜렷이 제시했던 것이다.33) 따라서 그는 무엇보다도 모순과 억압의 분단 현실을 뛰어 넘는 '자유'를 확보하는 것이 당대의 작가들이 우선적으로 갖추어야 할 태도라고 보았다. 그 구체적 실현의 방향으로 그가 가장 중요하게 제시한 것이 바로 '언론의 자유'이다.

무엇보다 먼저 작가는 언론의 자유를 위한 싸움이 자기 싸움임을 알아야 한다. 사상의 자유, 학문 예술의 자유를 물론 포함해서다. (…중략…)
한국의 작가가 특히 그래야 할 이유는 우선, 영국이나 프랑스와 달리 작가적 자유의 전통이 없는 까닭에 작가 자신이 몸소 안 나서면 대신 지켜줄 사람이 없는 것이요, 둘째로 한국의 독자들—특히 잠재독자들—은 너무나 삶에 쫓기고 있어 문학이 아무리 좋다해도 문학인이 직접 그들 자유의 증대에 공헌 안 해주는 문학을 용납할 마음이 안 나는 것이다. 사실 오늘날 한국문단의 부진은 언론 예술의 자유를 위한 투쟁에서 우리 문인들이 올린 처량한 실적과 떼어 생각할 수 없다. 일부 정치인, 언론인, 법조계 인사들의 활약은 말할 것도 없고, 학계의 역할조차도 문단의 그것보다는 나았다. 신문사나 대학에 거점이 없이 단지 문단에만 속한다는 것이 사회적으로 얼마나 하잘 것 없는 위치인가 누구나 다 아는 사실인 만큼 허약한 작가 개인을 나무랄 수는 없다.

---

33) 이러한 백낙청의 인식은 그의 사상의 집약이라고 할 수 있는 '분단체제론'을 형성하는 맹아적 성격을 보여준다. 그는 민족문학론의 핵심을 '민중의 입장에서 현실을 대한 것'과 '분단극복의 과제를 초점으로 한다는 점'으로 파악한다. 1990년대 들어 그는, 분단문제를 주요 '과제'의 차원을 넘어 주요 '모순'으로 인식할 것을 주장한다. 즉 분단 현실의 해소를 위해서는 일정한 자주화와 민주화가 선행되어야 하는 것은 사실이지만, 통일 없이는 진정한 민주화와 자주화의 완성은 불가능하다는 것이다. 따라서 분단 현실이야말로 진정한 민주주와 자주주의 성패를 가름하는 관건이라는 점에서 주요 모순의 격을 부여해야 마땅하다는 것이다. 또한 그는 분단체제를 근대 세계체제의 '하위체제'로 규정하고, 이를 자본주의 세계경제에 의해 조건지워지고 국가간체제에 의해 영향을 받으면서 분단모순이라는 복합모순을 간직하고 있는 체제라고 보았다. 이런 점에서 분단체제론은 자주화와 민주화, 분단체제의 극복으로서의 통일, 근대 세계체제의 극복이라는 세 가지 실천과제의 중심에 분단체제가 놓여 있음을 강조하기 위해 제시된 이론이다. 하정일, 「시민문학론에서 근대극복론까지」, 『20세기 한국문학과 근대성의 변증법』, 소명출판, 2000, 77~82면 참조.

그러나 어찌되었든간 가능한 모든 거점을 이용하고 주어진 여건 하에 최선의 투쟁을 함으로써만 문학의 명맥을 유지할 수 있을 것이며 문단 자체도 좀 더 몸 둘만한 곳이 될 것이다. 더욱이 언론의 자유란 작품활동의 전제조건일 뿐 아니라 자유화와 근대화를 위한 다음 단계 모든 작업의 교두보임을 생각할 때 이에 대한 구체적 성의는 바로 우리가 요구하는 문학적 재능의 징표로 볼 수 있다.[34)]

1960년대 우리 사회는 분단현실의 모순으로부터 파생되는 반공이데올로기의 강화와 이로 인한 여러 가지 구조적 모순이 산재해 있는 억압적 현실이었다. 국가의 파시즘에 의해 개인의 자유는 철저하게 억압되었고,[35)] 지식인의 자유에 대한 실천이나 민중의식의 확산은 국가를 전복시키려는 악의적인 행동양식으로 왜곡되었다. 따라서 지식인과 민중의 연결고리로서 언론은 기성사회의 모순을 그대로 유지하려는 세력에 의해 가장 먼저 장악되어 버렸고, 지식인으로서 작가의 문학적 실천 역시 정치·사회적 현실에 의해 종속되는 구조적 모순을 답습할 수밖에 없었다.

이런 점에서 백낙청은 당대의 작가는 역사와 현실의 모순을 직시하고 이를 사회과학적으로 인식하는 지적 노력을 기울여야 한다고 보았다. 다시 말해 한 시대의 문화가 그 시대의 경제적·사회적 기반에 의해 어떻게 규정되고 있는가에 관한 현대 사회과학의 가르침에 문학하

---

34) 백낙청, 「새로운 창작과 비평의 자세」, 26면.
35) 1960년대 이후 '자유'의 이념은 생존의 요구, 즉 경제성장을 통한 국민소득의 향상 이라는 국가목표에 새롭게 종속되었다. 당시 지식인들은 이러한 국가시책이 개인의 자유를 상당히 제약하고 있다고 생각하면서도, 경제발전을 위해서는 개인의 자유가 희생되어야 한다는 의식을 드러내기도 했다. 따라서 1960년대의 '자유' 이념은 근대화·서구화·발전이라는 담론에 밀려 개인의 자유와 권리향상이라는 자유주의 본래의 과제를 뒤로 미루게 되었으며, 이것이 1970년대 들어서는 급기야 가장 반자유적이고 전체적인 유신통치를 용인하는 결과를 가져왔다. 김동춘, 「사상의 전개를 통해 본 한국의 '근대' 모습」, 『한국의 '근대'와 '근대성' 비판』(역사문제연구소 편), 역사비평사, 1996, 287~288면.

는 사람도 좀더 귀를 기울일 필요가 있다는 것이다. 결국 작가는 문학과 현실의 관계를 추상적 · 미학적으로 해명하는 차원에 머무를 것이 아니라, 당대의 역사적 상황과 이데올로기에 대한 과학적이고 객관적인 인식을 통해 시대를 선도하는 지식인으로서의 역할과 사명을 다할 필요가 있다고 보았다. 그가 한국에 관한 한 "근대화를 위한 가장 보편적인 이상을 제시하며 또 실천하는 역사의 주동적 역할을 작가와 지식인이 맡아야 한다"[36]고 강조한 이유도 바로 여기에 있다.

백낙청의 「시민문학론」은 그의 초기 비평의 이론적 성과를 집약적으로 드러낸 대표적인 평문이다. 앞서 지적한 대로 1960년대에 한정짓는다면 『창비』의 성격은 백낙청의 비평의식과 온전히 일치하는데, 특히 「시민문학론」은 당시 『창비』의 문학적 이념과 의식을 대변하는 핵심적인 비평이었다고 할 수 있다. 이는 「새로운 창작과 비평의 자세」를 근대의식과 시민의식의 문제를 중심으로 더욱 체계화함으로써 민족문학론의 이론적 토대를 마련하고자 한 것이다.

「시민문학론」은 '시민과 소시민', '서구 시민문학의 전통', '한국의 전통과 시민의식', '1960년대의 한국문학'이라는 네 개의 장으로 구성되었다. 전반부는 '시민'의 개념에 대한 정리를 통해 근대 서구에서 시민의식이 성숙했다가 다시 쇠퇴하는 과정을 기술하였고, 후반부는 이를 한국사회와 문학에 적용함으로써 한국에서 시민의식의 성장과정을 추적하였다. 이는 당시 김현 · 김주연 등에 의해 제기되었던 '소시민' 논의에 대한 비판적 검토의 성격을 지녔다.

> 대체로 시민의식이란 이렇게 이성, 책임, 의무의 내포를 띤다. 그러나 이성, 책임, 의무는 인식의 과정에서 表現型으로 드러나는 것에 불과할 뿐이며 그 因子型은 감정, 본능, 권리라는 개념 이전의 의식이다. 즉 어떤 종류의 욕망, 무책임을 자각해 가는 사이에 이성과 책임이라는 명제는 확실하게 개념화되

---

36) 백낙청, 「새로운 창작과 비평의 자세」, 34면.

는 것이다. 이때 그러한 자각의식이 바로 소시민의식으로 나타나는 것이다.[37]

김주연은 소시민의식은 시민의식과의 관계에서만 정당성을 확보할
수 있다고 보았다. 따라서 소시민의식은 시민의식이 형성되는 과정에서
필연적으로 나타나는 구체적이고 현실적인 감수성으로, 사회과학적으
로 실체화된 개념이 아니라 문학적 틀 안에서의 정서 혹은 감정이라고
파악했다. 그리고 김현은 소시민의식을 인간이 이상을 가졌다가 현실에
부딪쳐 좌절되었을 때 그 좌절감을 통해 자기상황의 폐쇄성과 한계를
인식하고 극복하려 애쓰는 것으로 정의했다.[38] 하지만 백낙청은 시민의
식을 형성하는 계기로 소시민의식을 개념화한 김현·김주연과는 달리
소시민의식을 시민의식의 결여 형태로 파악함으로써 대립적 입장에 있
었다.

> '시민'을 역사학이나 사회과학에서 흔히 말하는 '시민계급' 즉 부르조아지
> 의 뜻으로 쓴다면 '소시민' 즉 쁘띠 부르조아지는 시민계급 구성요인의 하나
> 이지 시민의 반대개념이 될 수는 없기 때문이다.
> 그러므로 우리가 '시민'과 '소시민'을 대조적인 개념으로 사용할 때 우리는
> 엄격한 사회학적 계층분류나 공산당식의 '성분' 구별을 하는 것은 아니다. 물
> 론 역사적·사회적·경제적 조건과 분리시켜 이야기할 수도 없는 것이지만
> 우리가 쓰는 소시민이라는 말은 주로 일반적인 생활태도, 정치의식 내지 세계
> 관에 초점을 둔 보다 유동적이고 광범위한 개념인 것이다.
> 우리 주변의 소시민 논의에서도 이 점은 마찬가지인 것 같다. '소시민적'이
> 라는 말에 분개하는 이나 거기서 긍지의 터전을 찾으려는 이나 '소시민'을 원
> 래 의미의 '쁘띠 부르조아지' 즉 小商人계층으로 해석하고 있지 않다는 것은
> 분명하기 때문이다. 그러면 소시민이란 어떤 것이며 소시민이 아닌 시민은 어
> 떤 것인가? '시민다운' 시민이 시민이고 그렇지 못한 시민이 소시민이라는 해

145

---

37) 김주연, 「계승의 문학적 인식―〈소시민의식〉 파악이 갖는 방법론적 의미」, 『월간문
학』, 1969.8, 275면.
38) 좌담, 「언어와 역사의식―50년대 작가와 60년대 비평가의 대결좌담」, 『주간조선』,
1969.8.

답만으로써는 동어반복을 벗어나지 못한다. 여기에 "自由의 나무는 시민의 손으로 심어지고 시민의 피로 길러지고 시민의 칼로 지켜지지 않으면 열매를 맺지 않는다", 이태리의 독립투사 마찌니의 유명한 말을 인용하여, 이렇게 자유의 나무에 열매를 맺게 하는 민주시민이 바로 우리의 '시민다운 시민'이라고 부연한다면 동어반복에서 한결음 벗어나는 셈이 된다.[39]

백낙청은 1960년대 소시민 논쟁에서 사용된 '소시민'의 개념이 '시민계급' 즉 '부르조아지'에 대응되는 '쁘띠 브르조아지'의 의미로 사용되지는 않았다는 점을 주목하였다. 다시 말해 당시 쟁점화된 소시민의 개념은 "일반적인 생활태도, 정치의식 내지 세계관에 초점을 둔 보다 유동적이고 광범위한 개념"으로 사용되었다는 것이다. 따라서 시민/소시민의 개념적 대립은 시민'다운'과 시민'답지 못한'의 차이에서 비롯된 것으로, 당대의 정치·사회적 배경과 직접적으로 연관된 특수한 개념으로 이해할 필요가 있다고 보았다. 그가 "자유의 나무에 열매를 맺게 하는 '민주 시민'"이라는 마찌니의 말을 인용한 맥락 역시, 당대의 역사적 현실에 주체적으로 대응하는 자세를 지닌 존재가 바로 참다운 '시민'이라고 인식했기 때문이다.[40]

그런데 백낙청은 프랑스 혁명기의 시민계급을 '시민'의 역사적 모델로 상정하면서도 이를 우리가 본받아야 할 이상으로 설정하는 데는 다소 회의적인 태도를 드러냈다. 왜냐하면 혁명후 대다수의 시민계급이 정치적·경제적·문화적 운명을 떠맡았으면서도 그 책임을 다하지 못하고 '시민'의 본래적 성격과는 거리가 먼 '소시민화'의 길을 걸어가는 한계를 드러냈기 때문이다. 따라서 서구의 근대적 시민의식은 소시민의

---

39) 백낙청, 「시민문학론」, 462~463면.
40) 구중서 역시 소시민의식은 근대적인 시민정신과 맞닿아야만 문학의 차원에 오를 수 있다고 강조했다. 즉 개인의 감성적인 차원에 머물러서는 역사의식으로서의 정당성을 확보할 수 없으며, 이성의 세계, 사회적인 영역으로 확대·발전해야만 문학의식으로 발전할 수 있다는 것이다. 구중서, 「역사의식과 소시민의식─60년대 예술비평」, 『사상계』, 1969.12, 240~241면.

식으로 퇴락하는 역사적 변화를 겪을 수밖에 없었다.

　　혁명후의 시민계급이 일부는 귀족계급의 잔존자와 결합하여 이른바 金融資本을 중심으로 일종의 상층 부르조아지를 형성했고, 나머지는 역사의 실질적인 결정권에서 점차 소외되어 왔다는 것은 두루 알려진 사실이다. 이러한 특수한 소외의 산물인 새로운 유형의 시민들, 엄연히 시민계급의 일원이면서도 시민계급의 제반 지배적 결정에는 참여 못하고, 그런데도 자신이 지배계급의 구성원이요 自立自足的인 시민이라는 환상은 끝내 고집하고 있으며, 바로 그러한 자가당착적 처지와 자기이해의 결핍 때문에 극도로 무책임한 개인주의와 극도로 감정적인 집단주의 사이를 無定見하게 방황하면서 해소할 길 없는 원한과 허무감과 피해망상증에 시달리고 있는 현대 사회의 수많은 시민들 ─ 이들을 우리는 中小企業家니 小商人이니 또는 현대적 新中間階級이니 하는 식으로 계층구별을 함이 없이 통틀어 小市民이라 불러도 좋을 것이다.[41]

「시민문학론」은 당대의 문학 논의로는 보기 드물게 근대 서구사회가 성취한 가치뿐만 아니라 그것의 현주소와 한계까지도 명확하게 서술했다. 물론 글의 전체 논지는 서구적 근대의 내재적 한계를 지적하기보다는 오히려 근대 서구 시민계급이 보여준 이념형으로서 '시민의식'이 가진 의의와 가능성을 적극적으로 평가했다.[42] 그가 민족문학 대신에 '시민문학'이란 용어를 사용한 이유 역시 이와 같은 '시민의식'의 중요성

---

41) 백낙청, 「시민문학론」, 464면.
42) 백낙청이 '시민'이란 단일한 번역어를 고집하는 것도 이와 관련이 있을 것이다. 그는 역사적으로 진보계급의 역할을 담당하고 있을 때의 시민(citoyen)과 계급적 이해관계에 관심이 있는 시민(bourgeoisie)을 문맥상 분명히 구분하면서도 다른 용어로 구분하여 서술하지 않는다. 즉 처음부터 'citoyen' 'bourgeoisie'를 따로 설정해서 집단의 한계를 명백히 하기보다는, 근대 자본주의사회의 형성을 주도하고 산업혁명을 거치면서 정치적 지배집단으로 성장한 시민계급이 역사적 맥락 속에서 진보성을 최고도로 획득한 시점의 시민계급의 의식을 '시민의식'이라는 일종의 이념형으로 설정하고 이에 못미치는 현실적 한계를 비판하는 방식이다. 이렇게 현재형의 시민계급이 이념형으로서의 시민적 가능성을 달성할 수 있다는 점을 끝까지 포기하지 않는 점이 백낙청 이론의 '실천적' 측면일 것이다. 송승철, 「시민문학론에서 근대극복론까지」, 『지구화시대의 영문학』(설준규·김명환 편), 창비, 2004, 251면.

을 무엇보다도 강조했기 때문이다.43) 다시 말해 프랑스혁명 이후 새로
운 지배계급이 된 시민계급은 급속히 변질되어 소시민으로 전락하고
말았지만, 프랑스혁명의 정신, 즉 '시민의식'은 여전히 서구 시민문학의
전통으로 이어져 오고 있다는 것이다. 따라서 그는 한국문학이 받아들
여야 할 문제는 시민계급(bourgeoisie)의 정신이 아니라 시민의식(citoyen)이
라고 주장함으로써, '시민'을 "우리가 쟁취하고 창조하여야 할 미지·
미완의 인간상"44)이라는 가능성의 형태로 규정하였다.

(2) 민족문학으로서의 시민문학론

백낙청은 서구 시민계급의 의식은 본래적 의미의 시민의식이 아니라
자기 나라 일에 대한 시민적 책임을 망각한 소시민의식과 남의 나라 일
을 겁없이 휘두르려는 제국주의의식의 혼합물로 심각하게 변질되었다
고 보았다. 따라서 소시민의식과 제국주의의식을 극복하는 현실참여의
정신이야말로 참된 '시민의식'을 확보하는 길이라고 생각했다. 그런데
아무리 '시민적 참여'를 강조한 문학일지라도 현존하는 서구 시민계급
의 의식상태를 본질적으로 넘어서지 못한다면, 억압적 통치의 들러리를
서주거나 압제의 구실을 더해주는 피상적인 고발문학에 머무를 수밖에
없었다. 따라서 그는 '민족문학'의 개념 역시 그것이 진정한 시민혁명·
민족혁명의 요구와 일치하지 않을 때 소시민의식의 또 다른 문학적 표
현으로 전락할 수밖에 없다는 점에서, 무엇보다도 '시민의식'의 올바른
정립이 민족문학을 형성하는 가장 본질적인 과제가 되어야 한다고 주

---

43) 백낙청에게 시민문학론과 민족문학론은 거의 동일한 의미로 사용된다. 1969년 당시
그가 민족문학론이라는 개념 대신 시민문학론을 주장한 이유는 두 가지이다. 하나는
당시 문단에 팽배해 있던 '소시민의식'에 대한 일종의 안티 테제를 제출하기 위해서였
으며, 다른 하나는 "참여문학론에 쏠리는 (권력의) 예봉을 피하기 위한" 전술적 차원의
고려 때문이었다. 백낙청·하정일(대담), 「민족문학운동의 역사와 미래」, 『증언으로서
의 문학사』(강진호 외편), 깊은샘, 2003, 453면 참조.
44) 백낙청, 「시민문학론」, 465면.

장했다.

　여기에서 말한 '시민의식'이란 프랑스대혁명의 정신, 즉 자유·평등·우애의 정신을 말한다는 것은 이미 살펴본 바다. 그런데 그는 '시민의식'이 시민계급의 존재와 무관하지 않다면, 이러한 시민계급을 한번도 형성하지 못했던 우리 사회가 오히려 그것을 주체적으로 해석함으로써 그 한계를 넘어설 수 있다고 보았다. 따라서 그는 우리의 경우 정약용·최한기 등 조선후기 실학자들의 사상과 동학혁명, 3·1운동, 4월혁명 등의 정신으로부터 이러한 '시민의식'의 실현가능성을 찾고자 했다.

　　동학이 민중의 반봉건적 저항과 민족적 주체성의 주장을 보여준 역사적 움직임이었지만 당시 한국 농민층의 몽매성에 근거한 많은 반시민적 요소들 때문에 당대의 가장 선진적인 지식인들의 노력과 일체가 된 진정한 시민의식을 이룰 수 없었다면, 기미년의 3·1운동은 참다운 시민의식 형성에 필요한 제반 요소들—지식층의 근대적 의식과 민중의 저항정신과 새로운 국제정치적 요인으로서의 반식민주의가 일단 한데 모이는 데 성공했던 민족사상 최초의 대사건이었다. 물론 운동은 실패했다. 즉 만세운동 당시에 고조되었던 시민의식과 민족적 에너지가 시민사회의 건설로 결정(結晶)되어 전진하지 못하고 다시 흩어진 상태에서 새로운 변모와 왜곡을 겪게 된 것이다. 그러나 역사적 사건의 성패란 간단히 흑백으로 말할 수 있는 것이 아니다. 아무리 짧은 동안 어설프게 형성되었던 시민의식이라도 고스란히 도로 없어질 수는 없는 것이다. '실패' 후의 왜곡과 변모는 항상 부분적인 심화를 수반하게 마련이고 새로운, 때로는 복병 같은 재생의 가능성을 감추고 있는 법이다. 그런 의미에서 우리는 4·19의 전통 속에 살고 있듯이, 3·1운동의 전통 속에 살고 있고 동학의 전통, 실학의 전통, 심지어 원효(元曉)의 전통 속에 살고 있는 것이다.[45]

　백낙청의 문제의식은 동학혁명, 3·1운동, 4월혁명 등이 모두 우리 역사에서 실패한 운동이라는 데 초점을 두었다. 비록 이러한 역사적 운

149

---

45) 백낙청, 「시민문학론」, 42~43면.

동이 대부분 실패로 끝나 버렸지만 이를 구체적으로 모색하는 가운데 형성된 '시민의식'의 성장은 여전히 남아 있어서 언제든지 우리의 전통으로 재생될 가능성이 있다고 보았던 것이다. 따라서 그는 한국문학의 당면 과제는 시민정신을 구현하고 시민혁명에 이바지할 진정한 시민문학의 건설을 목표로 해야 한다고 주장했다. 그가 3·1운동의 역사적 의의를 "지식층의 근대적 의식과 민중의 저항정신과 새로운 국제정치적 요인으로서의 반식민주의가 일단 한데 모이는 데 성공했던 민족사상 최초의 대사건"이라고 평가했던 것도 바로 이러한 지향성 때문이었다. 이런 점에서 그는 시민의식의 형성조건으로 '근대의식', '민중의식', '반식민주의'를 가장 중요한 세 가지 화두로 제시하였다.

하지만 서구적 개념에 기반한 '시민'이라는 용어는 이러한 세 가지 문제의식을 드러내기에 적합하지 않았다. 그는 「시민문학론」을 발표하기 이전에 "변질된 서구의 이상을 우리 현실에서 주체적으로 재창조하는 것이 우리 민족문학의 과제이자 이 시대 세계문학에 크게 기여하는 일"[46]이라고 이미 밝힌 바 있다. '시민'을 '민족'의 개념으로 재창조함으로써 역사적 구체성을 획득하게 하고, 세계문학에 대항하는 문학이 아니라 세계문학을 지향하는 문학을 천명함으로써 민족문학을 전지구적 문화의 위계질서 속에서 그 의미를 부여하고자 했던 것이다.[47] 1970년대 들어와 백낙청이 '시민문학론'을 '민족문학론'으로 전면화한 것도 민족의 구체적 현실에 대한 역사적 성찰의 결과라고 할 수 있다.

> 민족문학의 개념을 고수할 것을 요청하는 어떤 구체적인 민족적 현실이 있어야 한다. 즉 민족문학의 주체가 되는 민족이 우선 있어야 하고 동시에 그 민족으로서 가능한 온갖 문학활동 가운데 특히 그 민족의 주체적 생존과 인간적 발전이 요구하는 문학을 '민족문학'이라는 이름으로 구별시킬 필요가 현

---

46) 백낙청, 「서구문학의 영향과 수용─그 부작용과 반작용」, 『신동아』, 1967.1.
47) 송승철, 앞의 글, 253면.

실적으로 존재해야 한다. 다시 말해서 그것은 민족의 주체적 생존과 그 대다수 구성원의 복지가 심각한 위협에 직면해 있다는 위기의식의 소산이며 이러한 민족적 위기에 임하는 올바른 자세가 바로 국민문학 자체의 건강한 발전을 결정적으로 좌우하는 요인이 되었다는 판단에 입각한 것이다.

이렇게 이해되는 민족문학의 개념은 철저히 역사적인 성격을 띤다. 즉 어디까지나 그 개념에 내실(內實)을 부여하는 역사적 상황이 존재하는 한에서 의의있는 개념이고, 상황이 변하는 경우 그것은 부정되거나 보다 차원높은 개념속에 흡수될 운명에 놓여 있는 것이다. 따라서 이러한 민족문학론은 민족이라는 것을 어떤 영구불변의 실체나 지고의 가치로 규정해놓고 출발하는 국수주의적 문학론 내지는 문화론과는 근본적으로 다르다.[48]

백낙청의 '민족'에 대한 이해는 철저하게 역사적인 성격을 지니고 있었다. 따라서 민족의 개념은 어떠한 역사적 상황이 존재하는 한에서 의미있는 개념이고, 만일 역사적 상황이 변한다면 그것은 부정될 수도 있고 다른 개념에 흡수될 수도 있는 유동성을 지니고 있다고 보았다. 결국 민족의 개념을 감상적 국수주의나 정략적 복고주의 따위의 고정된 실체로 인식해서는 안 되고, 서구의 민족국가를 기준으로 논의해서도 안 된다고 주장했다. 다시 말해 서구의 민족국가 의식의 긍정적인 측면은 받아들이되 그들이 왜곡한 민족국가 의식을 우리의 토대 위에서 재해석하는 성숙한 의식이 필요하다는 것이다. 결국 민족문학이 민족적 위기의식의 소산이라는 규정은 '민족적 특수성'으로부터 문학의 이념을 도출하려는 것이므로 시민문학론의 보편주의적 한계를 극복하고 있다. 특히 민족문학을 초역사적 이념형으로 절대화하는 추상적 민족문학론을 지양함으로써 반외세·반봉건을 지향하는 민족문학운동의 실천적 성격을 강조하였다.[49]

151

---

48) 백낙청, 「민족문학이론의 신전개」, 『월간중앙』, 1974.7. 본 논문에서는 「민족문학 개념의 정립을 위하여」, 『민족문학과 세계문학』, 창작과비평사, 1978, 124~125면에서 재인용.
49) 하정일, 「시민문학론에서 근대극복론까지」, 앞의 책, 71~72면.

지금까지 백낙청과 『창비』에 대한 평가는 대체로 1970년대 이후에 중심을 두고 있었던 것이 사실이다. 추상적이고 당위적인 차원에 머물러 있었던 1960년대 『창비』의 비평의식은, 백낙청의 '민족문학론'이 본격적으로 점화된 1970년대부터 한국 현실주의 문학비평의 이론적 심화를 주도해 왔다고 할 수 있기 때문이다. 다시 말해 1970년대 이후 『창비』의 민족문학론은 백낙청을 중심으로 분단체제론, 근대극복론으로 심화됨으로써 그 비평사적 의의를 인정받을 수 있는 것이다. 하지만 『창비』의 비평담론이 『한양』·『청맥』·『상황』 등과 유기적 연속성을 지님으로써 1960년대의 비평담론을 발전적으로 계승했다는 사실을 간과해서는 안 된다. 따라서 앞으로의 『창비』 연구는 이들 매체와의 비교 연구를 통해 비평사의 연속성을 강조함으로써 더욱 실증적인 비평사적 자리매김을 모색해야 할 것이다.

제5장

민족주의의 비평적 실천과 『상황』

1. 『상황』의 창간배경과 성격

153

　『상황』은 1969년 8월 15일 범우사에서 발행되었는데, 임헌영·구중서·백승철·신상웅 등이 창간동인으로 참여하였다. 김병걸은 2집(1972년 봄호)부터 편집동인으로 참여하였으며, 이때부터는 '상황사'라는 독립된 출판사를 설립하고 계간지 형식으로 탈바꿈하여 정기적으로 발행하였다.
　『상황』은 창간호를 제외하고는 모두 1970년대 초반에 간행되었다는 점에서, 엄밀히 말해 1960년대 비평의 성격을 지닌 것으로 한정짓기는 힘들다. 하지만 『상황』은 1950년대 민족문학론의 관념성을 넘어서는 구체적인 현실인식에 바탕을 두었을 뿐만 아니라, 1970년대 민족문학론으로 심화·발전되는 계기적 연속성을 지녔다는 사실을 간과해서는 안 된다.[1] 따라서 『상황』은 민족문학론, 리얼리즘문학론 등 1960년대부터 중요하게 제기된 비평적 쟁점들을 '자료' 소개 형식을 통해 재수록함으로써 사실상 1960년대 비평정신의 연장선상에 있었다고 할 수 있다. 특히 민족문학론의 구체적 실현방법으로 리얼리즘론을 쟁점화함으로써 참여문학론이 리얼리즘문학론으로 심화되는 중요한 전기를 마련해 주었다는 점에서, 『상황』은 1960~70년대 우리 비평사를 연속성의 관점에서 이해하는 데 있어서 아주 중요한 매체임에 틀림없다.

　『상황』 창간호에는 구중서·임헌영·주성윤·백승철 등의 비평과 신동엽의 미발표 유고, 이육사에 대한 화보 등이 실려 있다. 임헌영의 증언에 따르면 그 당시 『창비』에서는 김수영의 일기를 연재하고 있었는데, 『상황』의 비평가들은 김수영이 우리 시사에 상당한 기여를 한 것은 인정하지만 그의 문학을 우리 시의 한 지향점이나 민족문학의 지향점으로 보는 것은 문제라고 생각했다고 한다. 따라서 『상황』은 김수영이 아닌 신동엽을 분단역사를 극복하는 우리 시의 한 좌표로 설정하고, 신동엽의 미발표 유고 「서울」과 박봉우의 「시인 신동엽」을 게재했다는 것이다.[2] 이러한 사실은 임헌영·구중서 등이 『창비』에 가담하지 않고 1969년 독자적으로 『상황』을 창간한 맥락을 살펴보는 데 아주 흥미로운 단서가 된다.

　『창작과비평』(이하 『창비』)이 1966년에 나왔어요, 조그맣고 얇은 잡지로 그

---

1) 70년대 민족문학 논의는, 50년대 말 이어령·유종호가 간헐적으로 제기한 '참여론'의 문제의식으로부터 출발하여 60년대 초반부터 진행된 순수참여논쟁을 거치면서 서서히 복원되기 시작한다. 그리고 50년대의 정태용·최일수의 비평, 60년대 초반 『한양』지를 중심으로 한 장일우의 비평, 『상황』을 중심으로 한 구중서·임헌영·임중빈·김병걸의 비평 등이 논의의 심화에 기여한다. 이상갑, 「1970년대 민족문학론의 성과와 한계」, 『1970년대 문학연구』(민족문학사연구소 현대문학분과 편), 소명출판, 2000, 67면.
2) 김수영의 시가 자유를 근간으로 하는 혁명의 민주주의적 이념 추구와 관련되어 있다면, 신동엽의 시는 반외세 자주정신에 기초한 혁명의 민족주의적 요소가 짙게 배어 있다. 김수영으로부터 너무 모더니즘의 세례를 받지 않았다는 지적을 받을 만큼 신동엽의 문학은 누구보다도 민족적·토착적인 성격을 띠고 있었다. 김윤태, 「4·19 혁명과 민족현실의 발견」, 『민족문학사 강좌』 하(민족문학사연구소 편), 창작과비평사, 1995, 241면.

걸 보고 저는 이제 서구 유학하고 온 사람들의 가장 강력한 순수문학이 또 하나 나왔구나 하고 생각했어요. 물론 싸르트르의 『현대』지 창간사 번역이 있었지요. 하지만 그것과 백낙청 선생의 이론이 괴리되고, 그 다음으로는 당시 한국 문단에서 활동하고 있는 작가들의 작품을 수록했는데 주로 심미주의적인 작가들을 실었죠. 왜냐하면 대개 학벌 중심으로 진행됐어요, 서울대 중심으로…… 이청준, 김승옥, 박태순. 박태순의 경우도 사실 1970년대 들어와서 참여문학으로 바뀌어진 거고, 그 당시 서울대 출신들의 문학이란 민족문학도 아니고 리얼리즘도 아니고, 농촌문학도 아니고 완전히 감각파적인 순수문학이었습니다. 지금 읽어보면 사회 문제라든가 민족 문제를 전혀 제기하지 않는 소설들, 말하자면 사회 비판에 가담하지 않는 소설들이 발표되었지요. 그래서 '이거 참 문제가 있다'고 생각했어요. (…중략…) 예를 들어서 '감각', '4 · 19세대'니 이러면서 '신감각파 문학' 이런 게 나오면서, '뭔가 문제가 있다', '이런 속에서 뭔가를 찾아야 되지 않느냐.' 그런 모색을 할 수밖에 없었던 거죠. 그런 모색 속에서 신상웅, 구중서, 김병걸, 백승철, 주성윤 선생과 만나 의기투합해서 '새로운 문학은 이런 게 아니다', '우리가 뭔가 새로운 걸 해야 되지 않느냐.' 이런 생각에서 시작한 게 바로 『상황』을 하게 된 동기였어요.[3]

이처럼 『상황』 동인들은 1960년대 후반 『창비』의 현실의식과 역사의식이 관념성의 한계를 지님으로써 구체적인 행동과 실천으로까지는 나아가지 못한다고 보았다. 또한 당시 『창비』의 문학적 양상이 『산문시대』 −『사계』−『68문학』으로 이어지는 김현 중심의 자유주의문학 계열과도 뚜렷이 변별되는 특성을 찾기 어렵다고 판단했다. 따라서 무엇보다도 강한 민족주의적 성향을 지닌 매체의 필요성을 절감했는데, 『상황』의 창간은 바로 이러한 지향성의 결과라고 할 수 있다. 다시 말해 『창비』가 서구의 진보적 문학론과 사회과학적 지식을 토대로 문학의 사회적 기능론을 추구해 나갔다면, 『상황』은 이념의 측면에서는 『창비』와 동일한 문제의식을 가지고 있었지만 서구지향성에 대한 강한 비판과 우리의 역사적 전

---

3) 임헌영 · 채호석, 「대담−유신체제와 민족문학」, 『증언으로서의 문학사』(강진호 외 편), 깊은샘, 2003, 296면.

통에 입각한 보다 급진적인 문학의 사회적 실천을 모색하고자 했다.4)

　　양심의 마지막 발판인 문학이 한갓 딜레탕티즘의 장식물로 되고 말 것이라
는 두려움이 온다. 그리고 문학을 그렇게 몰고가는 '그들'과 그렇게 되도록 만
드는 '그것'의 움직임은 부끄럼을 모르고 활발하기조차 하다. 시대에 뒤떨어
진 낡은 세계관의 옹고집, 修辭와 미사여구로써 양식과 지성을 마비시키려는
정체불명의 카리스마, 그리고 세속적 이권과 타협을 위해 보호색을 띤 언어테
러리스트들의 난폭, 혹은 서툰 국제주의에 눈멀어 借款文化에 앞장서는 買辦
作家들의 발호 따위는 바로 우리의 영혼을 좀먹는 이 땅의 문단 기생충임이
분명하다. 그리고 인간의 삶을 보다 살찌게 하기 위해 수립된 사회 체제는 과
잉 비대로 폭력화하여 고통스런 不和와 무기력과 좌절을 낳아 문학 조건 전
반에 걸쳐 아주 우울한 그림자를 던져주고 있다.
　　그러나 어떤 狀況惡도 문학의 존재 당위를 더욱 뚜렷이 한다는 점에 우리
는 전적으로 동의한다. 창조의 문학은 단순한 본능적 충동이나 말초적 감각에
의존되어 해결될 수도 없으며, 또 그렇게 해결되어서도 안 된다. 그러므로 韓
國文學을 빙자한 어떠한 범죄도 이를 끝맺기 위하여서 우리는 무엇보다도 이
現實 狀況에 대한 이성적 파악과 창조성의 절대화, 그리고 합리적인 思考의
바탕 위에서 괄호 안에 감금당한 언어들을 직선적으로, 구체적으로, 사실적으
로 해방시켜야 한다고 믿는다. 그것은 짓밟힌 土着精神의 原形을 古墳 속에
서 발굴하고, 도둑맞은 민족의 얼을 끈기 있게 되찾는 고된 작업으로 요약될
수 있다. 우리는 역사에 있어 宿命을 믿지 않는다. 충분히 긴장된 意志로 오
직 事態―그것에 충실할 따름이다.5)

　　인용문은 『상황』의 창간사에 해당하는 글인데, 4월혁명 이후 문학지
형의 변화, 즉 구체적이고 직접적인 현실인식을 바탕으로 문학의 사회
적·실천적 측면을 선도하는 비평의식을 표방하였다. 여기에는 "딜레탕
티즘", "낡은 세계관", "수사와 미사여구", "언어테러리스트들의 난폭",

---

　　4) 임영봉, 『한국 현대문학 비평사론』, 역락, 2000, 225면.
　　5) 「문학조건」, 『상황』 창간호, 1969.8. 이하 『상황』에서 인용한 경우에는 호수(발행 날
　　짜)와 면수만 밝힘.

"차관문화에 앞장서는 매판작가들의 발호" 등 당시 기성세대의 문학이 직면한 부정적 양상과 구조적 모순에 대한 첨예한 비판이 선명하게 부각되어 있다. 따라서 창조의 문학은 단순한 본능적 충동이나 말초적 감각에 의해 해결될 수 없다는 점에서, "현실 상황에 대한 이성적 파악과 창조성의 절대화, 그리고 합리적인 사고의 바탕 위에서 괄호 안에 감금당한 언어들을 직선적으로, 구체적으로, 사실적으로 해방시켜야 한다"는 현실주의 비평정신을 전면화했다.

1960년대 한국 지식인사회는 민족의 주체성과 한국적인 것의 특성을 강조하는 경향이 강하게 대두되었다. 이는 4월혁명 이후 고양된 민족주의의 흐름과 맥락을 같이 하는 것으로, 서구문화에 대한 능동적이고 주체적인 수용과 지나친 미국화를 경계하는 것으로 나타났다. 이러한 한국적 주체성에 대한 강조는 박정희 정권이 경제성장과 관련하여 내세웠던 관주도 민족주의 담론과도 일정한 관련성을 지닌다. 즉 사대주의 근성 타파, 민족의 '주체의식' 등 정신적 측면을 강조하고, 한국사회의 문화와 체질의 특수성을 강조하는 '민족적 민주주의'의 성격을 지니고 있었던 것이다.

그런데 '민족적 민주주의'는 강대국의 간섭과 예속에 저항하거나 민족의 통일을 이야기하는 차원의 민족주의에 대해서는 배제의 논리를 앞세웠다. 이는 4월혁명 이후 거세게 대두되었던 민족주의 담론을 분화시킨 구조적 차원의 규정력으로 작용하였다.[6] 따라서 1960년대는 민족을 특권화하는 배제와 위계의 논리를 표면화했던 관주도 민족주의에 맞서는, 저항과 해방의 담론적 기능을 지닌 '민중적 민족주의'의 성격을 강하게 드러냈다. 당시 군부독재에 항거한 민주화운동과 분단현실의 극복을 위해 제기된 통일운동 역시 이러한 '민중적 민족주의'에서 비롯된 것이라고 할 수 있다. 1960년대 『상황』의 현실주의 문학비평은 당대의

157

---

6) 홍석률, 「1960년대 한국 민족주의의 분화」, 『1960년대 한국의 근대화와 지식인』(정용욱 외), 선인, 2004, 200~201면.

민족주의적 성격을 바탕으로 궁핍한 시대로서의 역사적 현실에 직접 참여하는 태도를 드러냈다.

2. 『상황』의 현실주의 비평담론

1) 참여문학론의 계승과 리얼리즘론의 심화

(1) 역사적 현실인식과 민중의식의 실천

임헌영은 1960년대 문학이 "역사의 얼이 빠져버린 시대"에 대한 올바른 문제의식을 갖지 못한 채 "한밤중에 머무르고 있"다고 보았다. "수동적이며 소극적이 아닌 능동력으로서의 존재"에 대한 자의식을 확립함으로써 "순수한 존재론에서 벗어나야" 함에도 불구하고, 당대의 문학은 "방향 감각을 잃어버린 이 가난한 시대에 시인은 무엇을 위하여 존재하는가"와 같은 근본적인 질문에 대해서조차 해답을 갖지 못했다는 것이다. 따라서 그는 "순수 존재론의 정지된 역사의식을 가지고 시를 쓰니까 예나 지금이나 시인은 대중으로부터 추방"된다고 말하면서, "역사를 의식하지 않는 찰나적인 향락의 표현이며, 건강이 아닌 병의 표현"인 기형예술로부터 벗어나야 한다"고 주장했다. 또한 "한 존재의 추구가 아니라 존재와 존재의 관련성"에 주목함으로써 "'연대의식'을 갖고 있는 '우리'의 문제를 제기"하는 민중의식의 현실화를 모색하였다. 뿐만 아니라 구세대의 보수적 문학관을 혁신하고 맹목적 서구편향의 반주체적 태도를 비판함으로써 우리 민족의 "원형"과 "얼"을 구체적으로 되살리는 주체적 역사의식을 확립하고자 했다.

빈핍한 시대란 역사의 얼이 빠져버린 시대를 뜻한다. 방향 감각을 잃어버린 이 가난한 시대에 시인은 무엇을 위하여 존재하는가. (···중략···) 역사의 얼이 빠져버린 오늘의 상황 속에서 시인은 그 얼을 되찾아야 한다. 그래서 한밤중에 머무르고 있는 역사를 한낮으로 이동시켜야 한다. 한 때 역사의 얼이 머물렀다가 간 자취를 찾아 새로운 얼을 고취시켜야 된다.

잃어버린 역사의 얼을 찾는 작업은 존재의 탐구에서 비롯한다고 하이데거는 주장한다. 여기에서의 존재란 순수를 등진다. 즉 순수한 존재는 곧 없음(無)과 마찬가지다. 따라서 하이데거는 존재를 제1능동력으로 표현한다. 수동적이며 소극적이 아닌 능동력으로서의 존재는 모험이 따른다. 모험을 수반한 존재는 이래서 다른 존재와 관련작용을 맺게 된다. 존재와 존재의 연관성─이것이 곧 역사의 얼이 된다.

따라서 시인의 노래는 순수한 존재론에서 벗어나야 한다. (···중략···) 이처럼 능동적인 존재론을 통한 역사의 얼을 찾는 작업이 오늘의 시인이 지녀야 할 과제다. 그러나 오늘의 많은 시인들은 사명감을 잃었다. 따라서 이 가난한 시대의 시인은 무엇을 위해 존재하는지, 새삼스럽게 의문을 불러일으키게 한다.[7)]

임헌영은 예술의 두 가지 기능인 아폴론적 기능과 디오니소스적 기능 중에서 '디오니소스'를 당대 예술의 본질로 삼아야 한다고 했다. 주지하다시피 예술의 두 가지 기능은 아폴로와 디오니소스다. 아폴로식 예술은 단정하고 주지적 경향을 따르는 것으로 질서를 존중하며 찬미하는 반면, 디오니소스의 예술은 자유분방하며 정동적이므로 기존질서를 붕괴시키려는 능동적 요소를 갖고 있었다. 따라서 아폴로가 현실찬미자인데 비해 디오니소스는 현실비판론자가 된다. 고대 사회에서 아폴로는 귀족의 예술이었고 디오니소스는 노예의 예술이었다. 플라톤이나 루소가 배격한 예술은 바로 이 연약한 아폴로파의 예술이었다. 그래서 역사를 움직여 온 예술은 항상 디오니소스의 예술이었다. 이런 점에서 임헌영은 모든 예술은 디오니소스를 지향해야 하며 모든 예술사는 이를 중심으로 기록해야 한다고 주장했다.[8)]

159

---

7) 임헌영, 「예술론(상)」, 창간호, 20~22면.

구중서는 4월혁명 이후 김수영의 변화가 상징적으로 보여주듯이, 1950년대 모더니즘시가 1960년대로 넘어가는 통시적 변화과정을 주목하였다. 당대의 구체적 현실에 대한 관심과 이를 토대로 한 올바른 역사의식의 확립이 1960년대 문학지형의 변화를 가져온 가장 중요한 요인이 되었다고 보았던 것이다. 따라서 그는 "도시문명이나 과학이나 주지주의"를 앞세웠던 기성의 모더니즘적 시세계를 비판하고, "불쌍한 조국의 현실"을 직시함으로써 "역사적 당위"와 "창조적 주체의 질량"을 확보했던 박봉우와 신동엽의 시를 가장 높이 평가했다.[9] 이는 1960년대 후반 우리 시에 나타난 모더니즘이 "언어와 기교의 말초화를 추진하여 의미 없는 맹목의 시예술로 산화되어 버렸다"는 비판적 성찰의 결과이다. 따라서 구중서는 "60년대 말에서 70년대로 넘어가는 오늘에 있어서 다시 모더니즘은 일어나서 무엇을 할 것인가"라는 강한 회의감을 표명하면서, 1960년대 문학은 더욱 '역사의식'에 밀착해야 한다고 보았다.[10]

> 오늘의 문학은 참다운 民衆의 것이어야 한다. 民衆의 여러 가지 삶의 형태와 그 주위에서 벌어지는 諸現象을 민중의 言語로써 표현해야 한다. 왜냐하면 민중은 곧 民族의 單子이기 때문이다. 民衆意識에 기초되지 못한 衒學의 예술론과 그것에 맹목이 되어버린 知的 曲藝가 문학의 존립 자체를 위협하고 있기 때문이다.
>
> 民族史觀에의 열띤 관심, 歷史意識 강조, 경제적 민족주의의 提起 등 최근 精神史의 反省은 民衆에 대한 새로운 인식이 아닐 수 없으며 이제 작가는

---

8) 임헌영, 「예술론(상)」, 24면.
9) 이런 점에서 『상황』 동인들은 1969년 상반기 한국 시단을 점검하면서, 신동엽의 죽음 이후 우리 시의 현실이 너무나도 우울한 기상도와 같이 변해버렸다고 탄식하였다. "그(신동엽)가 가버리자 인제 갑자기 다시 전 시단이 기존감각, 기존관념, 기존사상, 기존이미지, 기존스타일들의 전시장이나 난무장으로 화해 버린 것 같은 느낌이 오는군요 (…중략…) 무엇보다도 한국인이 한국의 서정, 한국의 시어로 시작하지 않고 서구의 시인들이 창조해내어 이미 기존감각, 기존관념 등에 속하게 된 이미지나 분위기 등을 외국시인의 작품에서 훔쳐내어 번역해서 약간 수정해 놓은 것 같은 작품들의 전시장 같아졌다는 뜻이지요." 구중서·주성윤, 「상반기 시평」, 창간호, 99면.
10) 구중서, 「한국 현대시의 전개」, 창간호, 61~73면.

민중 속으로 들어가 그들과 만나지 않으면 안되게 되었다. 민중에 대한 作家 개인의 所屬感, 민중에 대한 自覺의 부여, 當代의 비극을 民族主義라는 전체성에서 구체적·사실적으로 파악할 때 문학의 充足理由律과 必要條件은 훌륭히 이루어지는 것이다. 疎外된 多數와 寡頭的 支配라는 現實惡 속에서 民衆意識의 형성과 民族文學의 展開만이 참다운 가치요, 도덕이다. 살아있는 文學이란 바로 그것이다.[11]

구중서에 의하면 1960년대 문학은 "참다운 민중의 것"을 지향함으로써 민족주체성을 우선적으로 확립해야만 했다. 민족사관에의 열띤 관심, 역사의식 강조, 경제적 민족주의의 제기 등을 통해 민중에 대한 새로운 인식을 지녀야 한다는 것이다. 따라서 민중은 곧 민족을 구성하는 가장 근본적인 단위라는 점을 분명하게 인식함으로써 민중의식의 형성과 민족문학의 전개를 당대의 문학이 지향해야 할 가장 중요한 과제로 삼았다. 이러한 태도는 "민중의식에 기초되지 못한 현학의 예술론과 그것에 맹목이 되어버린 지적 곡예가 문학의 존립 자체를 위협하고 있"다는 당대의 문학지형에 대한 철저한 반성에서 비롯된 것이다.

백승철 역시 1960년대의 문학적 현실에 대해 "문학은 있으나 문학성은 없고, 글쟁이는 있으나 작가는 없고, 시는 있으나 시인은 없는 문학인 부재의 시대"라고 규정하였다.

> 서구의 작가가 어쩌구 저쩌구, 현대문학이 이러구 저러구 나발거리는 것이 문제가 아니라, 잠적해버린 민족문학의 수립과 민족 전통에 입각한 문학의 주체화가 시급하며, 거기에 현실적인 사회 정의 실현에 작가들이 투혼해야 된다는 어려운 부채를 이중으로 짊어지고 있는 것이다. 그러나 결코 절망해서는 안 된다. 문학은 그 현실 상황이 악랄하면 악랄할수록 더 결집된 에네르기로서 삶이 결코 헛되지 않는다는 축복된 결의를 보여주어야 한다. (…중략…) 오직 무정부상태에 빠진 작가의식의 혼란과 사회참여 정신의 불안정한 자세, 그

161

---

11) 「문학조건 2」, 제2호, 1972년 봄, 3면.

리고 사회로부터 각각 유리된 개인과 그 개인으로부터 다시 소외된 고독과 고립이라는 운명, 단절된 체험과 무책임한 자의로 현실을 미화하려는 일부 개화주의적 감상파들에 의해 무모하게 던져진 자유의 주사위에 대한 적절한 비판과 응징이 요구되는 것이다.12)

백승철은 당대의 현실을 "문학과 시대의 위기"로 진단했다. 왜냐하면 "문학인들의 직무유기와 문학성의 행방불명, 사이비 문단인들에 의한 정치적 비밀 흥정의 발호, 부패언론과 야합한 매스 데모크라시의 꽈배기식 제도 이탈, 악덕 문단 행상인들에 의해 자행되는 대중의식의 무자비한 수탈, 섹트의식이 낳은 가짜 문학인의 대량 생산"과 같은 구조적 문제가 도처에 산재해 있었기 때문이다. 따라서 그는 "남는 것은 위장된 예술론과 그것의 비호를 받는 쭉쟁이 작품들"뿐이고, "역사적 전통은 완전히 말살되었으며, 진정 문학이 담아야 할 이 시대의 아픔은 영영 외면당한 채 문학은 점점 야위어가기 시작"할 뿐이라고 보았다.

이러한 문학적 현실의 비민주성은 "소외된 다수와 과두적 지배라는 상황악"이 만연된 한국문단의 고질적인 병폐에서 비롯되었다. "문학을 정치적 수단으로 삼고 작당화한 사이비 문인들의 횡포와 매명과 인기독점에 급급해 부패언론과 결탁, 문학의 품위와 격조를 짓밟고 매스콤의 먹이가 되어 버린 일부 인기작가들의 무절조한 정신적 난음"으로 "수치스런 문학의 자기파괴"가 끊임없이 조장되어 버렸던 것이다. 따라서 백승철은 "어느 시대, 어느 사회를 막론하고 작가의 존재 이유는 그가 지닌 말의 틀 속에 그가 본 현실을 부정하는 데 있다"13)는 점을 무엇보다도 강조했다.

이와 같은 맥락에서 임헌영은 "오늘날 예술이 당면한 가장 무거운 자유는 곧 권력과의 직접 대결"이라고 하면서, "이를 회피하는 모든 자유

---

12) 백승철, 「문학과 시대의 위기」, 창간호, 89면.
13) 백승철, 「문학과 시대의 위기」, 74~76면.

는 의사자유"라고 말했다. 즉 1960년대 순수문학론자들이 주장한 외부 현실로부터의 문학의 자유는 사실상 "의사자유"에 불과했다고 보았던 것이다. 결국 기성세대의 보수적 문학관을 등에 업은 순수문학론은 모순된 현실이나 권력과의 직접적인 대결을 의도적으로 외면함으로써 "권력의 시녀"라는 비판으로부터 결코 자유로울 수 없었다. 따라서 『상황』은 "권력의 시녀인 자유를 참된 민중의 소유물로 만들어 주기 위해서 오늘의 예술은 권력과 맞서" 싸워야 한다는 민중의식을 그들의 비평 정신으로 정립하였다. 민중에게 역사의식을 불어넣어 줌으로써 예술이 진보를 향해 나아갈 때 참된 예술이 창조될 수 있다는 것이다. 이를 구체적으로 실현하기 위해서는 당대의 역사적 현실에 바탕을 둔 창작방법론의 정립이 우선적으로 요구되었다. 작가는 생활과 현실의 구체성 속으로 들어가서 그 어떤 이데올로기의 구속도 의식하지 않는, 현실 이상의 진실을 창조하는 예술적 동력을 확보할 필요가 있었기 때문이다.14) '리얼리즘'은 바로 이러한 현실주의 문학론의 구체적 실천을 위해 제기된 가장 유효한 문학정신이요 방법론이었다고 할 수 있다.

(2) 리얼리즘의 본질과 논쟁에 대한 비판적 성찰

『상황』은 1960년대 참여문학론을 민족주의에 기초를 둔 민중문학론과 리얼리즘론으로 발전시키는 새로운 방향성을 모색하였다. 정치부문에 있어서의 반독재 민주화운동, 역사학 쪽의 자생적 근대화론과 주체적 사관의 대두 등 1960년대 지식인담론의 확산을 바탕으로 구체적인 역사의식과 현실인식을 드러냈던 것이다. 특히 서구적 논리가 아닌 한국문학의 전통 속에서 진보적 문학론을 이끌어내고자 했다는 점에서 그 주체적 정신과 태도는 상당히 높이 평가할 만하다.15)

---

14) 구중서, 「상황의 현상적 인식」, 제2호, 33면.
15) 이러한 현실참여의 정신과 태도는 1960년대 전반의 『한양』, 『청맥』을 이어가는 참

구중서는 무엇보다도 당대의 역사적 현실에 바탕을 둔 문학적 실천을 강조하였다. 따라서 그는 "역사의식이나 전통의식"은 없고 "복고주의"만 있을 뿐인 서정주의 신화주의적 세계인식16)과, 문학의 현실참여를 단순한 '참가' 정도로 파악하고 '문학을 위한 문학'도 '사회를 위한 문학'도 아닌 '자기를 위한 문학'만이 진정한 참가의 문학이라는 궤변을 늘어놓은 이어령에 대해서 비판적 태도를 드러냈다.17)

임헌영은 1960년대 문학은 당대 현실에 대한 응전의 산물이 되어야 한다고 말했다. 특히 우리 비평의 전통론을 비판적으로 성찰하면서 한국문학을 주체적 역사의식과 사회학적 토대를 통해 새롭게 바라볼 것을 주장했다. 그는 전통의 개념을 보수적이거나 복고적인 산물이 아니라 합리성과 과학성을 동반하는 근대성의 징표로 보았다. 따라서 그의 비평은 한국문학의 근대성이 일방적인 서구화로 흐르는 것을 철저하게 경계함으로써 진보적 역사관과 근대적 문학전통을 주체적으로 결합시키고자 했다.

우리 비평사에서 리얼리즘론은 대체로 1970년대 문학비평의 성격을 규정하는 쟁점으로 인식되어 왔다. 1960년대 후반 참여문학론이 마무리되는 단계에서 리얼리즘론이 부상했고, 1970년대 이후 민족문학론과 연계됨으로써 그 질적 수준을 심화시켰기 때문이다. 하지만 1960년대 리얼리즘론이 개념적 이해의 차원에 머무르는 한계를 지녔다고 할지라도 1970년대 리얼리즘론의 질적 성숙에 미친 영향력은 상당히 컸던 것이 사실이다. 따라서 1960년대와 1970년대를 양분해서 리얼리즘을 인식하기보다는 연속성의 관점에서 바라볼 필요가 있다.

여문학론의 연속성을 견지한 것이고, 구중서·임헌영 등이 『상황』을 창간하기 이전부터 지속적으로 제기하였던 문제의식의 연장선상에서 이루어진 것이다. 따라서 『상황』이 1970년대 전반에 주로 간행된 매체임에도 불구하고 1960년대의 비평정신에 더욱 가까이 다가서 있는 이유도 바로 여기에 있다.

16) 구중서, 「서정주와 현실도피 — 역사의식과 현실인식의 결여 비판」, 『청맥』, 1965.6.
17) 구중서, 「소설가 이어령의 도로(徒勞)」, 『청맥』, 1966.7.

1960년대 리얼리즘론은 이어령의 「한국소설의 맹점―리얼리티의 문제를 중심으로」에서 본격적으로 쟁점화된다. 여기에서 그는 리얼리티를 중심으로 한국 소설의 문제점을 논의했는데, 솔거의 「노송도(老松圖)」에서처럼 사실(事實)에만 충실한 것은 리얼리티를 지닌 예술이 아니라고 보았다.

> 우리가 예술작품을 놓고 곧잘 사용하는 리얼리티란 말이 결코 사실(事實)과의 일치를 뜻하지 않는 것임을 알 수 있다. 솔거의 노송도에 새가 와서 앉았다는 것을 가지고 그 작품에 리얼리티가 있다고 생각하는 사고야말로 가증할 상식의 병이다. 도리어 그것은 솔거의 그림에 리얼리티가 없었음을 의미하는 거다. (…중략…)
> 예술은 현실과 같아서는 안 된다. '……인 것처럼' 보여야 한다. 어디까지나 유사해야 한다. 이 한계를 넘어선 것은 리얼리티가 없을 뿐만 아니라 예술성도 없다. '사실과 같으면서도 같지 않는데' 리얼리티의 파라독스가 있기 때문이다.[18]

이어령은 리얼리티란 단순히 현실을 재현하는 것만으로는 결코 실현될 수 없다고 보았다. 다시 말해 리얼리즘이 최소한의 현실성에 바탕을 두어야 하는 것은 사실이지만, 실재성을 구현했다고 해서 그것이 곧 리얼리즘 예술이 되는 것은 아니라는 것이다. 따라서 그는 "사실 속에 리얼리티가 있는 것이 아니고 일류전 속에 리얼리티가 있다"고 하면서 상상력과 리얼리즘의 상관성을 특별히 주목하였다.

이러한 관점은 모사론의 차원에 머물러 있던 종래의 리얼리즘론에서 한발짝 나아가고 있다는 점에서 의미부여를 할 수 있다. 하지만 그의 리얼리즘론은 한국소설이 리얼리티를 결여함으로써 서구의 소설에 비해 현저히 열등하다고 비판하는 데 근본적인 의도가 있었다는 사실에 심각한 문제가 있다.[19] 즉 이어령의 리얼리즘론은 한국문학의 전통에

---

18) 『사상계』 문예특집호, 1962.11.

대한 비관적 인식을 전제로 서구추수적이고 사대주의적인 논리에 빠져 버림으로써 한국문학의 전통을 부정하기 위한 비평적 근거로 작용했던 것이다.

이러한 이어령의 관점에 대해, 상식에 기댄 말재주에 불과하며 사대 주의적이고 민족비하적인 사고방식의 결과라고 비판하고, 사실과 리얼 리티의 관계를 중심으로 리얼리즘의 문제를 새롭게 접근한 비평가가 바로 김순남이다. 그는 리얼리티란 생활의 실재성에 토대를 두면서도 생활의 실재적 반영뿐만 아니라 생활재료의 내부적 구조에서 유출되는 본질적인 것으로의 개연성을 내포해야 한다고 보았다. 즉 생활의 구체 성 속에서 깊은 생활의 미를 발견하고 준열한 시대의 양심을 견지해야 만 한다는 것이다. 따라서 그는 당대의 리얼리즘론은 창작방법론의 차 원을 넘어서 현실을 어떻게 인식하고 바라보느냐 하는 문학정신의 차 원에서 충분히 논의될 필요성이 있다고 하였다.[20]

1970년 4월 『사상계』는 1960년대 리얼리즘론을 결산하고 정리하기 위해 특집좌담을 마련하였다. 여기에서 구중서와 김현은 리얼리즘을 이 해하는 관점에 있어서 첨예하게 맞서는데, 이를 계기로 리얼리즘론은 1970년대의 가장 중요한 비평적 쟁점이 되었다. 당시 구중서와 김현이 펼친 논쟁의 핵심은 4월혁명 이후 한국문학을 바라보는 인식의 차이와 우리 문학에서 리얼리즘의 본질을 어떻게 이해할 것인가의 문제로 정 리될 수 있다.

구중서에 의하면, 1930년대 염상섭, 현진건의 문학은 사회 또는 인간 생활을 객관적으로 묘사하는데 그쳤을 뿐 역사의식이라든가 이상주의 적 요소를 작품에 담아내는 창조적 작업을 수행하지는 못했다. 또한 "상황의 전모에 대한 공정한 묘사를 통해서 재구성하고 재창조한 작가 의 세계관이 약했기 때문에" "완성된 리얼리즘이라고 보기는 어렵고 리

---

19) 김영민, 『한국현대문학비평사』, 소명출판, 2000, 308면.
20) 김순남, 「사실과 리얼리티」, 『한양』, 1963.9, 148~149면.

얼리즘적 요소를 지닌 자연주의의 단계"에 머물러 있을 뿐이었다. 따라서 구중서는 우리 사회에 시민의식이 비로소 형성되었다고 볼 수 있는 4월혁명 이후에야 리얼리즘의 현실화가 본격적으로 가능해졌다고 주장했다.

반면에 김현은 4월혁명 이전에도 리얼리즘 문학은 분명히 존재했음을 강조하면서 구중서의 견해를 정면으로 반박했다. 구중서의 주장에서처럼 리얼리즘을 혁명적·진보적 태도와 연결지어 진취적 성향을 보이지 않는 것은 리얼리즘이 아니라 자연주의라고 보는 태도는, 경직된 이데올로기를 앞세워 문학을 획일적으로 재단해 버리는 도식주의의 한계를 드러낸다는 것이다. 따라서 김현은 리얼리즘을 올바르게 인식하는 데 있어서 무엇보다도 중요한 문제의식은 한국의 현실에 내재된 모순을 직관으로 파악하는 작가의 놀라운 투시력과 그것을 가능케 하는 상상력이 되어야 한다고 했다. 이런 점에서 염상섭의 『삼대』, 채만식의 『탁류』와 같은 작품은 현실에 대한 투철한 분석력과 저항정신을 가지고 있는 아주 좋은 리얼리즘 작품이라고 평가했다.[21]

『상황』 제2호는 「리얼리즘에 관한 諸論爭 再錄」[22]이라는 제목으로 1960년대 리얼리즘론을 재수록하는 특집기획을 마련하였다. 여기에는 2

167

---

21) 김현의 리얼리즘에 대한 거부는 문학의 '집단성'에 대한 비판의 성격을 강하게 드러낸다. 이는 문학의 정치적 종속을 거부한 염상섭의 문학관으로부터 영향을 받은 듯하다. 염상섭은 "문예는 개인성에 출발하여 개인성의 자유와 집합성의 정당(正當)이 획일적으로 조화되는 사회를 이상으로 하는 윤리적 사명을 가져야 할 것이다"(「문학상의 집단의식과 개인의식」, 『문예공론』 제1호, 1929.5)고 말했다. 이러한 발언은 개인성을 집합성의 종속으로 보는 카프의 논리에는 개인의 자유와 개성의 자유로운 창조적 능력에 대한 억압이 존재한다는 것이며, 그렇기 때문에 정치적 목적을 위해 문학을 수단화하는 도구적 합리성에 대하여 문학가는 단호한 거부의 의사를 표해야 한다는 주장이 함축되어 있다. 김형수, 「염상섭·예술·근대성」, 『사림어문연구』, 제12집, 1999, 201~202면 참조.
22) 구중서·김윤식·김현·임중빈(사회), 「4·19와 한국문학」; 임헌영, 「도식주의비평」; 구중서 「한국리얼리즘문학의 형성」; 김현, 「한국소설의 가능성」; 김윤식, 「70년대 비평개관」; 염무웅, 「리얼리즘의 심화시대」; 김병걸, 「리얼리즘논쟁」; 임헌영, 「한국문학의 과제」; 최일수, 「민족적 리얼리즘」; 김양수, 「민족적 리얼리즘의 정체는 무엇인가」.

호부터 동인으로 참여한 김병걸의 활약이 가장 두드러졌는데, 그는 『상황』을 통해 줄곧 '리얼리즘론'에 천착하면서 1960년대 참여문학론을 리얼리즘문학론으로 심화시키는 데 상당한 기여를 하였다.23)

김병걸은 『사상계』의 좌담에서 대립의 각을 세웠던 구중서와 김현이 그들의 생각을 구체화해 다시 평문으로 발표한 「한국 리얼리즘 문학의 형성」24)과 「한국소설의 가능성」25)에 대해 비판적으로 정리하였다. 여기에서 그는 구중서의 비평에도 내츄럴 리얼리즘에 대한 잘못된 관점이 있지만 우리 문학의 진로로 리얼리즘을 명확히 제시하고 있다는 점에서 대체로 긍정적인 평가를 내린 반면, 김현의 리얼리즘론에 대해서는 상당히 부정적인 견해를 제시했다.

김현은 그의 글에서 리얼리즘의 發想과 어휘 규정 및 그 과정과 終末에 관하여 길게 말을 늘어놓았는데, 그의 意見의 핵심은 19世紀的 리얼리즘의 記述方法의 모순, 리얼리즘의 圖式化, 사물의 再現에만 치중하는 模寫 一邊倒와 그 진부성, 소셜리얼리즘의 難破 등등, 요컨대 리얼리즘의 不當性을 논박하는데 집중되어 있다. 「韓國小說의 可能性」 속에 표명된 이와 같은 논란의 키노우트는 샹프레리의 '본 것만을 쓰는' 이른바 소박한 模寫論에 根幹을 두고 있는 리얼리즘을 겨냥해서 발포한다. 리얼리즘은 이미 낡아빠진 圖式主義라고 규정하고 뒤랑띠와 샹프레리의 소박한 모사론적 리얼리즘에 대하여 열띤 논조를 뿜어대는 김현의 글이야말로 패러독시하게도 圖式主義의 함정에 빠져 있는 것이다. 왜냐하면 구중서의 「한국 리얼리즘문학의 형성」은 물론, 현금의 우리 文人의 어느 누구도 뒤랑띠나 샹프레리式의 리얼리즘에의 復古를 제창한 사람은 없고, 또 리얼리즘을 하필이면 이 두 사람의 것으로 귀착시

---

23) "나는 그 이전에는 리얼리즘에 관해 별로 아는 바가 없었다. 동인들의 영향이랄까 종용이랄까 그런 분위기에서 또는 몇 개의 외국어를 좀 안다는 만용으로 리얼리즘에 관한 책을 많이 읽고 연구도 했다. (…중략…) 아무튼 나는 『상황』의 당면목표가 민족문학과 리얼리즘의 확립이어서 리얼리즘에 관한 글을 쓰지 않을 수 없었다." 김병걸, 『실패한 인생, 실패한 문학』, 창작과비평사, 1994, 235~236면.
24) 구중서, 『창작과비평』, 1970년 여름. 본 논문에서는 『상황』 제2호에서 재인용.
25) 김현, 「한국소설의 가능성—리얼리즘 별견」, 『문학과지성』, 1970년 가을. 본 논문에서는 『상황』 제2호에서 재인용.

켜 놓고 공박하는 행위가 도식적이며 狹量이 아니고 무엇이겠는가.26)

김현은 1960년대 리얼리즘론의 성격을 소박한 모사론과 도식주의로 규정해 버리는 심각한 독단에 빠져 있었다. 심지어 리얼리즘론자들의 태도를 '사회주의적'인 것으로 몰아세우는 이념적 경직성을 드러내기도 했다. 하지만 당시 리얼리즘론자들 중에 어느 누구도 사회주의 리얼리즘의 수용을 직접적으로 언급한 비평가는 없었다. 오히려 그들은 소련의 사회주의 리얼리즘이 도식적 교조성을 극복함으로써 리얼리즘 이론의 심화와 예술적 성취를 이루어낼 수 있었다는 사실을 주목하였다. 따라서 1960년대 리얼리즘론자들은 사회주의 리얼리즘을 비판적으로 수용함으로써 리얼리즘의 본질을 객관적으로 인식하고자 했다고 보는 것이 타당하다.

이처럼 구중서와 김현의 첨예한 논쟁을 통해 더욱 쟁점화된 1970년대 리얼리즘 논쟁은, 리얼리즘에 대한 근본적 인식과 문학관의 차이, 그리고 당시 문단의 헤게모니를 둘러싼 제도적 차원의 대립을 표면화시켰다. 하지만 이러한 논쟁의 과정은 1970년대 이후 한국 리얼리즘론의 이론적 체계화와 논리적 심화에 상당한 기여를 했던 것이 사실이다. 특히 구중서는 리얼리즘이 단순한 현실의 객관적인 묘사에 그치는 것이 아니라 미래에의 '비전'과 결부되어 계몽적·해방적 역할을 수행한다는 점을 무엇보다도 강조함으로써 리얼리즘론의 질적 수준을 제고했다. 그러나 그의 견해는 현실에의 충실과 비전을 기계적으로 결합시키는 데 머무름으로써 양자의 연관관계를 총체적으로 설명하는 데까지는 심화되지 못했다. 루카치식으로 말하자면 '전망(perspective)'의 개념에까지는 도달하지 못한 한계를 지녔던 것이다.

이러한 빈틈을 파고 들어온 것이 바로 김현의 상상력론이었다. 그는 명민하게도 예술에서의 객관적 진리를 부정함으로써 현실묘사의 무력

---

26) 김병걸, 「리얼리즘 논쟁」, 제2호, 176~177면.

169

함을 주장하고 오직 상상력만이 이러한 문제에 대한 해결책이 될 수 있다고 주장했다. 다시 말해 예술이 상상력의 산물이라는 명제는 리얼리즘의 도식화를 방지하는 이론적 근거를 제시해준다는 것이다. 더욱이 김현은 중산층의 형성[27]이 아직 미약한 한국의 현실에서 당대의 사회 구조적 모순을 리얼리즘적 기법으로 드러낸다는 것은 소시민적 영웅주의나 패배주의로 흐를 위험성이 있음을 경계했다. 결국 김현이 주장하는 리얼리즘 비판은, 백낙청·구중서·염무웅·임헌영·김병걸 등의 리얼리즘론이 사회주의 리얼리즘과 밀접한 관계를 맺고 있다는 의구심에서 비롯된 결과였다고 할 수 있다.[28]

김병걸은 이와 같은 감정적 논리에 의해 전개되는 리얼리즘론을 비판적으로 성찰함으로써 리얼리즘론의 이론적 체계화와 역사적 흐름에 대한 정리를 시도했다. 그 결과 「20세기 리얼리즘의 동향」(2호), 「르네상스기의 리얼리즘」(3호), 「현대소설과 리얼리즘」(4호), 「19세기 리얼리즘문학」(5호)을 『상황』을 통해 지속적으로 발표하고, 이를 더욱 발전적으로 체계화하여 본격적인 리얼리즘 이론서인 『리얼리즘문학론』(을유문화사, 1976)[29]을 간행하기도 했다. 여기에서 그는 르네상스 시대의 풍자문학과

---

27) 1960년대 지식인의 분화양상을 살필 때 주목해야 할 담론 중의 한 가지가 바로 중산층 논쟁이다. 이 논쟁에는 1960년대 근대화와 관련하여 광범한 지식인들이 참여했는데, 『정경연구』, 『청맥』 등의 매체를 중심으로 전개되었다. 1960년대 초 근대화담론이 확산되고, 경제개발이 실시되자 대부분의 지식인들은 중산층을 확대하는 방식으로 근대화를 달성해야 한다고 주장했다. 이와 같은 중산층 논쟁은 근대화의 주체와 밀접한 관련이 있고, 경제개발과 성장을 둘러싼 논쟁이었을 뿐만 아니라 사회적 재분배의 문제와 민주주의 기반과 담당층 같은 정치적 문제와도 관련이 있다. 정용욱, 「5·16쿠데타 이후 지식인의 분화와 재편」, 정용욱 외, 『1960년대 한국의 근대화와 지식인』, 선인, 2004, 176~177면.

28) 이상갑, 『한국근대민족문학비평사론』, 소명출판, 2003, 242면.

29) 이 책의 구성을 살펴보면, 「리얼리즘에 대한 논란」, 「리얼리즘과 노미널리즘」, 「르네상스와 리얼리즘」, 「로망스론」, 「근대철학과 리얼리즘」, 「19세기 리얼리즘의 역사적 배경」, 「19세기 리얼리즘에의 길」, 「러시아 리얼리즘문학」, 「20년대 한국 리얼리즘문학 비판」 등으로 이루어져 있다. 이처럼 그는 리얼리즘을 역사적으로 살펴보면서 리얼리즘의 원리와 시대적 의미에 대해 깊이 있는 연구결과를 보여주고 있다. 이는 당시의 리얼리즘논쟁이 지닌 표피성과 허구성을 넘어서는 진지한 학술적 탐색이라는 점에

민간설화 등을 '윤리적' 리얼리즘, 우화와 관련한 '풍자적' 리얼리즘, 정신과 물질의 이분법을 비판하는 '합리적' 리얼리즘, 그리고 '강조적' 리얼리즘, '모방적' 리얼리즘, '암시적' 리얼리즘, '카톨릭' 리얼리즘 등 리얼리즘에 대한 다양한 수식어를 구사하고 있다. 이는 추상적 개념이나 명제에 집착한 리얼리즘의 관념적 성격을 지양하고 경험적 리얼리티를 강조함으로써 주관적인 것과 객관적인 것의 양편향을 지닌 선험적 이념형으로서의 리얼리즘의 성격에 대한 비판적 시각을 드러낸 것이다. 이러한 김병걸의 태도는 리얼리즘의 기본 원칙에 충실하려는 것으로 루이스의 '합리적 리얼리즘'으로부터 영향을 받았다고 할 수 있다.

> 루이스의 철학은 '합리적 리얼리즘(reasoned realism)'의 특색을 띠고 있는데, 합리적 리얼리즘은 정신적인 것과 물질적인 것의 사이를 구별짓게 하는 이분법(二分法)이란 존재하지 않는다고 주장한다. 모든 경험은 현실과 이상, 특수와 보편, 주관과 객관의 이중적 국면을 나타낸다. 경험은 한편에서 보면 주관적이지만 다른 편에서 보면 객관적이다. 요컨대 물질적·정신적 작용은 동일한 과정의 표리와 같은 관계에 지나지 않는다. 이원론(二元論)을 부정하는 루이스는 그의 이론을 예술 분야에 적응시켜, 리얼리즘과 아이디얼리즘의 구별을 제거하고자 시도했다. 경험적이며 자연에 충실하는 예술을 내세우는 리얼리즘과는 대립적으로, 아이디얼리즘은 보통 비경험적인 예술을 지향한다. 그러나 루이스는 아이디얼리즘을 현실 그 자체 속에 있는 이상적인 것을 포착하는 리얼리즘의 높은 형태라고 규정하고 있다.[30]

171

김병걸의 리얼리즘론은 당시 우리 문단 일부에서 주장한 리얼리즘 불신론에 대한 문제제기로서의 성격을 지녔다. 그가 루이스의 리얼리즘론을 특별히 주목한 이유도 리얼리즘에 회의적인 논자들에게 창작의 본질을 설득력 있게 제시해 줄 수 있다고 보았기 때문이다. 루이스에게

서 상당히 의미있는 성과가 아닐 수 없다.
30) 김병걸, 「19세기 리얼리즘에의 길」, 『리얼리즘문학론』, 을유문화사, 1972, 93면.

리얼리즘은 모든 문학 생산의 기본 원칙에 해당하는 것으로, 무엇보다도 객관현실의 계기와 작가의 미적 이상 그리고 그 미적 이상을 규정하는 작가의 이념이나 세계관을 올바르게 인식하고 있었기 때문이다. 따라서 김병걸은 로망스와 근대소설을 비교하며 문학의 리얼리즘운동이 최고조에 이른 19세기 리얼리즘 특히 러시아 리얼리즘을 가장 중요하게 인식하였다.[31]

> 西歐의 문학과는 달리, 러시아에서 리얼리즘 문학이 싹트기 시작한 것은 1730년대부터이다. 그러나 러시아의 리얼리즘이 튼튼한 토대를 구축하고 본격화하게 된 것은 푸쉬킨과 고골리의 시대, 즉 1830년대 이후이다. 이 나라에서의 리얼리즘은 처음부터 민중의 해방운동과 밀접한 관계를 유지하면서, 항상 러시아 文學의 주류를 형성했던 것이다. 리얼리즘은 근대 市民社會의 성립의 시기에, 자연과학과 사회과학의 발달을 배경으로 하고 있는데, 후진국 러시아에서 선진국을 앞질러 리얼리즘이 나타나게 된 것은 특이한 현상이다.
> 러시아文學에 있어서 리얼리즘이 발생하게 된 근원적 요인은 散文의 발달을 가져오게 한 저어널리즘의 성장과 문학 정신을 촉진시킨 사회적 조건 등이다. 農奴制, 전제정치, 역사의 진행을 가로막는 체제의 모순, 이러한 諸與件에 대항해서 러시아의 문학적 지성은 끝없는 싸움을 전개했다. 그런 까닭에 러시아문학은 엄밀한 의미에서 傾向文學이다. 러시아의 소설 내용과 당대의 정치적·사회적 제문제와의 관련은 함수 관계로서 밀접해 있다. 러시아에서는 專制主義가 지배하고 있었으므로 문학 이외에 정신적 힘을 발산할 곳을 찾는다는 것은 거의 불가능하였다. 검열제도가 혹심해서 사회비판은 단 하나의 放水路로서의 문학이라고 하는 형식을 취하지 않을 수가 없었다. 결국 러시아의 리얼리즘은 이 나라의 암흑정치가 낳은 필연적 문학현상인 것이다.[32]

19세기 러시아의 리얼리즘문학은 "암흑 정치가 낳은 필연적 문학현상"으로 역사적·정치적 성격을 지녔었다. 즉 후진적 사회였던 19세기

---

31) 이상갑, 앞의 책, 248면.
32) 김병걸, 「19세기 리얼리즘 문학」, 제5호, 76~77면.

러시아에서 리얼리즘은 처음부터 철저하게 민중에 대한 사명의식과 직결되어 있었고, 그 사명의식은 러시아의 농민해방운동을 비롯한 선구적인 사회사상을 담고 있었다. "민중의 이상과 감정의 표현자로서, 진실의 고지자로서 또한 그런 까닭에 참된 뜻의 생활의 교시자로서"의 문학의 기능을 강조했던 것이다. 따라서 이러한 문학의 사명에 대한 자각을 통해 러시아문학은 "사상성·국민성·현실성"을 더욱 촉진시켜 리얼리즘문학을 서구의 모방이 아닌 독자적인 것으로 형성시켰다.[33]

이런 점에서 김병걸은 19세기 러시아의 리얼리즘문학을 1960년대 이후 우리 문학이 나아가야 할 방향으로 설정하고, 그 동안의 한국 리얼리즘문학의 전개양상에 대해 비판적 성찰을 했다. 한국의 리얼리즘문학은 러시아문학의 영향을 가장 많이 받았음에도 불구하고 러시아문학의 본질적인 이념이나 심층을 제대로 파악하지 못하고 지극히 표피적이고 지엽적인 것에만 매달렸다는 것이다. 따라서 그는 우리의 초기 리얼리즘문학이 피압박 민족으로서 한민족의 역사의 현장, 비극적 운명, 생활실태와 그 고통 등을 문학의 제재로 수용하고 소화하고 내질화(內質化)하지 못했다는 점을 비판한다.[34] 다시 말해 사회의식의 형성과 핍박받는 민중의 공동체정신을 확립하기 위한 이념의 창조가 당대의 리얼리즘문학이 갖추어야 할 가장 필수적인 요건이 되어야 한다는 것이다.

임헌영은 "리얼리즘은 기법이 아니라 정신"이라는 점을 분명히 하면서, "리얼리즘→혁명→사회주의"라는 순수문학론자들의 "거짓 도식"에 대해 "리얼리즘의 본질을 모르는 맹인의 논리"라고 비판했다. 김현과 같은 획일적 관념론자들은 리얼리즘을 사회주의 혁명의 도구로 생

173

---

33) 김병걸, 「민중과 문학」, 『실천시대의 문학』, 실천문학사, 1985, 30면.
34) 19세기 러시아는 문학인에 대한 전제적 정부의 박해와 탄압이 유럽의 다른 나라에서 볼 수 없을 정도로 가혹했다. 그리하여 19세기 러시아 문학의 역사는 순교자의 역사이며 고역의 기록이었다. 따라서 김병걸이 민족 자체 내의 대표적 저항문학을 19세기 러시아의 비판적 리얼리즘문학에서 찾은 것은 필연적인 것이었다. 이상갑, 앞의 책, 245면.

각하거나 소박한 기법의 문제로 생각하는 오류에 빠져있다는 것이다. 따라서 그는 그동안 리얼리즘이 "고전적 리얼리즘→자연주의적 리얼리즘→비판적 리얼리즘"으로 발전해 왔다고 파악했다.

리얼리즘이 첫 모습을 보인 것은 비판적 리얼이다. 이것은 사회 전체의 리얼한 비판과 함께 작가 자신의 내부적인 정열이 묘하게 조화를 이룬 藝術美였다. 이 비판적 리얼리즘은 서구에서 성숙한 자본주의의 사회체제를 바탕삼아 자라난 예술미학이었다. 초기 자본주의 사회에서는 이른바 자연주의에 가까운 리얼리즘의 前信을 볼 수 있다. 중세 봉건주의 사회에서의 리얼리즘은 고전적 리얼리즘이며 이는 헤겔의 표현대로 이데와 형상이 조화를 이룬 것으로 나타난다. 이와 같은 리얼리즘의 발전사를 도해하면, 고전적 리얼리즘→자연주의적 리얼리즘→비판적 리얼리즘이 된다. 비판적 리얼리즘에서 社會美의 세계는 20세기에 접어들게 되고 이에 따라 藝術美 역시 몇 갈래로 나뉘지게 된다. 즉 한편으로는 사회주의 리얼리즘이 되고 다른 한 쪽은 부르죠아의 리얼리즘이 된다. 後者의 경우는 관념론적인 추상예술과 야합하여 리얼리즘 원래의 정신을 망각해가는 과정에 놓이게 되었다. 아니면 소시민 의식이나 센티멘탈리즘으로 전락해가기도 한다.

여기서 그럼 우리는 어떤 형태의 리얼리즘을 취할 것인가란 문제가 나온다. 이미 社會美에 따라 그 시대의 藝術美는 결정된다는 것을 밝혔다. 그럼 우리가 처하고 있는 시대의 社會美는 무엇인가를 미리 밝힐 필요가 있다. 우리는 燕岩에서 비롯한 리얼리즘에서 이제 얼마나 더 발전한 社會美를 갖고 있을까. (…중략…) 우리가 가져야 할 藝術美는 리얼리즘이며 우리가 창조해야 될 리얼리즘은 바로 민족적 리얼리즘이다. 이외의 모든 추상예술은 역사를 그릇되게 만들 가능성이 있다. 우리는 圖式의 시대에 처해 있다. 어느 도식이 옳느냐가 문제다. 리얼리즘 이외의 어떤 도식도 허위임을 우리는 역사에서 분명히 익혀야 한다.[35]

임헌영은 "우리가 창조해야 될 리얼리즘은 바로 민족적 리얼리즘"이

---

35) 임헌영, 「한국문학의 과제-민족적 리얼리즘에의 길」, 『현대문학』, 1971.3. 여기에서는 『상황』 제2호, 191~193면에서 재인용.

고 "이외의 모든 추상예술은 역사를 그릇되게 만들 가능성이 있다"고 주장했다. 여기에서 '민족적 리얼리즘'은 민족현실을 반영하는 것으로, 분단의 현실과 통일에 대한 의지를 바탕으로 미학적 방법론을 정립할 것을 강조했던 최일수의 비평의식36)과 같은 맥락에 있다. 당대의 현실에 대한 '참여'의 수준을 넘어 '분단'과 '민족'의 문제에 집중적인 관심을 보였던 것이다. 이는 1960년대 리얼리즘론에 대한 비판적 문제제기로부터 진정한 의미에서 리얼리즘의 이론적 체계화를 모색하고, 이를 '민족문학론'으로 심화·확대하려는 성숙된 비평의식의 결과라고 할 수 있다.37)

2) 분단현실의 극복과 민족문학론의 정립

(1) 민족주의의 성격과 민족문학론의 이원화

민족주의는 국가주의, 국민주의38) 등 그 표현의 다양성만큼이나 복

---

36) 최일수, 「민족적 리얼리즘」, 『현대문학』, 1971.4. 본 논문에서는 『상황』 제2호에서 재인용.

37) 리얼리즘이 문학예술의 정당한 방법임을 천명하는 것과 시기를 같이 하여 문학의 현실연관성 명제의 심화는 또 다른 한 방향으로도 이루어졌다. 그것은 문학이 지향해야 될 이념문제이다. 즉 당대의 구체적인 현실의 모순을 어떻게 파악하고 그를 지양하기 위해 문학이 나아가야 될 목표를 규정하는 이념을 어떻게 모토화할 것인가 하는 물음이 방법의 문제와 동시에 제기된 것이다. 그 응답이 바로 민족문학론이다. 민족문학론은 물론 리얼리즘론 자체는 아니어서 민족문학론의 발전이 직접적으로 리얼리즘론의 이론적 진전을 도운 것은 아니었지만, 민족문학론이 자신의 비평적 원리로서 리얼리즘을 강고하게 내포하고 있었고 또한 이념으로서의 민족문학론의 지반이 되는 현실에 대한 인식은 바로 리얼리즘의 구체적 근거를 이루는 것이었기에 1970년대 민족문학론의 전개는 리얼리즘에 대한 이해를 깊고도 넓게 하였다. 유문선, 「남한 리얼리즘론의 전개과정」, 실천문학편집위원회 엮음, 『다시 문제는 리얼리즘이다』, 실천문학사, 1992, 32~33면.

38) '민족'과 '국민'은 모두 'nation'의 번역이지만, 그 개념의 형성배경이나 의미에서는 다소 차이가 있다. 즉 서구의 경우 '국민=민족'의 등식은 비교적 자연스럽게 성립되지만, 우리나라와 같이 피식민지 경험을 갖고 있는 제3세계의 경우 '국민=민족'의 등

잡한 개념이다. 민족주의는 처음부터 우리에게 주어졌던 개념이 아니라 근대 자본주의의 발전과정에서 특정한 목적을 추구하고자 했던 정치세력들의 압력의 산물로 형성된 것이다. 따라서 민족주의는 근대 자본주의 발전과정에서 권력을 잡고 있는 자들의 목적을 정당화하기도 했고, 거기에 저항하는 세력들을 모으는 역할을 하기도 했다.[39] 특히 우리의 경우 혈통·언어 등에서 동질성을 확보하고 있을 뿐만 아니라, 식민지 민족해방투쟁과 한국전쟁, 그리고 분단현실을 겪으면서 민족주의는 저항이데올로기로서의 특성을 강하게 드러냈다.[40]

1960년대 이후 민족문학 논의는 1950년대 최일수와 정태용의 민족문학론으로부터 『한양』·『청맥』 등 진보적 지식인 잡지의 민족에 대한 역사적 인식을 거쳐 『상황』 동인들에 이르러 더욱 구체적인 쟁점으로 부각되었다. 그런데 민족문학론의 성격을 둘러싸고 보수진영과 진보진영 간의 인식의 차이가 선명했다는 점에서 당시의 민족문학론은 첨예한 논쟁의 대상이 되지 않을 수 없었다. 보수진영과 진보진영 모두 민족문학론을 주장했지만, 보수진영이 '과거'와 '전통성'을 강조하며 이 용어를 사용했다면, 진보진영은 '현실'과 '미래성'을 중시하며 이 용어를 사용하는 현격한 차이를 드러냈던 것이다.[41] 이와 같은 보수 / 진보

176

식은 결코 자연스럽지 못하다. 왜냐하면 '민족'이란 말 속에는 제국주의 세력에 대한 대타의식과 주체의식이 강하게 내재되어 있기 때문이다.

39) 민족주의란 결국 민족을 특권화하는 배제와 위계의 담론이다. 따라서 어떤 시대나 지역에서는 민족주의가 제국주의를 정당화하는 침략적 이데올로기로 기능하기도 하고, 다른 시대와 지역에서는 민족주의가 저항과 해방의 담론으로 작동하기도 한다. 하정일, 「탈민족 담론과 새로운 본질주의」, 『민족문학사연구』 제25호, 민족문학사학회, 2004.7, 390면.

40) 사실 민족이라는 공동체의 존립근거를 정당화하는 데 있어서 가장 근본적인 역할을 하는 것은 이른바 인종(혈통)과 언어일 것이다. 이것들은 가장 직접적인 소여라고 여겨지는 만큼 '민족의 자연성'을 입증하는 선험적 근거가 될 수 있다. 더욱이 오랜 시간에 일정하게 제한된 지역에서 고유한 언어와 피를 이어왔다는 우리의 경우, 혈통과 언어는 민족의 순결성을 입증하는 가장 든든한 근거가 된다. 차승기, 「'민족' 담론의 미래와 가능성」, 『한국문학과 민족주의』(한국문학연구회 편), 국학자료원, 2000, 251면.

41) 정태용·최일수는 김동리로 대표되는 보수적 민족문학론을 비판하면서 진보적 민

의 대립은 1960년대 순수참여논쟁의 연장선상에 있었던 것으로, 지극히 단순한 도식이긴 하지만 순수=보수, 참여=진보라는 공식이 어느 정도 설득력을 가지는 현실적 이유가 되기도 했다. 결국 1960년대 민족문학론은 보수적 민족문학론과 진보적 민족문학론으로 이원화되는 양상을 초래하고 말았다.

1970년 10월 보수진영의 한국문인협회에서는 『월간문학』에 '민족문학론' 특집을 마련하여 문덕수·이형기·김상일·김현 등의 글을 게재했다. 그런데 이들의 민족문학론에 대해서 염무웅·임헌영 등이 신랄하게 비판하면서 민족문학논쟁은 본격적으로 쟁점화된다. 『상황』은 제3호에 이들의 글을 재수록함으로써 민족문학론에 대한 자신들의 입장을 정리하였다.[42]

김상일은 민족의 개념을 풍속·양식·관습 등을 공유하는 동류의식으로 파악함으로써 민족문학의 원형을 '신화'를 통해 발견하려 했고, 문덕수는 민족의식이 반영된 문학을 민족문학으로 정의하고 '설화, 향가, 가사, 고전소설' 등 고전문학의 전통 속에 이러한 민족의식이 농후하게 투영되어 있다고 보았다. 그리고 이형기는 작가는 언어 속에 내재된 한 민족의 특유한 사상과 감정, 역사와 전통을 충분히 인식할 수 있는 사람이 되어야 하고, 질적으로 우수한 문학작품은 그 언어 속에 스며 있

177

족문학론을 제기하였다. 정태용은 '민족'이란 용어가 근대 시민사회와 더불어 형성된 '민족국가'와 함께 등장한 개념이라고 지적한다. 따라서 민족문학을 우리 문제를 주체적으로 행동하고 체험하고 사상하고 해결해 가는 산인간의 감정과 이성과 지성의 바탕을 옳게 조직하고 형성한 작품이라고 정의한다. 그리고 최일수는 현단계 민족문학의 과제란 전통의 올바른 계승과 외래문학에 대한 비판적인 섭취의 통일 문제로 파악하고, 그 바탕 위에서 이념대립과 분단의 현실 상황에서 통일 지향의 새로운 민족문학론을 수립해야 한다고 주장한다. 이처럼 이들에 의해 주도된 진보적 민족문학론의 방향은 구체적인 역사성 위에 놓여 있었는데, 이는 민족문학의 현대적 방향이 서구의 현대문학의 비판적인 섭취와 전통의 올바른 계승을 통한 주체성의 확립에 있다고 보았기 때문이다. 남원진, 『남북한의 비평 연구』, 역락, 2004, 136~138면.

42) 김상일, 「민족문학의 기원」; 문덕수, 「고전문학과 민족의식」; 김현, 「민족문학, 그 문자와 언어」; 이형기, 「민족문학이냐, 좋은 문학이냐」; 임헌영, 「민족문학에의 길」; 염무웅, 「민족문학, 이 어둠 속의 행진」; 백철, 「민족문학의 오늘과 내일」.

는 민족 특유의 사상과 감정, 역사와 전통을 보다 효과적으로 반영할 수밖에 없다는 점에서, 역사·전통·언어를 민족문학의 형성조건으로 삼고자 했다. 이처럼 보수진영의 민족문학에 대한 인식은 대체로 고전 문학적 전통에 뿌리를 둠으로써 복고주의적인 태도로 귀결되는 한계를 지니고 있었다.

이에 비해 김현은 우파적 보수주의, 복고주의, 계몽주의가 민족문학 의 근간을 이룬다고 보고, 해방후의 순수문학파들인 김동리·서정주· 박두진·박목월·조지훈 등의 문학이 쉽게 민족문학으로 규정될 수 있 었던 것도 이러한 민족문학의 세 지주가 그들의 행동반경을 지탱하였 기 때문이라고 파악한다. 또한 그는 민족문학에는 국수주의적이고 권력 지향적인 측면이 있음을 비판하면서 '민족문학'이라는 용어 대신에 '한 국문학'이라는 용어를 사용할 것을 주장했다. 문학은 세계와 자기 사회 의 모순을 계속 주시하고 그것을 문자로 표현하지 않으면 안 된다는 점 에서 문학 앞에 '한국'이라는 관형사가 붙을 수 있어야 한다는 것이다. 따라서 그는 한국어로써 자기가 살고 있는 시대의 분위기의 핵을 가지 는 것이 참다운 민족문학의 길이라는 점을 강조했다. 하지만 김현의 이 러한 관점 역시 민족문학을 "한국 우위주의라는 가면을 쓴 패배주의자 의 문학"으로 규정하려는 비관적 인식에서 비롯된 것이란 사실을 간과 해서는 안 된다.[43]

이러한 보수진영의 민족문학론에 대해 임헌영은 "식민의식 속에서 자라온 문학"의 결과라고 강도 높게 비판했다.

> 얼마전 모 월간지에서 「민족문학」 특집을 꾸몄다. 가장 악질적으로 이들은 민족문학 박멸 작전을 폈다. 주로 日帝下에서의 민족문학을 다룬 이들 논객

---

43) 이러한 김현의 태도는 한국적 특수성보다 서구의 보편성에 기대어 민족문학을 인식 한 데서 비롯된 것이다. 따라서 구중서는 김현의 이러한 태도에 대해 해방후 50년대 후반을 절정으로 하여 외국문학에 경도되었던 체험에서 감염된 세계 시민적 관념의 소산이라고 비판했다. 구중서, 「70년대 비평문학의 현황」, 『창작과비평』, 1976년 가을.

들은 이렇게 주장했다. 당시 프로문학에 대한 반발로 민족문학이 생겼다고. 이것은 프로문학의 이론도 모르고 민족문학의 이론도 모르는 소리다. 프로문학은 민족문학의 대전제가 있은 후에 가능한 것이다. 또 민족문학이란 당시 日帝의 침략 이데올로기에 간접적으로 동조한 것이었다. 따라서 굳이 쓴다면 이것은 민족문학이 아니라 反民族문학이 된다. 누군가는 '민족문학'이란 낡은 말이니 '한국문학'이라고 부르자는 제의를 했다. 민족문학보다 더 새로운 문제점을 주는 말이 또 어디 있을까. '한국문학'도 낡았으니 '네오 코리아 문학'이라고 부르면 좋겠다는 억설이 나옴직하다. 이런 논리는 지금 우리의 문학이 식민지적 의식에서 벗어났다는 전칭 긍정이 성립된 후에 가능하다. 그렇다면 어째서 우리의 문학은 식민지적 상황에서 벗어났다는 증명을 한 뒤, 우리는 이제 민족문학을 필요로 하는 것이 아니라 새로운 문학을 필요로 한다고 주장해야 될 것이다(사실 우리에게 새로운 문학이란 民族文學밖에 없다).44)

임헌영은 당대 현실이 식민지적 의식으로부터 여전히 자유롭지 못하다는 사실을 직시함으로써 이러한 "石化된 식민의식"을 벗어나는 것이 바로 민족문학을 되찾는 길이라고 보았다. 이러한 비판적 현실인식은 「민족문학 명칭에 대하여」,45) 「민족문학론의 사적 전망」46) 등의 후속 평문을 통해 더욱 구체화되었는데, 이를 통해 그는 우리 문학사의 전개과정에서 민족문학론이 차지하는 위치와 역할을 매우 치밀하게 논증하였다. 즉 해방 이전 프로문학의 전통을 창조적으로 계승하는 동시에 1950년대 이후 잠재되어 왔던 민족문학론의 성과를 창조적으로 복원하고자 했던 것이다. 따라서 그는 최일수·정태용의 민족문학론을 발전적으로 계승함으로써 분단현실을 초극하는 민족문학론의 새로운 방향성을 모색하고자 했다.

六·二五戰爭과 더불어 後半期에 들어선 오늘날 우리 文學에 있어서 新

---

44) 「민족문학의 길」, 『예술계』, 1970년 겨울호. 본 논문에서는 『상황』 제3호에서 재인용.
45) 『한국문학』, 1973.11.
46) 『세계의문학』, 1978.12.

人의 位置란 무엇보다도 現代意識과 傳統繼承을 密着시켜야 하는 문제가 그 어느 때보다도 要求되고 있는 그러한 時代的 特質을 지니고 있는 것이다. 그리하여 現實의 不安에만 사로잡혀 苦惱만 하고 갈피를 잡지 못하던 西歐의 前半期的 絶望과 分裂의 世代를 넘어서야 했고 또한 民族文學의 새로운 展望과 그 方向을 啓示하기 위하여 一般的인 槪念을 止揚하면서 展開되어야 하는 文學運動의 具體的인 문제와 그 方法이 提起되고 모색되어야만 했다. (…중략…) 이 새로운 形態의 '휴머니즘'이란 民族과 人間이 密着된 가운데 이루어져야 할 人間옹호의 정신을 말하는 것이다. 그리고 그것은 무엇보다도 分斷된 國土에 삶을 영위하는 우리 民族이 統一을 갈망하는 現代的인 民族精神과 융합되는 것이며 또한 現實의 不條理를 克服해낼 수 있다. 行動的인 感性이 科學的인 理智 속에서 繼起的으로 成長해 가는 새로운 人間性의 創造的 根源의 契機를 啓示해 주는 唯一한 精神이라 믿는다.[47]

최일수에 의하면 민족문학의 새로운 전망과 그 방향을 계시하기 위해서는 새로운 형태의 휴머니즘이 있어야 했다. "민족과 인간이 밀착된 가운데 이루어져야 할 인간옹호의 정신"이 "통일을 갈망하는 현대적인 민족정신과 융합"됨으로써 "현실의 부조리를 극복해낼 수 있"는 방향으로 나아가야 한다고 보았던 것이다. 이는 현대에 파생된 인간의 불안의식과 허무의식을 극복하며 동시에 한국문학의 휴머니즘을 탐구하는 것이 민족문학이라고 보는 입장이다. 따라서 그의 민족문학론은 분단조국의 통일을 열망하는 민족정신에서 출발하여 전통과 서구사조의 올바른 결합에 의한 민족문학의 현대화를 지향하는 자세를 취함으로써 당시 민족문학론 중에서 최고의 수준을 보여주었다고 평가된다.[48]

정태용의 민족문학론 역시 해방직후의 민족문학론과 1970년대의 민족문학론을 연결하는 아주 중요한 연결고리였다. 즉 1950년대 문학에

---

47) 최일수, 「우리 문학에 있어서 신인의 위치 – 민족문학의 현대화를 중심으로」, 『문학예술』, 1956.2, 114면.
48) 박헌호, 「50년대 비평의 성격과 민족문학으로의 도정」, 『한국전후문학연구』(조건상 편), 성균관대 출판부, 1993, 244면.

대한 비판적 진단과 우리 문학의 진로에 대한 새로운 모색을 위해 분단 현실을 세계사적 모순의 현장으로 인식한 최초의 소중한 불씨였다고 할 수 있다.49) 그는 민족을 혈통이나 지역의 개념 또는 추상적 민족정신의 차원으로 보았던 종래의 논의와는 달리 민족을 근대 시민사회의 형성과 더불어 나타난 역사적인 개념으로 받아들였다. 따라서 민족문학이란 민족주의문학도 복고주의문학도 아니라고 규정하였을 뿐만 아니라, 한민족이 창조한 문학은 모두 민족문학이라는 관점에 대해서도 비판적이었다.50)

> 무엇이나 다 民族文學이 될 수는 없다. 우리는 問題를 主體的으로 行動하고 體驗하고 思想하고 解決해 가는 산 人間의 感情과 理性과 知性의 바탕을 옳게 組織하고 形象한 作品만이 民族文學일 것이요 또 그것이 우리 文學者가 遂行해야 할 文學上 任務가 아니고 다른 어디에 있을 것인가? 人間的으로나 民族的으로나 危機에 直面했다고 느끼면 느끼는 그만치 어떠한 方法으로도 逃避하거나 回避할 수 없이 맡아서 해내야 할 일이 바로 民族文學이란 命題 속에 들어 있는 것이다. (…중략…)
> 그러나 問題는 반드시 世界史的 意味를 갖는 政治的 軍事的 大事件에만 있는 것이 아니라, 오히려 이러한 것을 時代의 中軸으로 하고 思潮로 한 속에 사는 日常的 生活의 바탕일 것이니, 그러한 感動이나 行動이나 思想이나 生活을 거짓없이 組織하고 構築하는데서 오늘 우리 文學의 歷史的 特徵과 그 새로움이 우리 앞에 發掘되어 展開될 것이다.51)

이러한 태도는 민족의 생존조건이 철저히 파괴된 비극의 현장 위에서 민족의 정체성을 찾으려는 것으로, 1950년대 민족문학론의 관념성과 추상성을 넘어서는 구체적인 현실인식을 보여준 것임에 틀림없다. 이처럼 최일수, 정태용의 민족문학론은 우리 비평이 전후의 냉전적 태도를

---

49) 최원식, 『민족문학의 논리』, 창작과비평사, 1982, 357~358면.
50) 한수영, 『한국 현대 비평의 이념과 성격』, 국학자료원, 2000, 69~70면.
51) 정태용, 「민족문학론－개념규정을 위한 하나의 시고」, 『현대문학』, 1956.11, 48면.

지양하고 구체적인 민족의 현실로 나아가게 하는 뚜렷한 방향성을 제시해 주었다. 즉 막연하고 추상적인 인간성 옹호로부터 현실과 사회의 제관계에 의해 규정당하는 구체적이고 역사적인 인간의 문제로 관심의 방향을 돌리는 계기를 마련해 준 것이다. 다시 말해 역사적이고 사회적인 제특징이 인간의 성격을 형성시킨다고 전제하고, 인간성이란 그것을 형성하는 역사적이고 사회적인 생활로부터 구해져야 함을 역설했던 것이다. 따라서 최일수는 민족의식이나 민족의 자주성 확립 혹은 민족의 현실이란 말들은 하나의 구체적 현실태로 귀결되는 것이며, 인간성의 옹호를 부르짖는 휴머니즘도 바로 이러한 구체적인 현실의 지점으로부터 비롯되지 않으면 안 된다는 사실을 강조했다. 그것은 바로 '분단된 조국의 현실'이며, 민족문학의 과제란 '분단의 극복'을 의미하는 것이었기 때문이다.52)

(2) 진보적 민족문학론의 전통과 연대의식

『상황』 동인들은 최일수, 정태용이 제기한 진보적 민족문학론의 전통을 적극적으로 수용하고 분단과 통일의 문제를 민족문학의 화두로 내세움으로써 『창비』와의 차별화를 시도했다. 또한 서구 중심의 문학론에 기댄 관념적 현실참여의 한계를 드러냈던 『창비』와는 달리, 전통에 대한 주체적 인식과 구체적 실천으로서의 현실참여를 강조했다. 임헌영이 당시 『창비』의 성격을 민족문학도 아니고 리얼리즘도 아닌 감각파적인 순수문학이라고 규정했던 것이나,53) 구중서가 『창비』 초기의 모습이 『문지』 비슷하게 주지적인 성격을 드러냈다고 평가한 것54)은 바로 이러한 차별화된 의식에서 비롯된 결과라고 할 수 있다.

---

52) 한수영, 앞의 책, 77~78면.
53) 임헌영·채호석, 앞의 책, 296면.
54) 구중서·강진호, 「대담-1960·70년대 민족문학」, 앞의 책, 368면.

1960년대 『창비』의 모습은 지식인의 현실참여라는 관념적 한계를 크게 넘어서지 못했던 것이 사실이다. 즉 서구의 이론가들이 주장한 현실참여의 논리와 문학사회학적 이론들을 번역해서 수록함으로써 한국문학의 현실에 대한 비판적 견해를 대변하는 지성주의적 성격을 강하게 드러냈던 것이다. 따라서 『창비』의 정체성은 당위적이고 관념적인 차원에 머무름으로써 한국문학의 현실에 적극적으로 대응하는 실천적 성격이 상당히 결여될 수밖에 없었다. 이런 점에서 『창비』의 초기 모습에서 민족주의에 대한 관심이나 민족문학에 대한 뚜렷한 비평의식을 찾아내기는 사실상 어렵다.

하지만 1960년대 후반에서 1970년대로 넘어가는 시점에서부터 『창비』의 성격은 기존의 보수적인 문협 체제에 반대하는 비판적 문인들의 연합체적 성격을 지님으로써 적극적인 변화를 모색했다. 이때부터 『창비』와 『상황』은 문학과 현실의 관계를 중심에 놓은 현실주의 문학론과 이를 토대로 한 민족문학론의 전개에 있어서 공통된 지향성과 연대의식을 드러냈다.[55]

민족문학의 개념을 고수할 것을 요청하는 어떤 구체적인 민족적 현실이 있어야 한다. 즉 민족문학의 주체가 되는 민족이 우선 있어야 하고 동시에 그 민족으로서 가능한 온갖 문학활동 가운데서 특히 그 민족의 주체적 생존과 인간적 발전이 요구하는 문학을 '민족문학'이라는 이름으로 구별시킬 필요가 현실적으로는 존재해야 하는 것이다. 다시 말해서 그것은 민족의 주체적 생존과 그 대다수 구성원의 복지가 심각한 위협에 직면해 있다는 위기의식의 소산이며 이러한 민족적 위기에 임하는 올바른 자세가 바로 국민문학 자체의 건강한 발전을 결정적으로 좌우하는 요인이 되었다는 판단에 입각한 것이다.
이렇게 이해되는 민족문학의 개념은 철저히 역사적인 성격을 띤다. 즉 어디

55) 『창비』와 『상황』의 차별의식과 연대의식은 백낙청의 증언에서도 확인할 수 있다. "1970년대에 들어서는 『상황』 동인들이 『창비』와 여러모로 협력하면서 제가 많이 배웠고 그 분들도 『창비』에 적잖은 기여를 했어요. 그래도 일정한 차이는 유지되지 않았나 싶습니다." 백낙청·하정일, 「대담─민족문학운동의 역사와 미래」, 앞의 책, 455면.

까지나 그 개념에 내실(内實)을 부여하는 역사적 상황이 존재하는 한에서 의의있는 개념이고, 상황이 변하는 경우 그것은 부정되거나 보다 차원높은 개념 속에 흡수될 운명에 놓여 있는 것이다. 따라서 이러한 민족문학론은 민족이라는 것을 어떤 영구불변의 실체나 지고의 가치로 규정해놓고 출발하는 국수주의적 문학론 내지 문화론과는 근본적으로 다르다. 현실적으로, 그러니까 정치·경제·문화 각 부분의 실생활에서 '민족'이라는 단위로 묶여져 있는 인간들의 전부 또는 그 대다수의 진정으로 인간다운 삶을 위한 문학이 '민족문학'으로 파악되는 것이 가장 바람직한 때와 장소에 한해 제기될 뿐이며, 그 때와 장소의 선정은 어디까지나 '진정으로 인간다운 삶'에 대한 모든 인간의 염원을 공유하는 입장에서 이루어지는 것이기 때문이다.[56]

백낙청은 그 동안의 민족문학론이 국수주의적이고 복고적인 차원의 한계를 지니고 있었음을 비판하면서 구체적인 민족의 현실에 바탕을 둔 민족문학론의 새로운 전개가 필요하다고 역설하였다. 즉 민족문학의 주체가 되는 민족이 우선 있어야 하고, 민족의 주체적 생존과 발전을 위해 필요한 문학이 되어야 한다는 것이다. 따라서 그는 일제 식민지 시대를 거쳐온 우리의 역사적 특수성에 비춰볼 때 민족 구성원의 대다수를 차지한 민중들의 탈식민의식을 표현하고 계발하는 것이 참다운 민족문학이고, 민중의식을 민족의 역사적 사명에 부응하는 시민의식으로 발전시키는 과업이 민족문학의 본질이 되어야 한다고 보았다.

이런 점에서 『상황』과 『창비』는 분단현실의 극복과 민중의식에 바탕을 둔 민족문학을 함께 지향함으로써 현실주의적 연대의식을 더욱 공고히 하였다. 1970년대 중반 『상황』의 폐간 이후 구중서·임헌영·김병걸 등이 『창비』의 주요 필자로 함께 활동하게 된 것도 이러한 연대의식에 의해 가능했다고 할 수 있다.

---

56) 백낙청, 「민족문학 이념의 신전개」, 『월간중앙』, 1974.7. 여기에서는 「민족문학 개념의 정립을 위하여」, 『민족문학과 세계문학』, 창작과비평사, 1978, 124~125면에서 재인용.

한국의 現代文學은 민족분단의 비극을 고발하고 민족적 一體感을 일깨우는 작업을 추진해 왔다. 이 작업을 전개해 온 것이 현실의식의 문학이며 참여의 문학이며 사실주의의 문학이었다. 이른바 70년대 사실주의 定着化가 있기까지 우리의 작업의 主題는 실로 민족의 挾生이었다. 그것은 바로 우리를 생존케 하고 인간다울 수 있게 하는 條件이기 때문이었다.[57]

이상에서처럼『상황』은 한국 사회의 특수한 역사적 현실과 주체적인 민중의식에 대한 자각을 통해 분단현실의 극복과 통일을 향한 민족문학의 정립을 궁극적 목표로 삼았다. 이는 분단체제의 공고화와 이념의 획일화에 따른 민중들의 현실적 고통과 이데올로기적 상처를 감싸안음으로써 우리 문학이 인간의 양심과 민족의 현실을 느끼고 표현하고 형상화하는 일에 힘써야 한다는 책임의식에서 비롯된 것이다.『상황』동인들은 이러한 시대적 요구에 부응하기 위해 어떤 매체보다도 충실하게 1960~70년대 한국문학이 나아가야 할 올바른 방향성을 모색하는데 주력했다.

하지만『상황』이라는 매체는 당대의 첨예한 비평적 문제들을 직접적으로 쟁점화시키지는 못했다. 따라서 구중서·임헌영·김병걸 등『상황』동인들의 개별적 활동에 비해 동인지『상황』이 가진 비평사적 의미는 두드러지지 않았다. 왜냐하면 이들 비평가들이 1960년대 이후부터 우리의 현실주의 비평담론을 선도해온 대표적 비평가임에는 틀림없지만, 그들이 주관한『상황』이라는 매체를 통해서는 이를 구체화하지 못한 채 기존의 논의들을 총괄적으로 정리하는 재수록 형식에 머물러 있었기 때문이다. 1960년대 초반『비평작업』동인들과『상황』동인들은『창비』나『문지』에콜에 비해 내부적 결속력이 상당히 약했다. 이러한 느슨한 관계는 그들 자신의 문학적 이념을 생산하거나 확대하는 과정에 있어서 동인들 상호간의 유기적 연대가 담보되지 못한 데서 비롯되었다고 할 수 있다.

185

---

57)『문학조건 4』, 제4호, 5면.

하지만 『상황』의 비평은 해방 이후 거의 단절되다시피 한 진보적 문학론을 서구적 논리가 아닌 한국문학의 전통 속에서 새롭게 정립하고자 했다는 점에서 그 비평사적 위상을 결코 간과해서는 안 된다.[58] 1960년대 문학비평은 전후비평과의 세대론적 인정투쟁을 통해 기존의 보수적 문학론을 혁신하는 진보적 문학론을 지향했다. 그런데 1960년대 후반에 이르면 이들 신진비평가들 사이에도 조금씩 균열이 생기기 시작했는데, 『창비』 중심의 현실주의 문학론과 『문지』 중심의 자유주의 문학론으로 첨예하게 양분되었던 것이다. 게다가 1969년 『창비』의 문학관에 대한 비판적 인식을 전제로 분단현실의 극복을 민족문학의 과제로 제시한 『상황』이 창간되면서 소위 '창비파'·'문지파'·'상황파'로 비평의식의 분화가 이루어졌다. 이처럼 『상황』은 1960년대 후반에서 1970년대 전반에 이르는 우리 비평사의 가장 중요한 세 꼭지점 중의 하나였음에 틀림없다.

186

---

58) 임영봉, 앞의 책, 221면.

제6장

1960년대 현실주의 문학비평사의 정립

　1960년대 현실주의 문학비평은 4월혁명의 정신으로 전후세대의 보수적 문학론을 혁신하였을 뿐만 아니라, 1950년대 정태용·최일수 등에 의해 제기되었던 민족문학론의 전통을 계승하는 비평사의 연속성을 견지하였다. 또한 문학과 현실의 관계를 주목하여 한국사회의 구조적 모순을 신랄하게 비판함으로써 문학비평의 현실참여적 성격을 강조하였다. 그런데 이러한 담론적 실천은 사실상 전후세대의 영향권 아래 있었던 『현대문학』·『자유문학』·『문학예술』 등의 기성 매체로는 감당하기 힘든 과제였다. 따라서 새로운 세대의 비평적 실천은 어떠한 문학권력으로부터도 자유로운 독립적 매체의 창간을 필수적으로 요구했는데, 『한양』·『청맥』·『창비』·『상황』 등은 바로 이러한 역할을 담당하기 위해 새롭게 창간된 비판적 지식인 잡지와 문학동인지였다.

　주지하다시피 1960년대 한국의 보수적 문단은 5·16 군사정권의 등장으로 기존의 모든 사회단체들이 강제적으로 통합되면서 문예조직도 '한국문인협회'로 단일화되었다. 이때부터 보수적 문단은 당대의 정치권력에 더욱 유착·종속되는 정치적인 문학집단으로 전락하였다. 따라서 당대의 보수적 문학론은 겉으로는 정치배제의 논리를 내세움으로써 문학의 자율성을 강조했지만, 실질적으로는 당대 정치권력에 추종하는 자기모순의 어법을 구사했다. 그들이 '순수'라는 명칭을 본격적으로 사용한 맥락 역시 진보적 담론에 대한 대응논리였지 말 그대로 순수한 의미의 순수문학론은 아니었던 것이다. 결국 순수문학론은 진보적 민족문학론에 대한 대타의식에 의해 형성된 정치적인 성격을 은폐한 보수적 문학론이었다고 평가할 수 있다.

4·19세대 중심의 1960년대 문학비평은 바로 이러한 보수적 문학론의 허위성을 냉철하게 비판하고, 정치논리에 휘둘리는 문인협회 중심의 구세대의 문학관을 근본적으로 혁신하고자 했다. 하지만 기성정치권의 제도적 폭력성과 사회의 구조적 모순에 대한 지식인의 비판적 현실참여는 박정희 군사정권의 탄압에 의해 역사적 굴곡을 겪어야만 했다. 결국 이러한 외압으로 인해 4·19세대 비평가들은 같은 출발점에 있었으면서도 문학적 이념과 방법적 실천에 있어서는 현격한 차이를 드러내는 내부분화를 초래할 수밖에 없었다.

지금까지 현실주의 문학비평의 주요 쟁점은 대부분 『창비』만의 전유물인 것처럼 논의되어 왔다. 그렇다면 1966년 『창비』 창간 이전, 즉 1960~1965년에 이르는 기간 동안 한국의 현실주의 문학비평은 공백상태에 있었다고 보아야 하는가? 이러한 단절적 시각은 『창비』 창간 이전의 전사(前史)를 배제하거나 『창비』가 동시대의 다른 매체와의 대립과 경쟁, 그리고 연대의식을 통해 성장했다는 사실을 간과한 데서 비롯된 관점이다. 다시 말해 『창비』에 의해 주도되었다고 평가되어 온 현실주의 문학비평은 그보다 앞서 창간된 『한양』·『청맥』 등에서 이미 제기된 비평적 쟁점을 계승한 것에 지나지 않았던 것이다. 그런데 이들 매체가 문인간첩단 사건, 통일혁명당 사건 등 반공이데올로기에 의해 제도권 밖으로 밀려나고 소수 담론들은 정치적 이유로 배제되면서 자연스럽게 제도권의 중심으로 부상한 것이 바로 『창비』였다고 할 수 있다.

1960년대 현실주의 문학비평은 일제하 카프와 광복직후 좌파의 민족 문학론을 계승한 비평사의 연속성을 지니고 있었다. 이는 전후의 모더니즘론과 순수주의 문학론의 확대로 인해 겨우 명맥을 이어오던 한국문학의 현실주의적 성격을 담론의 중심으로 다시 부각시키는 중요한 역할을 담당했다. 소위 모더니즘에서 리얼리즘으로의 담론적 변화는 4월혁명의 시대정신과 지식인의 현실참여가 한국문학에 절대적인 영향을 미친 결과였다. 『한양』·『청맥』·『창비』·『상황』은 이러한 1960년대 문학담론의 변화를 선도하는 비평적 토대였고 정신사적 배경이었다.

『한양』의 경우 재일교포잡지로서 '한국적' 혹은 '민족적' 정신의 주체적 확립을 통해 재일한인으로서의 정체성과 한국문학의 시대정신에 깊숙이 개입하는 문학적 실천을 모색했다는 점에서 커다란 의미가 있다. 또한 5·16 이후 반공이데올로기의 강화와 기성 제도권 문학의 정치적 종속성을 과감히 탈피함으로써 문학인의 진정한 자율성과 비판적 현실인식의 공론장을 제공해 주었다. 비록 『한양』이 일본에서 재일교포 문학인들을 중심으로 창간되었다는 지역적 한계를 지니고 있었지만, 오히려 그것은 한국 내의 정치적 간섭을 받지 않아도 된다는 장점이 있었고, 그 내용의 중심에는 1960년대 한국의 현실과 한국문학에 대한 비판적 성찰을 담을 수 있었다는 점에서 한국비평사의 연속성 위에 있었다고 보아야 하는 것이다. 따라서 『한양』은 1960년대 현실주의 문학비평 담론의 출발점에서 한국의 억압적인 정치·사회적 현실이 감당할 수 없었던 당대의 주요 쟁점들을 가감없이 드러내는 비판적 지식인 잡지였다고 평가할 수 있다.

『청맥』은 계몽적 이상의 차원에서 구체적 현실인식의 차원으로 넘어가는 1960년대 지식인담론의 변화를 명확하게 보여주었다. 당대의 관념적 지식인과 기성세대에 대한 비판을 통한 새로운 인텔리상의 모색, 그리고 정치·사회적 현실의 구조적 모순에 대한 성찰과 대안을 제시하

189

는 4·19세대 중심의 세대론적 문제의식을 지니고 있었다. 당시 『청맥』은 이러한 시대적 명제에 대한 가장 구체적인 문제제기를 함으로써 이를 문학적으로 실천한 매체라는 점에서 의미가 있다. 특히 문학비평의 경우 조동일·백낙청·구중서 등 민족문학 진영의 대표적 비평가들이 비평적 출발을 한 매체였다는 상징성뿐만 아니라, 참여문학론, 민족문학론, 리얼리즘문학론으로 심화·발전되는 1960년대 이후 우리 현실주의 비평사의 쟁점들을 총체적으로 구현했다는 점에서 그 비평사적 의의는 아주 크다.

『창비』는 4·19세대에 의한 문단의 재편과 교체라는 1960년대 문학지형의 변화를 선두에서 이끌어내고, 『현대문학』 중심의 보수적 문단의 권력화를 견제하는 1960년대의 가장 대표적인 비판적 지식인 잡지였다. 특히 1960년대 현실참여문학의 논리가 지나치게 당위성만을 앞세운 나머지 방법론적 성찰을 결여하고 있었다는 문제의식으로, 서구의 지성사를 중심으로 현실참여의 이론적 체계화를 모색했다는 점은 주목할 만하다. 하지만 이러한 『창비』의 태도가 서구적 근대를 완성형으로 설정하고 한국적 현실을 후진성으로 파악함으로써 지나치게 서구추수적이고 반주체적인 한계로 지녔다고 평가할 수 있다. 이러한 한계에도 불구하고 『창비』는 반공이데올로기에 의한 정치적 왜곡으로 평단의 중심에 부각되지도 못하고 점점 제도권 밖으로 배제되어 버렸던 『한양』과 『청맥』의 비평정신을 제도권 안으로 수렴하는 역할을 담당했고, 이를 통해 우리의 현실주의 비평담론을 1960년대 이후 비평사의 중심에 위치시켰다는 점에서 그 비평사적 의의를 간과해서는 안 된다.

『상황』은 1960년대 현실주의 문학비평의 관념성과 역사의식의 한계에 대한 비판적 성찰을 바탕으로 민족의 역사적 성격과 구체적인 현실인식에 근거를 둔 주체적 비평담론을 제기하였다. 따라서 『상황』은 『창비』와 같은 지향성을 지녔으면서도 『창비』의 실천방법에 대해서는 상당히 비판적인 태도를 드러냈다. 무엇보다도 『상황』은 당시 한국의 특수한 역사적 현실과 주체적인 민중의식에 대한 자각을 통해 분단현실의 극복과 통일을 향한 민족문학의 정립을 궁극적 목표로 삼았던 것이다. 비록 통권 5호에 불과하고 재수록 형식의 한계를 지님으로써 매체의 독립적 성격을 뚜렷이 부각시키지는 못했지만,『상황』동인들이 보여준 비평의 방향은 당시로서는 가장 주체적이고 실천적인 성격을 드러냈다고 평가할 수 있다. 또한『상황』은 창간호를 제외하고 1970년대 초반에 간행되었다는 점에서 1960년대 문학비평과 1970년대 문학비평을 연속성의 관점에서 이해하는 데 있어서 중요한 비평사적 위치를 차지한다고 할 수 있다.

이상에서 살펴봤듯이,『한양』·『청맥』·『창비』·『상황』은 1960년대 우리 사회를 바라보는 공통된 의식과 지향성만큼은 어떤 에콜보다도 일관되고 통일된 모습을 보여주었다고 평가할 수 있다. 특히 참여문학－민족문학－리얼리즘을 바라보는 문제의식에 있어서는 가장 강력한 연대의식을 형성했던 것이 사실이다. 이는 1960년대의 사회·역사적 성격에서 비롯된 것으로, 4월혁명의 시대정신에서 출발한 이들 매체의 비평담론을 '현실주의'라는 공통된 지향성으로 통합시키는 이정표가 되어주었던 것이다.

이처럼 1960년대 현실주의 문학비평은『한양』에서『상황』으로 이어지는 비평사의 연속성을 지니고 있었다. 하지만 지금까지 우리의 비평사 기술은 그 앞과 뒤를 모두 잘라버린 채『창비』중심의 논의만을 답습하는 모순과 단절을 심화시켰다. 분단과 반공이데올로기에 희생되어 '불온서적'으로 낙인찍힌 채 서고에 갇혀 있는『한양』·『청맥』과『창비』에 가려져 제대로 평가조차 되지 못한『상황』은 이제 1960년대 현실주의 비평사의 중심으로 복원되어야만 한다. 그리고 이들 매체의 문학비평이 1950년대와 1970년대를 어떻게 계승하고 이월하였는지에 대해서도 더욱 실증적인 논의가 필요하다.

본 논문은 이러한 1960년대 비평사의 단절과 모순에 대한 반성을 통해 비평사의 결락 부분을 채우고 50년대-60년대-70년대로 이어지는 비평사의 연속성을 강조하였다. 특히 1960년대 문학비평의 역사적 전개 과정을 총체적으로 살펴봄으로써 현실주의 문학비평의 계보를 새롭게 정립하고자 했다. 따라서 1960년대 현실주의 문학비평의 중요한 위치에 있었음에도 불구하고 통일혁명당 사건, 문인간첩단 사건 등 우리의 어두운 정치적 사건에 의해 철저하게 배제되어 버린 『한양』・『청맥』・『상황』의 문학비평을 『창비』와 함께 살펴봄으로써 이들 세 매체를 1960년대 현실주의 비평사의 전면에 부각시켰다.

본문의 내용을 간추려 정리하면 다음과 같다.

첫째, 재일교포의 유일한 비판적 지식인 잡지였던 『한양』의 문학비평을 대상으로 4월혁명 이후 급격히 확산된 현실주의 문학비평의 성격을 구체적으로 살펴보았다.

『한양』은 4월혁명 이후 문학지형의 변화를 주목함으로써 한국문학이 뚜렷한 역사의식과 현실인식을 지녀야 한다는 비평정신을 표방하였다. 1960년대 참여문학론은 전후 모더니즘문학으로부터 계승된 난해성과 보수성을 정면으로 비판하면서 생활현실을 충실히 반영하는 리얼리즘의 정신을 강조하였다. 이는 한국문학의 방향이 우리의 사회적 혼돈과 갈등을 관조하는 리얼리티를 담아내야 하고, 시대적 책임과 고상한 사상을 문학적으로 형상화함으로써 당대의 사회구조적 모순을 비판적으로 성찰해야 한다는 역사적 현실인식에 토대를 두고 있었다. 『한양』은 이러한 정신을 바탕으로 1960년대 한국문학이 우리 사회의 문제적 현실에 적극적으로 대응할 것을 요구하면서 한국문학 전반을 대상으로 폭넓은 실제비평을 전개하였다. 우선, 1960년대 우리의 시문학이 생활현실과 동떨어진 현실도피와 난해성에 빠져 독자와의 공감의 영역을 전혀 갖지 못했다고 진단하고 4월혁명의 정신을 담은 생활현실의 시를 써야 한다고 주장했다. 그리고 언어적・기법적 차원에 머물러 있던 리얼리즘을 역사의식과 현실인식을 구현하는 가장 중요한 문학정신과 방법의 차원으로 인식하였다.

『한양』의 역사적 현실인식은 전통에 대한 주체적 태도와 민족문학 지향성 등 1960년대 한국문학을 바라보는 비판적 성찰로부터 정립된 것이란 점에서 보다 실증적이고 객관적인 입장에 있었다. 한국문학의 전통을 올바르게 인식하고 정립하는 것이야말로 민족의 주체성을 찾는 과정에서 반드시 요청되는 필수적인 문제라고 보았던 것이다. 따라서 『한양』은 문학의 주체성 결여와 민족적 전통의 황폐화에 맞서 민족의 주체성을 복원하는 비평을 궁극적 목표로 삼았다. 이와 같은 전통에 대한 주체적 인식을 바탕으로 『한양』은 민족문학의 심화와 확대를 모색함으로써 바람직한 한국문학의 건설을 설계하고자 했다. 결국 한국문학의 새로운 방향은 역사적 현실을 반영하고 오늘날의 구체적 현실을 반영하는, 즉 생활의 법칙을 가장 선명하게 보여주는 4월혁명의 정신을 온전히 이어받아 당대 현실의 전면에 나서는 것이 작가의 윤리와 책임이라는 점을 분명히 하였다.

둘째, 우리 사회의 진보적 내지는 사회주의적인 맥을 잇는 『청맥』의 위상에 대한 재정립을 통해 1960년대 참여문학론의 성격을 실증적으로 검토하였다.

『청맥』에 발표된 문학비평은 1960년대 우리 비평사의 통시적 전개과정을 명확하게 보여준다는 점에서 참여문학론·민족문학론·리얼리즘 문학론으로 심화·발전되는 우리 비평사의 연속성을 특별히 주목하였다. 또한 1960년대는 그 어느 때보다 지식인의 현실참여를 강조했던 시대였다는 점에서 당대 우리 사회의 구조적 모순과 보수적 질서에 대한 비판을 주요 쟁점으로 하여 계몽적 이상의 차원에서 구체적 현실인식의 차원으로 옮겨가는 1960년대 지식인담론의 추이를 명확하게 보여주었는데, 이를 통해 개진된 진보적인 이념과 논리는 당대의 문학 전반에 상당한 영향을 미쳤다.

『청맥』은 무엇보다도 우리 민족의 통일과 민족의 주체성을 확립하는 것을 최우선의 목표로 삼았다. 특히 주체성의 문제는 대외적인 문제이며 우리의 독립성과 자립성을 주장하는 행위라는 점에서 반외세 민족주의를 일관되게 견지하였다. 따라서 『청맥』은 민족의 주체성을 확립하는 것이야말로 한국문학이 나아가야 할 올바른 방향이 되어야 한다고 보고, 고전문학에서 현대문학에 이르는 한국문학의 통시적 전개과정을 비판적 전통계승의 관점에서 구체적으로 논의하였다. 이러한 태도는 1960년대 비평문학이 참여문학론으로 나아가는 데 있어서 가장 중요한 정신사적 토대가 되었다. 이는 우리 문학이 민족문학론과 리얼리즘문학론으로 심화되는 과도기적 역할을 담당했는데, 그 결과 1960년대 문학비평은 현실주의적 성격을 더욱 공고히 할 수 있었다.

당시 소박한 모사론의 수준에 머물러 있었던 리얼리즘론이 1960년대 후반으로 넘어오면서 당대의 현실과 문학을 매개하는 사상과 세계관으로 뚜렷이 정립되었다는 점에서, 『청맥』의 역사적 현실인식과 민족문학 지향성에 대해 구체적으로 살펴보았다. 『청맥』에 발표된 1960년대 참여문학론의 성격은 민족문학론의 심화와 확대를 지향하는 전사(前史)로서의 의미를 지니고 있었다. 문학에서 현실을 탈각시킴으로써 보수적 세계관에 바탕을 둔 문학론을 전개한 전후비평에 대한 전면적인 부정과 극복을 위해 제기된 것이 바로 1960년대 참여문학론인 것이다. 그리고 이러한 참여문학론의 성격은 1960년대 후반으로 접어들면서 민족분단의 구체적 상황과 민족의 현실에 기초한 역사적 성격을 구체화했다는 점에서 1970년대 민족문학론의 중요한 단초를 발견할 수 있었다.

셋째, 서구적 시민의식의 성장을 한국적 근대성의 방향으로 설정하고 시민문학론을 통해 민족문학의 성격을 제시한 『창작과비평』의 비평정신과 현실주의 비평담론을 살펴보았다.

1960년대 순수참여논쟁에서 『창비』는 순수예술의 이념은 프랑스 대혁명 이후 유럽 중산층의 이데올로기의 일환이었다는 점에서 순수문학론의 허위성과 추상성을 비판했다. 그런데 창간 당시 『창비』의 성격은 외국문학이론에 지나치게 경도된 전통단절의 시각이 두드러졌다. 다시 말해 서구적 근대성을 완성형으로 설정하고 한국문학의 현실을 결여형으로 인식함으로써 서구추수적 근대성의 추구를 절대적 명제로 받아들였던 것이다. 그러나 1960년대 후반 이러한 서구지향성에 대한 자기비판적 성찰을 통해 전통을 새롭게 인식하고, 이를 한국적 근대성의 방향으로 설정함으로써 『창비』는 1970년대 이후 민족문학론의 토대를 마련하였다.

『창비』의 민족문학론은 백낙청의 시민문학론으로 쟁점화되었다. 그는 당대 우리 사회의 주요 모순으로 분단현실을 직시하고, 이로부터 진정한 자유를 실현하는 것이 참다운 민족문학을 형성하는 길이라고 강조했다. 또한 시민/소시민의 개념정립을 통해 소시민의식과 제국주의의식을 극복하는 현실참여의 정신이 참된 시민의식을 확보하는 길이라고 보았다. 따라서 민족문학이 민족적 위기의식의 결과라는 구체적인 현실인식을 바탕으로, 민족문학을 초역사적 이념형으로 절대화하는 추상적 민족문학론을 지양하고 민족적 위기에 적극적으로 대응하는 반외세, 반봉건의 정신을 민족문학운동의 실천적 성격으로 강조하였다.

넷째, 분단과 외세의 극복을 민족문학의 과제로 제기한 『상황』의 비평정신을 당대의 주요 비평적 쟁점과의 관련 속에서 살펴보았다.

1960년대 후반에서 1970년대 전반에 이르는 『상황』의 문학비평과 당시 동인으로 활동한 임헌영·구중서·김병걸 등의 비평을 통해 1960년대에서 1970년대로 넘어가는 우리 비평의 연속성을 구체적으로 살펴보았다. 비록 『상황』이 창간호를 제외하고는 1970년대에 간행된 잡지이긴 하지만, 민족문학론, 리얼리즘문학론 등 1960년대부터 중요하게 제기된 비평적 쟁점들을 '자료' 소개 형식을 통해 재수록함으로써 사실상 1960년대 비평정신을 1970년대로 계승·전개시켜 주는 역할에 주목할 필요가 있다. 특히 민족문학론의 구체적 실현방법으로 리얼리즘론을 쟁점화함으로써 참여문학론이 리얼리즘론으로 심화되는 중요한 전기를 마련

195

해 주었고, 현실 상황에 대한 이성적 파악과 창조성의 절대화, 그리고 합리적인 사고의 바탕 위에서 괄호 안에 감금당한 언어들을 직선적으로, 구체적으로, 사실적으로 해방시키는 현실주의 비평정신을 전면화하였다. 즉 구세대의 보수적 문학관을 혁신하고 맹목적 서구편향의 반주체적 태도를 비판함으로써 우리 민족의 원형과 얼을 되살리는 주체적 역사의식과 현실주의 문학론을 올곧게 정립하고자 했던 것이다.

『상황』은 민족주의에 기초를 둔 민중문학과 리얼리즘을 문학적 지표로 삼으면서 1960년대 참여문학론을 발전적으로 이어나가는 새로운 방향성을 모색하였다. 따라서 『상황』의 비평정신은 정치부문에 있어서의 반독재 민주화운동, 역사학 쪽의 자생적 근대화론과 주체적 사관의 대두 등 한국사회의 지식인담론의 전개과정에 일정하게 대응된다. 특히 서구적 논리가 아닌 한국문학의 전통 속에서 진보적 문학론을 이끌어내고자 했다는 점에서 그 '주체적' 정신과 태도는 상당히 높이 평가할 만하다. 따라서 『상황』은 민족의 현실을 반영하는 '민족적 리얼리즘'을 분단현실과 통일에 대한 의지를 구체적으로 형상화하는 미학적 방법론으로 정립할 것을 주장했다. 즉 당대의 현실에 대한 '참여'의 수준을 넘어 '분단'과 '민족'의 문제에 집중적인 관심을 보였던 것이다. 이처럼 『상황』은 1960년대 리얼리즘론에 대한 비판적 문제제기로부터 진정한 의미에서 리얼리즘의 이론적 체계화와 역사적 전개를 다시 시도하고, 이를 민족문학론으로 심화·확대시키려는 성숙된 비평의식을 보여주었다.

특히 『상황』은 1950년대 분단현실의 모순을 통해 민족문학의 방향성을 찾고자 했던 최일수와 정태용의 민족문학론을 주목하고 이러한 진보적 민족문학론의 전통을 적극적으로 수용하고 분단과 통일의 문제를 민족문학의 화두로 내세움으로써 『창비』와의 두드러진 차별화를 시도했다. 다시 말해 한국 사회의 특수한 역사적 현실과 주체적인 민중의식에 대한 자각을 통해 분단현실의 극복과 통일을 향한 민족문학의 정립을 궁극적 목표로 삼았던 것이다. 이는 분단체제의 공고화와 이념의 획일화에 따른 민중들의 현실적 고통과 이데올로기적 상처를 감싸안음으로써 우리 문학이 인간의 양심과 민족의 현실을 느끼고 표현하고 형상화하는 일에 힘써야 한다는 책임의식에서 비롯된 것이었다.

이상에서 살펴봤듯이 1960년대 『한양』·『청맥』·『창비』·『상황』의 문학비평은, 보수적 성격의 문인협회 중심으로 이어오던 한국문학의 지형을 근본적으로 혁신하는 진보적 문학정신을 지향했다. 따라서 4월혁명의 정신을 바탕으로 문학과 현실의 관계를 강조하는 현실주의 문학비평의 계보는 이들 매체를 중심으로 새롭게 정립될 필요가 있다. 즉 1960년대 현실주의 문학비평은 『한양』으로부터 『청맥』―『창비』―『상황』으로 이어지는 통시적 전개과정을 보였다는 점을 주목해야 하는 것이다. 이런 점에서 지금까지 『창비』만의 역할을 지나치게 강조한 나머지 배제되었던 『한양』·『청맥』·『상황』을 1960년대 현실주의 비평사 속에 제대로 자리매김시켜야만 한다. 본 논문은 이러한 비평사에 대한 문제의식으로 1950년대와의 비평사적 단절을 극복하고 나아가 1970년대 현실주의 문학비평에의 연속성도 확보하는 현실주의 비평사의 새로운 방향을 모색하고자 한 것이다.

197

1. 기본 자료

『한양』, 1962년 3월~1974년 1월.
『청맥』, 1964년 8월~1967년 7월.
『창작과비평』, 1966년 겨울~1970년 겨울.
『상황』, 1969년 8월~1973년 봄호.
김인재 편, 『시대정신과 한국문학』, 한양사, 1972.
그 외 『비평작업』, 『세대』, 『산문시대』, 『사계』, 『68문학』, 『문학과지성』, 『사상계』,
　　　『현대문학』, 『자유문학』, 『월간문학』, 『새벽』, 『문학예술』

2. 단행본

강경화, 『한국문학비평의 인식과 담론의 실현화 연구』, 태학사, 1999.
강수택, 『다시 지식인을 묻는다』, 삼인, 2001.
강준만, 『한국 현대사 산책 ─1960년대편』 제3권, 인물과사상사, 2004.
고명철, 『1970년대의 유신체제를 넘는 민족문학론』, 보고사, 2002.
구중서, 『구도의 언어』, 가톨릭출판사, 1975.
_____, 『문학을 위하여』, 평민사, 1978.
_____, 『민족문학의 길』, 새밭, 1979.
권성우, 『모더니티와 타자의 현상학』, 솔, 1999.
권영민, 『한국문학 50년』, 문학사상사, 1995.
_____, 『한국현대문학사』, 민음사, 1993.
권혁범, 『민족주의와 발전의 환상』, 솔, 2000.
김건우, 『≪사상계≫와 1950년대 문학』, 소명출판, 2003.
김명인, 『자명한 것들과의 결별』, 창비, 2004.
_____, 『조연현, 비극적 세계관과 파시즘 사이』, 소명출판, 2004.
김병걸, 『리얼리즘 문학론』, 을유문화사, 1976.
_____, 『민중문학과 민족현실』, 풀빛, 1989.

199

김병걸, 『실패한 인생, 실패한 문학』, 창작과비평사, 1994.

김병익, 『한국문단사』, 문학과지성사, 2001.

김성원·김정원 외, 『1960년대』, 거름, 1984.

김영민, 『한국현대문학비평사』, 소명출판, 2000.

김용락, 『민족문학 논쟁사 연구』, 실천문학사, 1997.

김우종, 『순수문학 비판』, 자유문학사, 1989.

김윤식, 『한국현대문학비평사』, 서울대 출판부, 1982.

김윤식 외, 『한국 현대비평가 연구』, 강, 1996.

김질락, 『어느 지식인의 죽음』, 행림출판, 1991.

나라사랑 편집부 편, 『통일혁명당』, 나라사랑, 1988.

남원진, 『남북한의 비평 연구』, 역락, 2004.

문학사와비평연구회 편, 『1960년대 문학연구』, 예하, 1993.

문학예술연구소 엮음, 『현실주의 연구 I』, 제3문학사, 1990.

민족문학사 현대문학분과 편, 『1960년대 문학연구』, 깊은샘, 1998.

박태순·김동춘, 『1960년대의 사회운동』, 까치, 1991.

백낙청, 『민족문학과 세계문학』, 창작과비평사, 1978.

_____, 『인간해방의 논리를 찾아서』, 시인사, 1979.

설준규·김명환 엮음, 『지구화 시대의 영문학』, 창비, 2004.

손세일 편, 『한국논쟁사 II－문학·어학 편』, 청람문화사, 1978.

송건호·강만길 편, 『민족주의론 I』, 창작과비평사, 1982.

실천문학편집위원회 엮음, 『다시 문제는 리얼리즘이다』, 실천문학사, 1992.

염무웅, 『민중시대의 문학』, 창작과비평사, 1979.

_____, 『한국문학의 반성』, 민음사, 1976.

유종호 외, 『한국현대문학 50년』, 민음사, 1995.

유종호·염무웅 편, 『문학과 상황인식』, 전예원, 1980.

윤병로, 『한국현대비평문학론』, 청록출판사, 1984.

윤여탁, 『리얼리즘시의 이론과 실제』, 태학사, 1994.

윤지관, 『근대사회의 교양과 비평』, 창작과비평사, 1995.

이상갑, 『근대민족문학비평사론』, 소명출판, 2003.

_____, 『한국문학과 시대의 상상력』, 월인, 2004.

이어령, 『저항의 문학』, 예문관, 1965.

임영봉, 『한국현대문학비평사론』, 역락, 2000.

임중빈, 『부정의 문학』, 한얼문고, 1972.

임헌영, 『민족의 상황과 문학사상』, 한길사, 1986.

_____, 『한국현대문학사상사』, 한길사, 1988.

장백일, 『한국 리얼리즘 문학론』, 탐구당, 1995.

전영표, 『출판문화와 잡지 저널리즘』, 대광문화사, 1997.
정한용, 『민족문학 주체논쟁』, 청하, 1989.
조희연, 『현대 한국 사회운동과 조직』, 한울, 1993.
차봉희 편, 『루카치의 변증·유물론적 문학이론』, 한마당, 1987.
최원식, 『민족문학의 논리』, 창작과비평사, 1982.
최유찬, 『리얼리즘의 이론과 실제비평』, 두리, 1992.
하정일, 『20세기 한국문학과 근대성의 변증법』, 소명출판, 2000.
_____, 『분단 자본주의 시대의 민족문학사론』, 소명출판, 2002.
한강희, 『한국 현대비평의 인식과 논리』, 태학사, 1998.
한국문인협회 편, 『민족·현실·문학』, 대광문화사, 1981.
한수영, 『한국 현대 비평의 이념과 성격』, 국학자료원, 2000.
홍문표, 『한국 현대문학연구의 비평사적 연구』, 양문각, 1980.
홍성식, 『한국 문학논쟁의 쟁점과 인식』, 월인, 2003.
홍신선 편, 『우리문학의 논쟁사』, 어문각, 1985.
황국명, 『비평과 형식의 사회학』, 지평, 1988.

3. 논문 및 평론

강 연, 「『청맥』의 민족현실 인식 연구」, 『사회와사상』, 1990.8.
고명철, 「민족의 주체적 근대화를 향한 『한양』의 진보적 비평정신 – 1960년대 비평담
    론을 중심으로」, 『한민족문화연구』 제19집, 한민족문화학회, 2006.
고봉준, 「민족문학론 속에 투영된 지식인의 욕망과 배제의 메커니즘」, 문학과비평연
    구회 편, 『한국문학권력의 계보』, 한국출판마케팅연구소, 2004.
구중서, 「70년대 비평문학의 현황」, 『창작과비평』, 1976년 가을.
_____, 「한국 리얼리즘 문학의 형성」, 『창작과비평』, 1970년 여름.
구중서·강진호(대담), 「1960·1970년대 민족문학」, 『증언으로서의 문학사』(강진호
    외 편), 깊은샘, 2003.
권성우, 「1960년대 비평에 나타난 '현대성' 연구」, 『한국학보』, 1999년 가을, 2001.
_____, 「4·19세대 비평이 마주한 어떤 풍경」, 『비평의 희망』, 문학동네, 2001.
_____, 「60년대 비평문학의 세대론적 전략과 새로운 목소리」, 『1960년대 문학연구』
    (문학사와비평연구회 편), 예하, 1993.
_____, 「열린 진보와 권위주의 사이」, 『사회비평』, 2001년 봄.
_____, 「1960~80년대 민족문학론의 주체화 양상 연구」, 서울대 박사논문, 2003.
김 철, 「한국 보수우익 문예조직의 형성과 전개(I)」, 『구체성의 시학』, 실천문학사,
    1993.
김 현, 「비평의 방법」, 『문학과 유토피아 – 공감의 비평 : 김현문학전집④』, 문학과지
    성사, 1991.

김　현, 「한국비평의 가능성」, 『68문학』, 한명문화사, 1969.1.

_____, 「한국소설의 가능성」, 『문학과지성』, 1970년 가을.

김동식, 「4·19세대 비평의 유형학」, 『문학과사회』, 2000년 여름.

김동춘, 「1960, 1970년대 민주화운동의 대항이데올로기」, 『한국정치의 지배이데올로 기와 대항이데올로기』, 역사비평사, 1994.

_____, 「사상의 전개를 통해 본 한국의 '근대' 모습」, 『한국의 '근대'와 근대성' 비 판』(역사문제연구소 편), 역사비평사, 1996.

김병걸, 「민중과 문학」, 『실천시대의 문학』, 실천문학사, 1985.

김병익, 「『창비』와 한국 4반세기의 역사」, 『우공(愚公)의 호수를 보며』, 세계사, 1991.

_____, 「김현과 '문지'」, 『자료집-김현문학전집⑯』, 문학과지성사, 1991.

김병익·김동식(대담), 「4·19세대의 문학이 걸어온 길」, 『증언으로서의 문학사』(강 진호 외 편), 깊은샘, 2003.

김삼웅, 「『청맥』에 참여한 60년대 지식인들의 민족의식」, 『말』, 1996.6.

김수영, 「생활현실과 시」, 『김수영 전집 2-산문』, 민음사, 1981.

김승옥, 「『산문시대』 이야기」, 『내가 만난 하나님』, 작가, 2004.

김용규, 「엘리엇과 리비스-매슈 아놀드와의 영향관계를 중심으로」, 『인문논총』 제 50집, 부산대학교 인문대학, 1997.

김우종, 「당면과제의 사적 고찰-한국 소설문학을 중심으로」, 『현대문학』, 1960.8.

_____, 「비평의 원칙문제」, 『현대문학』, 1958.9.

_____, 「새 세대·새 문학」, 『자유문학』, 1961.1.

김우종·안남일(대담), 「순수문학 비판과 참여문학의 도정」, 『증언으로서의 문학사』 (강진호 외편), 깊은샘, 2003.

김유중, 「순수와 참여 논쟁」, 『한국 현대시사의 쟁점』(김용직 외), 시와시학사, 1991.

김윤식, 「60년대의 감수성」, 『한국문학의 근대성과 이데올로기 비판』, 서울대 출판 부, 1987.

_____, 「풍자의 방법과 리얼리즘」, 『현대문학』, 1968.10.

김윤태, 「4·19 혁명과 민족현실의 발견」, 『민족문학사 강좌(하)』(민족문학사연구소 엮음), 창작과비평사, 1995.

김재현, 「하버마스에서 공론영역의 양면성」, 『하버마스의 비판적 사회이론』(계명대 학교 철학연구소·이진우 편), 문예출판사, 1996.

김주연, 「60년대 소설가 별견」, 『현대 한국문학의 이론』, 민음사, 1982.

김창원, 「전통논의의 전개와 의의」, 『한국 현대시사의 쟁점』, 시와시학사, 1991.

김형수, 「김현 문학비평 연구」, 창원대 박사논문, 2002.

_____, 「염상섭·예술·근대성」, 『사림어문연구』, 제12집, 1999.

류양선, 「해방기 순수문학론 비판」, 『실천문학』, 1995년 여름.

박수연, 「1960년대의 시적 리얼리티 논의-장일우의 『한양』지 시평과 한국문단의 반응」, 『한국언어문학』 제50집, 한국언어문학회, 2003.

박헌호, 「50년대 비평의 성격과 민족문학으로의 도정」, 『한국전후문학연구』(조건상 편), 성균관대 출판부, 1993.

백낙청, 「서구문학의 영향과 수용」, 『신동아』, 1967.1.

_____, 「한국소설과 리얼리즘의 전망」, 『동아일보』, 1967.8.12.

백낙청·하정일(대담), 「민족문학운동의 역사와 미래」, 『증언으로서의 문학사』(강진호 외편), 깊은샘, 2003.

백하현, 「1970년대 리얼리즘 문학논쟁의 연구」, 『≪문학과지성≫ 비판』, 지평, 1987.

송승철, 「시민문학론에서 근대극복론까지」, 『지구화시대의 영문학』(설준규·김명환 엮음), 창비, 2004.

신승엽, 「새로운 출발점으로서의 민족문학」, 『민족문학을 넘어서』, 소명출판, 2000.

염무웅, 「5·60년대 남한문학의 민족문학적 위치」, 『혼돈의 시대에 구상하는 문학의 논리』, 창작과비평사, 1995.

염무웅·김윤태(대담), 「1960년대와 한국문학」, 『증언으로서의 문학사』(강진호 외편), 깊은샘, 2003.

오양호, 「순수·참여의 대립기」, 『한국현대문학사』(김윤식 외), 현대문학사, 1989.

오창은, 「1960~70년대 리얼리즘 논의와 외국문학 전공 비평가들의 상징권력」, 『한국문학권력의 계보』(문학과비평연구회 편), 한국출판마케팅연구소, 2004.

유문선, 「남한 리얼리즘론의 전개과정」, 『다시 문제는 리얼리즘이다』(실천문학편집위원회 엮음), 실천문학사, 1992.

유영구, 「통일혁명당 내막(續)」, 『월간중앙』, 1992.2.

유종호, 「비평 50년」, 『한국현대문학 50년』, 민음사, 1995.

이명원, 「백낙청 초기비평의 성과와 한계」, 『타는 혀』, 새움, 2002.

_____, 「최일수 비평의 복원과 재구성의 방향에 관한 시론」, 『비평과전망』, 2004년 상반기.

이상갑, 「1970년대 민족문학론의 성과와 한계」, 『1970년대 문학연구』(민족문학사연구소 현대문학분과 편), 소명출판, 2000.

이용성, 「1960년대 비판적 지식인 잡지 연구」, 『한국학논집』 제37집, 한양대 한국학연구소, 2003.

_____, 「한국 지식인 잡지의 이념에 대한 연구」, 한양대 박사논문, 1996.

이우영, 「박정희 통치이념의 지식사회학적 연구」, 연세대 사회학과 박사논문, 1991.

이재봉, 「세대와 세대의식」, 『근대소설과 문화적 정체성』, 세종출판사, 2003.

임대식, 「1960년대 지식인과 이념의 분화」, 『지식변동의 사회사』(한국사회사학회 엮음), 문학과지성사, 2003.

임영봉, 「1960년대 한국문학비평 연구」, 중앙대 박사논문, 1999.

임헌영, 「74년 문인간첩단 사건의 실상」, 『역사비평』, 1990년 겨울.

임헌영, 「모순의 인식기능으로서의 문학」, 『신문학』, 1970.9.

임헌영·김성수(대담), 「경계에 선 전방위적 지식인 임헌영」, 『문학과경계』, 2004년 가을.

임헌영·채호석(대담), 「유신체제와 민족문학」, 『증언으로서의 문학사』(강진호 외편), 깊은샘, 2003.

장백일, 「세칭 문인간첩단 사건」, 『문단유사』(한국문인협회 편), 월간문학출판부, 2002.

전상기, 「1960·70년대 한국문학비평 연구」, 성균관대 박사논문, 2002.

전승주, 「1960년대 순수·참여논쟁의 전개과정과 문학사적 의의」, 『한국현대비평가 연구』(김윤식 외), 강, 1996.

전용호, 「1960년대 참여문학론과 『청맥』」, 제47회 전국 국어국문학 학술대회 자료집, 국어국문학회, 2004.6.

정용욱, 「5·16쿠데타 이후 지식인의 분화와 재편」, 『1960년대 한국의 근대화와 지식인』(정용욱 외), 선인, 2004.

정태용, 「민족문학론-개념규정을 위한 하나의 시고」, 『현대문학』, 1956.11.

_____, 「민족문학론」, 『현대문학』, 1956.11.

정희모, 「1960년대 소설의 서사적 새로움과 두 경향」, 『1960년대 문학연구』(민족문학사연구소 현대문학분과 편), 깊은샘, 1998.

정희모, 「문학의 자율성과 정신의 자유로움」, 『1970년대 문학연구』(민족문학사연구소 현대문학분과 편), 소명출판, 2000.

조동일, 「'리얼리즘' 재고」, 『현대문학』, 1967.10.

_____, 「순수문학의 한계와 참여」, 『사상계』, 1965.10.

_____, 「전통의 퇴화와 계승의 방향」, 『창작과비평』, 1966년 여름.

차승기, 「'민족' 담론의 미래와 가능성」, 『한국문학과 민족주의』(한국문학연구회 편), 국학자료원, 2000.

최강민, 「문학의 진보성을 묻는다」, 『작가와비평』 제2호, 2004.11.

최원식, 「'리얼리즘'과 '모더니즘'의 회통」, 『문학의 귀환』, 창작과비평사, 2001.

최일수, 「우리 문학에 있어서 신인의 위치」, 『문학예술』, 1956.2.

하상일, 「1960년대 문학비평과 『상황』」, 『한국민족문화』 제24집, 부산대학교 한국민족문화연구소, 2004.10.

_____, 「1960년대 문학비평과 『청맥』」, 『국제어문』 제31집, 국제어문학회, 2004.8.

_____, 「1960년대 문학비평과 『한양』」, 『어문논집』 제50호, 민족어문학회, 2004.10.

_____, 「전후비평의 타자화와 폐쇄적 권력지향성」, 『한국문학논총』 제36집, 2004.4.

_____, 「재일 한인 잡지 소재 시문학과 비평문학의 현황과 의미-『조선문예』, 『한양』, 『삼천리』, 『청구』를 중심으로」, 『한국문학논총』 42집, 한국문학회, 2006

하정일, 「시민문학론에서 근대극복론까지」, 『20세기 한국문학과 근대성의 변증법』,

소명출판, 2000.

하정일, 「주체성의 복원과 성찰의 서사」, 『분단 자본주의 시대의 민족문학사론』, 소명출판, 2002.

_____, 「탈민족담론과 새로운 본질주의」, 『민족문학사연구』 제25호, 민족문학사학회, 2004.

한강희, 「1960년대 한국문학비평 연구」, 성균관대 박사논문, 1997.

한승우, 「『한양』지에 드러난 재일지식인들의 문제의식 고찰」, 『어문론집』 제36집, 중앙어문학회, 2007.

한승헌, 「『한양』지 사건의 수난」, 『장백일교수 고희기념문집』, 대한, 2001.

허윤회, 「1960년대 '순수비평'의 의미와 한계」, 민족문학사연구소 현대문학분과 편, 『1960년대 문학연구』, 깊은샘, 1998.

_____, 「1960년대 참여문학론의 도정」, 『희귀 잡지로 본 문학사』(상허학회 편), 깊은샘, 2002.

홍기돈, 「김동리와 문학권력」, 『한국문학권력의 계보』(문학과비평연구회 편), 한국출판마케팅연구소, 2004.

홍석률, 「1960년대 지성계의 동향」, 『1960년대 사회변화 연구 : 1963~1970』(박길성 외), 백산서당, 1999.

_____, 「1960년대 한국 민족주의의 분화」, 『1960년대 한국의 근대화와 지식인』(정용욱 외), 선인, 2004.

홍성식, 「1960년대 한국문학 논쟁 연구」, 명지대 박사논문, 2000.

홍정선, 「70년대 비평의 정신과 80년대 비평의 전개 양상」, 『역사적 삶과 비평』, 문학과지성사, 1986.

황국명, 「『문학과지성』의 도식적 기술체계 비판」, 『≪문학과지성≫ 비판』, 지평, 1987.

4. 번역서

골드만, L., 조경숙 역, 『소설사회학을 위하여』, 청하, 1982.

들뢰즈, G.·가타리, F., 김인재 역, 『천개의 고원』, 새물결, 2001.

루카치, G. 외, 이춘길 편역, 『리얼리즘 미학의 기초이론』, 한길사, 1985.

루카치, G. 외, 홍승용 역, 『문제는 리얼리즘이다』, 실천문학사, 1985.

루카치, G., 반성완·심의섭 역, 『영혼과 형식』, 심설당, 1988.

루카치, G., 홍승용 역, 『미학서설』, 실천문학사, 1987.

루카치, G., 황석천 역, 『현대리얼리즘론』, 열음사, 1986.

마그리올라, R. R., 최상규 역, 『현상학과 문학』, 대방출판사, 1987.

맥도넬, D., 임상훈 역, 『담론이란 무엇인가』, 한울, 1992.

베네트, T., 임철규 역, 『형식주의와 마르크스주의』, 현상과인식, 1983.

벤야민, W., 박설호 역, 『베를린의 유년시절』, 솔, 1993.

벤야민, W., 반성완 편역, 『발터 벤야민의 문예이론』, 민음사, 1983.

부르디외, P., 최종철 역, 『구별짓기─문화와 취향의 사회학(상)』, 새물결, 1995.

부르디외, P., 하태환 역, 『예술의 규칙─문학장의 기원과 구조』, 동문선, 1999.

사르트르, J. P., 김붕구 역, 『문학이란 무엇인가』, 문예출판사, 1972.

사르트르, J. P., 조영훈 역, 『지식인을 위한 변명』, 한마당, 1996.

스윈지우드, A., 정혜선 역, 『문학의 사회학』, 한길사, 1984.

월러스틴, I., 강문구 역, 『자본주의 이후』, 당대, 1996.

월프, J., 이성훈·이현석 옮김, 『예술의 사회적 생산』, 한마당, 1986.

윌리엄즈, R., 설준규·송승철 역, 『문화사회학』, 까치, 1984.

윌리엄즈, R., 이일환 역, 『이념과 문학』, 문학과지성사, 1982.

이글턴, T., 김명환 외역, 『문학이론입문』, 창작사, 1986.

이글튼, T., 이경덕 역, 『문학비평─반영이론과 생산이론』, 까치, 1977.

伊東 勉, 서은혜 역, 『리얼리즘이란 무엇인가』, 세계, 1987.

지마, P., 이선우 역, 『문학텍스트의 사회학을 위하여』, 문학과지성사, 1977.

코올, S., 여균동 편역, 『리얼리즘의 역사와 이론』, 한밭출판사, 1982.

푸코, M., 이정우 역, 『담론의 질서』, 서강대학교 출판부, 1998.

푸코, M., 홍성민 역, 『권력과 지식』, 나남, 1995.

하먼, K., 배일룡 역, 『민족문제의 재등장』, 책갈피, 2001.

하이데거, M., 전양범 역, 『존재와 시간』, 시간과공간사, 1992.

헤겔, G. W. F., 임석진 역, 『정신현상학』, 지식산업사, 1988.

헤르나디, P. 편, 최상규 역, 『비평이란 무엇인가』, 정음사, 1984.

206

『한양』 문학비평 목록

1962년　3월(창간호)　김순남, 신세대에 대한 재론
　　　　　　　　　　장일우, 그 작품과 나
　　　　　　　　　　유영묵, 「수련」과 「속초행」에 대하여
　　　　4월　김순남, 문학의 주체적 반성-한국문학의 변
　　　　　　　장일우, 현대시의 음미-그 난해성에 대한 일 고찰
　　　　5월　김순남, 성격창조의 원리-작품에서 성격은 핵이다
　　　　　　　김병옥, 金笠시의 웃음과 슬픔
　　　　6월　장일우, 현실과 작가
　　　　7월　하상두, 민족연극소고
　　　　　　　김순남, 설화문학의 재음미
　　　　8월　장일우, 시의 가치-다시 현대시의 난해성에 대하여
　　　　　　　김순남, 월광을 밟으며-이범선씨의 「월광곡」을 읽고
　　　　　　　이준석, 「신세대에 대한 재론」을 읽고
　　　　9월　장일우, 여루신인의 시원
　　　　　　　김순남, 『나무들 비탈에 서다』에 대한 나의 소감
　　　10월　이준석, 세익스피어 소고
　　　11월　김병옥, 민요와 전설-강강수월래
　　　　　　　임동권, 한국민요의 향토적 특질
　　　　　　　장일우, 소월의 시와 자주정신
1963년　1월　김순남, 문화재관리에 대한 제고
　　　　　　　장백일, 귀향에의 설계-『한양』의 창작평
　　　　2월　장일우, 반성과 전망-1962년도 한국문단 소감
　　　　　　　김순남, 문학건설과 휴머니즘
　　　　3월　장일우, 한국문학의 새로운 전망

207

		김근수, 시조의 맛과 멋
	4월	장일우, 현대시와 시인
		양주동, 風流·怨情抄−국사상의 멋진 '연애'들
	5월	장백일, 오늘의 빈곤−한국문단의 근황
		김순남, 니힐과 진실
	6월	장일우, 시대와 신인작가
		김순남, 지성과 생활
	7월	김순남, 작가의 윤리
		이순석, 테마와 탐구의 논리
	8월	장일우, 한국 소설의 두 측면
	9월	장일우, 한국 현대시의 반성
		김순남, 사실과 리얼리티
	10월	김순남, 창작의 기점
		정태용, 신인작가에 대한 기대
	11월	장일우, 현실과 작품의 논리
		홍사중, 한국문학의 오늘의 과제
	12월	장일우, 농촌과 문학
		장백일, 동인지와 그 비평
		박봉우, 김소월과 진달래꽃
1964년	1월	장일우, 무지의 모험−이어령씨의 비평안
		윤동호, 현실투시의 각도
	2월	이준석, 「닳아지는 살들」의 의식과 감각
		김순남, '尖端藝術' 시비
	3월	장일우, 시인 박두진을 논함
		김순남, 작품과 비평의 시점
		신상인, 한말 애국시가의 음미(1)
	4월	신상인, 한말 애국시가의 음미(2)
		김용호, 영광은 젊은 獅子들에게
		장백일, 문학혁신
		김순남, 稻香문학에 대한 小考
		홍사중, 작가와 현실
	5월	장일우, 純粹의 終焉
		임동권, 향토애를 읊은 민요
		신상인, 한말 애국시가의 음미
	6월	장일우, 참여문학의 특성
		이인석, 시인과 현실

208

김순남, 한국평단의 반성
7월 홍사중, 젊은 작가와 정치감각
정귀영, 현대시의 기상통보
김용호, 金笠의 시와 풍자정신
8월 정태용, 작가와 주체의식
김순남, 작품과 애정의 윤리
9월 홍사중, 通俗小說의 윤리
장백일, 通俗小說의 반성
김순남, 求道의 眞僞
김우종, 작가와 현실
구중서, 『허생전』
10월 김순남, 지성의 착란
신동한, 내용과 형식에 관한 각서
이우종, 현대시조에 대한 소고
구중서, 『춘향전』
11월 장일우, 東里文學을 논함
장백일, 새 主題의 탐구
김우종, 농촌과 문학
박봉우, 尙火의 시와 인간
구중서, 『홍길동전』
12월 김순남, 현실참여와 작가정신
신동한, 작가와 생활
구중서, 『심청전』
1965년 1월 김순남, 전후한국소설의 여인상
최용진, 貞節吟味
2월 장일우, 문학의 허상과 진실
홍사중, 한국문학의 새로운 전망
3월 김순남, 문학과 버림받은 십대
장백일, 잘못된 접목
4월 장일우, 시대정신과 한국문학
신동한, 비판의 방향
임중빈, 문학과 인간의 모랄
경련(庚連), 하이네에 대한 각서
5월 윤동호, 시성 단테를 생각하며
6월 정태용, 新風이 없는 신인들
김순남, 한국 단편소설의 기상도

　　　　　　장백일, 해도없는 항로-1965년 하반기 시단에 부친다
　　　7월　김우종, '순수'의 자기기만
　　　　　　신상인, 문화와 전통
　　　　　　주섭일, 한국지식인의 행동
　　　　　　구중서, 『금오신화』
　　　8월　임중빈, 객관적 상황과 문학
　　　　　　김성일, 작가의 안광과 '휴우먼'
　　　　　　구중서, 『자유종』
　　　9월　장수철, 한국아동문학계의 현황
　　　　　　김순남, 세익스피어와 시대정신
　　10월　김순남, 현대시와 주체정신
　　11월　장덕순, 암흑기의 문학
　　　　　　김순남, 고전의 가치인식을 위한 문제점
　　　　　　이태극, 한국시조문단의 근황
　　12월　김우종, 긍정적 인간과 대화정신
　　　　　　장백일, 한국시인의 국적
　　　　　　박봉우, 시인과 민족
1966년　3월　김순남, 번역소설과 문단적 자세
　　　4월　정태용, 지성과 양심과 용기와
　　　　　　김순남, 한국적인 것과 문학어
　　　　　　임중빈, 사실과 직관
　　　5월　김우종, 민족문학의 새 차원
　　　　　　김순남, 빙허문학의 음미
　　　6월　김순남, 시대와 시인
　　　7월　구중서, 작가와 역사의식
　　　　　　김순남, 희곡문학에서의 인간상
　　　8월　정태용, 『무정』의 근대성
　　　　　　김성일, 민족적 주체와 한국문학
　　　9월　김순남, 고발과 증언의 자세
　　　　　　송　면, 시인으로서의 자세
　　　　　　권용태, 현대시의 반성
　　10월　김순남, 한국문학의 새 기류
　　11월　김우종, 변모하는 한국문단
　　　　　　김순남, 김유정의 문학적 표정
　　12월　구중서, 下半年의 韓國文壇
　　　　　　김순남, 작가의 휴머니즘

210

1967년	1월	김순남, 애정의 모랄과 소설
		신재헌, 시문학과 현대성
	2월	김순남, 묘사정신과 성실성
		김성일, '自由滿腹'의 열쇠
	3월	김순남, 폐쇄되는 문학세계의 극복
	4월	김순남, 인간성격과 문학정신
	5월	김성일, 소설의 흥미와 문제의식
	6월	김순남, 亡靈의 浮動
	7월	박일동, 늙어 더욱 왕성해진 詩精神
	8월	김순남, 崇外自嘲意識의 素地와 文學知性
	9월	김순남, 荒野의 知性과 '트기문학'
1968년	1월	김순남, 연극중흥의 주변
	2월	김순남, 현대시와 대중성
	3월	김영일, 한국영화(1)
	4월	김순남, 頹廢와 침묵의 극복
		김영일, 한국영화(2)
	5월	김영일, 한국영화(3)
	8월	박화성, 현재 한국여류 문단의 일별
	9월	김영일, 한국영화(4)
	10월	김영일, 한국영화(5)
	11월	김순남, 순수와 참여의 대결
1969년	1월	김순남, 작가의 독창성과 개성
	2월	김순남, 개성화 문제의 주변
	4월	정영훈, 地上의 詩와 地下의 詩
	7월	김순남, 한국문학과 농촌
	8·9월	정영훈, 시인의 얼굴
	10·11월	김순남, 생활의 미학
1970년	8·9월	김순남, 時代錯誤의 美學
		장백일, 귀향에의 몸부림
	10·11월	김순남, 역사의식과 현대성
1971년	신년호	윤동호, 시인과 패배정신
	4·5월	김순남, 四·一九와 한국문학
		김우종, 한국문단의 근황
		장백일, 조국으로 가는 눈
		김명진, 시를 통해 본 4.19
	6·7월	김순남, 시정신의 향방

211

	8・9월	김순남, 소설의 빈곤
	10・11월	김순남, 작가와 작품세계
1972년	1월	김순남, 리얼리즘 소고
	2・3월	대촌익부, 『조선문학사』(서평)
		임헌영, 『바람과 구름과 장미』(서평)
		김순남, 시대감각과 시인
	4・5월	김병옥, 시가를 통해 본 애국정신
	6・7월	박병근, 현대시의 인간상
		김순남, 전환기에 처한 한국문학
	8・9월	임헌영, 七・四聲明과 한국문학의 과제―민족동질성의 발굴과 외세배격
1973년	1월	신상인, 언어와 사회
		백　철, 김사엽, 신춘대담―한국문학의 이모저모
		김병걸, 작가와 사회적 책임―七二年度 한국소설의 개관
	2・3월	윤동호, 조국통일과 한국문학
		김순남, 시와 시인
	4・5월	이선영, 작가와 역사의식
		임헌영, 한국문학의 경제정치의식
	6・7월	박문상, 民族文學素描
	8・9월	김우종, 한국문단의 근황―주로 소설을 중심으로
	10・11월	김순남, 文學語斷想
1974년	신년호	김순남, 시인의 탄생
	2・3월	김순남, 역사소설과 현대성
	4・5월	정영훈, 사월의 시
	6・7월	김순남, 한국문학의 단면도
	8・9월	김병옥, 민요와 전통의식(상)
	10・11월	전석춘, 서평 『김지하 시집』, 『김지하―민중의 소리』
		김병옥, 민요와 전통의식(중)
		김순남, 시대정신과 한국문학
1975년	신년호	김병옥, 민요와 전통의식(하)
		김순남, 비극의 고발
	2・3월	김지하, 민중의 소리
		윤동호, 현실과 문학의 얼굴
		전석춘, '차안의 가'를 읽고
	4・5월	김순남, 사이비평론의 독성
	6・7월	김순남, 시정신의 빈곤

212

8·9월   김순남, 해방 30년의 한국문학

10·11월   김순남, 작가의 양심과 지성

1976년   신년호   김순남, 민중의 함성, 민족의 절규

2·3월   유 라, 메아리치는 애족의 절규―한양사간 김지하 전집

4·5월   김순남, 4월의 시

6·7월   김순남, 민중의 함성, 민족의 절규(1)―4월의 아들 김지하 문학
재론(1)

김학현, '님'과 중생―만해 한용운의 세계

10·11월   김순남, 민중의 함성, 민족의 절(2)―4월의 아들 김지하 문학재
론(2)

김순남, 민중의 함성, 민족의 절규③―4월의 아들 김지하 문학
재론(3)

고 원, 김지하의 시 세계

1977년   신년호   김순남, 민중의 함성, 민족의 절규④―4월의 아들 김지하 문학
재론(4)

2·3월   윤동호, '참여'재론―건전한 비평자세를 위하여

4·5월   김성호, 고원시집 '미루나무'

7·8월   김성호, 노예수첩(해설)

9·10월   김병삼, 애국시가음미―국난에 닥뜨려 불굴의 기백을 반영한 애
국자들의 시가

김순남, 시대와 시인의 사명

11·12월   김순남, 미루나무의 증언―고원 시집 『미루나무』에 부쳐

1978년   1·2월   김순남, 끝없는 상실의 아픔―단편 '4월'을 중심으로

김학현, '풀이' 사상과 김지하

3·4월   김성호, 죽창을 다듬는 민중의 시인들―민영, 이성부, 김준태,
양성우

5·6월   윤동호, 분노의 시, 항거의 노래―장기표 작 '민중의 소리'를 중
심으로

김성호, 죽창을 다듬는 민중의 시인들―조태일, 황명걸, 고은(상)

7·8월   김성호, 죽창을 다듬는 민중의 시인들―조태일, 황명걸, 고은(하)

김순남, 고발문학의 도표

윤동호, 분노의 시, 항거의 노래

9·10월   김순남, 70년대를 사는 한국저항문학―시를 중심으로

11·12월   김순남, 작가와 문학의 현대성―하근찬 문학의 변모

고 은, 김지하씨를 내놓아라

1979년   1·2월   김순남, 증언의 시, 저항의 노래―시인 양성우를 논함

213

	3 · 4월	김순남, 통일을 지향하는 시의 합창─종합시집 '우리의 소원'을 평함
		김병걸, 옥중의 김지하에게
	5 · 6월	김순남, 누가 한국문학을 오도하는가─10월 논전이 보여준 역사적 교훈
	7 · 8월	김병삼, 창가에 반영된 애국사상
	9 · 10월	김순남, 순수와 참여의 대결
		김학현, 한과 민족적 저항
	11 · 12월	김순남, 시인의 탄생─작금에 등장하는 신인을 중심으로
1980년	1 · 2월	김순남, 시대와 시인의 사명
	3 · 4월	윤동호, 구원의 심상─시가에 나타난 4,19정신
	5 · 6월	김시형, 문학의 고행과 새시대의 갈망─80년대 한국문학을 전망하며
	11 · 12월	김순남, 주체의식과 한국문학─60~70년대의 한국문학의 소묘
1981년	1 · 2월	김순남, 역사문학의 현대성─양성우의 『만석보』를 중심으로
	3 · 4월	윤동호, 시대와 시가─계몽기의 4.4조 시가를 중심으로
		김병옥, 민족의 존엄을 지킨 시가들─민족시인 황현을 생각하며
	7 · 8월	윤동호, 오판하지 말라─김양수의 「80년대 작단」을 읽고
	9 · 10월	김순남, 문학의 사상성에 관한 각서─한국의 대표적 어용문인들의 발자취
1982년	3 · 4월	최익환, 『금강』의 시간
	5 · 6월	김순남, 작가정신과 창작
	7 · 8월	김순남, 인간학으로서의 문학의 사명
	9 · 10월	윤동호, 다산시가의 의미
	11 · 12월	박태정, 민중의 지향과 한국연극의 현황─한국문학에 대한 소묘
1983년	1 · 2월	김순남, 한국문단산책1
	3 · 4월	김성호, 대설 『남』 연재에 부쳐
		김순남, 한국문단산책2
	5 · 6월	김순남, 한국문단산책3
	9 · 10월	김병걸, 문학의 역사적 사명
	11 · 12월	김순남, 한국문단산책4
1984년	1 · 2월	김순남, 한국문단산책5
	3 · 4월	김병옥, 임진왜란과 애국적 시가

214

『청맥』 문학비평 목록

1964.11	이동극(조동일), 한국적 리얼리즘의 형성과정
1965.2	조동일, 시인의식론(1)
1965.3	임 갑, 사르트르의 사상과 정치참여
	김우창, 엘리오트의 예
	조동일, 시인의식론(2)
1965.4	조동일, 시인의식론(3)
1965.5	조동일, 시인의식론(4)
1965.6	구중서, 서정주와 현실도피
	백낙청, 궁핍한 시대의 문학정신
	서기원, 작가의 내면과 사회현실
	주섭일, 한국의 작가와 현실참여
	조동일, 시인의식론(5)
1965.7	조동일, 시인의식론(6)
1965.8	조동일, 시인의식론(7)
1965.10	김경민, 매판문학
	조동일, 시인의식론(8)
1965.11	조동일, 시인의식론(9)
1965.12	조동일, 시인의식론(10)
1966.3	조동일, 시인의식론11)
1966.6	임중빈, 모방문학의 한계와 창조
1966.7	구중서, 소설가 이어령의 도로

215

『상황』 문학비평 목록

1969.1	임헌영, 예술론
1969.1	주성윤, 시에 있어서 존재와 언어의 문제
1969.1	구중서, 한국 현대시의 전개
1969.1	백승철, 작가와 시대의 위기
1972년 봄	김병걸, 20세기 리얼리즘의 동향
	구중서, 상황의 형상적 인식−채만식 문학소고
	임헌영, 예술론(하)
	곽복록, 귄터 그라스의 현실참여
	김태곤, 국문학 연구방법의 반성점
	〈자료〉 리얼리즘에 관한 제논쟁 재록

〈좌담〉 구중서, 김현, 김윤식, 임중빈-4·19와 한국문학
임헌영, 도식주의비평
구중서, 한국리얼리즘문학의 형성
김　현, 한국소설의 가능성
김윤식, 70년도 비평개관
염무웅, 리얼리즘의 심화시대
김병걸, 리얼리즘논쟁
임헌영, 한국문학의 과제
최일수, 민족적 리얼리즘
김양수, 민족적 리얼리즘의 정체는 무엇인가
1972년 여름　구중서, 한국 현대문학의 지향
김열규, 전도의 시선-박지원론
김병걸, 르네상스기의 리얼리즘
〈자료〉 민족문학론
김상일, 민족문학의 기원
문덕수, 고전문학과 민족의식
김　현, 민족문학, 그 문자와 언어
이형기, 민족문학이냐, 좋은 문학이냐
임헌영, 민족문학에의 길
염무웅, 민족문학, 이 어둠 속의 행진
백　철, 민족문학의 오늘과 내일
1972. 겨울　김동욱, 한국고전문학에 있어서의 리얼리즘
박용숙, 동양화에서 한국화까지
김병걸, 현대소설과 리얼리즘
임헌영, 현대문학 속의 일본상
1973. 봄　심우성, 민속극 전승방향의 모색
김병걸, 19세기 리얼리즘문학

216